MARTINA RUTSCHMANN

DURSTIG

Martina Rutschmann

DURSTIG

Roman

ZYTGLOGGE

Der Zytglogge Verlag wird vom Bundesamt für Kultur mit einem Strukturbeitrag für die Jahre 2016–2020 unterstützt.

MIX
Papier aus verantwortungsvollen Quellen
FSC® C068066
www.fsc.org

printed in switzerland

Lektorat: Angela Fessler
Cover: CinCin, Dina Christ und Nicola Carpi
Gesetzt aus: Frutiger LT Std, Garamond Premier Pro, Palatino LT Std
Gesamtherstellung: Schwabe AG, Druckerei, Muttenz/Basel

Printed in Switzerland
ISBN: 978-3-7296-0950-1

www.zytglogge.ch

Für meinen Großvater

Schweinereien, sagte er, wolle er keine. Und jetzt zielt Carl mit der Pistole auf mein Herz.

«Wenn du abdrückst, ist niemand mehr da, der dafür sorgt, dass das Ganze sauber erfolgt. Außerdem will ich noch nicht sterben.»

Carl schaut mich schlaftrunken an. Er weicht nicht von der Stelle. Offenbar ist es mit dem Frieden der vergangenen zwei Tage vorbei.

«So sei doch vernünftig, Carl!»

Er schaut mich an, als wüsste er nicht, worauf ich hinaus will.

«Wer denkt denn hier ans Sterben, Alixe?»

Er senkt die Pistole. Der Lauf zeigt jetzt auf den Perserteppich. Carls Finger umklammern immer noch den Abzug. Mir wird klar, dass es hier nicht um mich geht. Offenbar hat er keine Geduld mehr und will es so schnell wie möglich hinter sich bringen.

«Carl, weißt du nicht mehr? Du hast stets von Selbstbestimmtheit gesprochen. Wenn du eine Pistole zur Hilfe nimmst, ist sie es, die bestimmt. So lass dir doch noch ein paar Tage Zeit, ich bitte dich.»

Wie angewurzelt stehe ich auf dem abgewetzten Teppich, von dem ich vermute, dass er seit Jahrzehnten genau an dieser Stelle liegt. Mit einem bald 94-jährigen nahezu Blinden, der sterben will und eine Pistole in der Hand hält, ist nicht zu spaßen. Was sage ich, um die Situation zu entschärfen? Ich bleibe stumm und sehe zu, wie Carl seelenruhig den Bademantel am Hintern zurechtzupft und mit seinen greisen Pianisten-Fingern den Handlauf ertastet. Er setzt sich auf die Treppe.

«Das ist eine Luger aus dem Jahr 1909. Sie darf nicht in falsche Hände geraten, Alixe. Sie gehörte meinem Vater. Im Gegensatz zu ihm habe ich die Waffe nie verwendet, aber ich weiß: Sie funktioniert noch tadellos.»

Er öffnet das Magazin, betrachtet die Patronen, beugt sich mit gestreckten Armen nach vorne und hält mir die Waffe entgegen.

«Mach das bitte weg, es schaudert mich. Außerdem bin ich radikale Pazifistin!»

Carl schließt das Magazin und legt die Pistole neben sich auf die Treppe. Ich reiche ihm die Hände. Ausnahmsweise lässt er sich beim Aufstehen helfen. Ich zittere.

«Du zitterst ja.»

Er blickt zur Pistole, dann zu mir und im nächsten Augenblick an die Wand zum Gemälde von Sam Francis. Sein Blick verrät nicht, dass seine Augen kaum mehr etwas erkennen können. Mein Herz klopft auch an Körperstellen, an denen ich nie vermutet hätte, einen Pulsschlag zu spüren. Jetzt passiert es, er nimmt das Ding. Erweiterter Suizid, kommt in den besten Familien vor, aber ich gehöre ja gar nicht zur Familie!

«Carl, ich gehöre nicht zur Familie!»

«Alixe, du könntest meine Enkelin sein, natürlich gehörst du zur Familie! Ich habe mir immer eine Enkelin gewünscht und auch gegen einen Enkel hätte ich nichts einzuwenden gehabt.»

Ich weiß nicht, ob es gut oder schlecht ist, dass Carl jetzt auf die emotionale Schiene geht. Jedenfalls macht er keine Anstalten, sich wieder der Waffe zuzuwenden, was mich beruhigt. Dennoch gehe ich nicht auf das Thema Enkel ein.

«Wir haben jetzt fast 48 Stunden miteinander verbracht. Und ich erfahre zufällig, dass ich es mit einer Pazifistin zu tun habe – und mit einer radikalen dazu. Ich glaube, Alixe, wir haben uns noch viel zu erzählen.»

Er zieht die Augenbrauen hoch und schüttelt den Kopf, als wollte er sagen: dummes Kind. Der Schrecken scheint vorbei zu sein.

Wir gehen in die Küche.

«Brate dir das Flunderfilet, das ich für dich aufgetaut habe, Alixe, es fängt sonst zu stinken an. Abgesehen davon musst du etwas Anständiges essen.»

«Carl, es ist sechs Uhr in der Früh! Hättest du nicht nach mir gerufen, würde ich noch tief schlafen.»

Ich schalte die Kaffeemaschine an, nehme eine Tasse aus dem Schrank und stelle sie neben die Maschine. Es ist das einzige moderne Gerät in dieser für einen Junggesellen gut ausgerüsteten Küche. Wasserkocher, Toaster, Universalküchenmaschine, alles da, wenn auch nicht in Form von zeitgemäßen Modellen. Carl setzt sich.

«Die Pistole darf nicht in fremde Hände kommen, Alixe. Glaub mir, sie funktioniert einwandfrei. Soll ich es dir beweisen?»

«Lass mal, Carl. Schau mir lieber beim Trinken zu. Vielleicht überlegst du es dir ja anders und entscheidest dich gegen das Verdursten.»

«Oh nein. Und schon gar nicht wegen eines Kaffees. Wenn es dir recht ist, wenden wir uns jetzt wieder dem Ernst des Lebens zu. Über die Luger reden wir zu einem späteren Zeitpunkt. Es bleiben uns ja noch ein paar Tage. Außerdem wäre ich dir verbunden, wenn du das Wort «verdursten» meiden könntest.»

Vier Monate zuvor

Wieder so ein Tag. Alixe reibt ihre Haare mit einem Handtuch trocken. Vor einer Woche hatte sie sich eine Kurzhaarfrisur verpassen lassen. Frauen, die etwas ändern wollen, schneiden die Haare ab, hatte ihr die Arbeitskollegin gesagt. Alixe hatte sich zuvor nie groß Gedanken über ihre Frisur gemacht und an jenem Tag schon gar nicht. Sie wollte der Arbeitskollegin sagen, dass sie dem Krankenhaus-Alltag den Rücken kehren und sie mit den traurigen Geschichten allein lassen wird. Doch es blieb bei der Betrachtung verschiedener Frisuren-Apps. Rückblickend macht Alixe ihren unpräzisen Gesprächseinstieg dafür verantwortlich: «Ich will mein Leben ändern! Um 180 Grad!», hatte sie gesagt, ohne zu erwähnen, dass der erste Schritt ins neue Leben die Kündigung sein wird.

Die Kollegin ist eine Überredungskünstlerin. In der Mittagspause ging Alixe tatsächlich zu einem Friseur «ohne Voranmeldung». Am Empfang fragte sie, weshalb es «ohne Voranmeldung» heiße und nicht bloß «ohne Anmeldung», das wäre inhaltlich genauso richtig, wenn nicht richtiger. Der Mann hinter der Theke ignorierte ihre Frage und führte sie zu einem Sessel. Ob sie die Gala, die Bunte oder Men's Health lesen wolle, hatte er gefragt. Um Himmels willen! Warum sollte ich mir das Glück reicher und schöner Menschen antun, wenn ich selber im besten Fall nur das eine davon bin?

Am Abend schrieb sie sieben Varianten von Kündigungen, ohne zuvor jemanden in ihr Vorhaben eingeweiht zu haben – schon gar nicht die Mutter, die hätte getobt. Es dauert ja eine Weile, bis ich weg bin, drei Monate Kündigungsfrist sind ein gefühltes halbes Leben, wenn man innerlich schon lange abgeschlossen hat. Die Krebspatienten lassen ihr auch außerhalb der Klinikwände keine Ruhe. Alixe empfindet es als Hohn, wenn die Arbeitskollegin von gesunder Abgrenzung spricht. Bei ihr dreht sich alles um den Tod. Sie glaubt inzwischen, Menschen auf der Straße als Sterbende zu erkennen.

Während sie Gel ins Haar reibt, rechnet sie aus, was die knappen drei Monate in Tagen bedeuten. Abzüglich der Ferien- und Kompensationstage liegen 42 Arbeitstage vor ihr. 42 Tage mit todkranken Menschen. Und 42 Tage Totenstille zu Hause. Eine Ewigkeit. Nachdem sich Alixe die Haare hatte schneiden lassen, verstaute sie Radio, Fernseher und Laptop in eBay-Kisten im Keller. Es ist nicht nur das Seelenheil anderer Menschen, das sie neuerdings meidet, sondern auch das globale Elend. Glück scheint ihr im eigenen Leben so fern wie der Mond zu sein und die weltweiten Miseren ziehen sie noch mehr herunter. Entziehen kann sie sich der Aktualität trotzdem nicht. In der Klinik sprechen alle darüber, wenn der Krieg in Syrien grausamer wird und Deutschland an der Frauenfußball-Weltmeisterschaft die Elfenbeinküste mit 10:0 geschlagen hat. Unwichtiger Kleinkram außerhalb der Fußballwelt hingegen bleibt ihr erspart. Oder was bringt es ihr zu wissen, dass drei Maskierte bei Bremen einen Geldtransporter überfallen wollten, dabei scheiterten, aber flüchten konnten?
In den Schachteln liegt lauter Kram, den sie sich für Zeiten der Not aufbewahrt. Bald wird sie froh darum sein. Denn Alixe beabsichtigt nicht, je wieder in einem Krankenhaus zu arbeiten. Und wenn, dann allerhöchstens in der Küche wie die Großmutter damals oder als Hauswart wie der Großvater. Blöd nur, dass solche Jobs inzwischen

in den meisten Kliniken ausgelagert werden. Eine komplett andere Stelle zu finden hält sie hingegen für ein aussichtloses Unterfangen, zumal sie ihr ganzes Leben in Krankenhauszimmern verbracht hat, selbst als Kind, wobei sie damals noch gern unter Kranken weilte.

Auch Großmutters Aufschnittmaschine, die hölzerne Kaffeemühle und der Bohnenschneider aus Gusseisen liegen in einer Kiste – zusammen mit der Lötlampe, den Zangen und der Messing-Wasserwaage des Großvaters. Dass sie damit nicht reich wird, weiß Alixe, doch hofft sie damit auf einen Ertrag, der ihr ermöglicht, ein paar Wohnungsmieten bezahlen zu können. Retro ist schließlich gefragt und dieser Shabby-Chic-Trend ist wohl ein weiterer Beweis für die Degeneration der westlichen Zivilisation. Jeder kann sich eine Nespresso-Maschine leisten, aber nein, man mahlt den Kaffee von Hand und kocht ihn auf wie in armen Ländern.

Sie nimmt die sechs Kündigungsschreiben vom Schreibtisch und packt sie in ihre Handtasche. Es ist zu spät, mich für eine dieser Formulierungen zu entscheiden, der Eingang der Variante Nummer sieben ist bereits bestätigt worden. Ich bin bald arbeitslos. Seit diese Tatsache unabwendbar geworden ist, spart Alixe, wo es nur geht. Ihren Müll entsorgt sie manchmal in öffentlichen Eimern, um bei den Abfallgebühren zu sparen. Der Papierstapel passt knapp in ihre Handtasche, es ist ein verhältnismäßig großer Haufen Abfall und zudem einer, der eigentlich ins Altpapier gehörte. Ihr Umweltbewusstsein hält sich in Grenzen. Vielleicht hätte ich doch einen langen Brief abschicken sollen und nicht den Zweizeiler. Dann wüssten die Kollegen, dass auch sie eines Tages kündigen werden, sofern sie Mitgefühl haben. Und Nerven, die zunehmend schwächer werden.

Vor dem Haus nimmt sie das Papier aus der Tasche, wirft es in einen Abfalleimer und steigt auf die Vespa. Wenig später steht sie vor ihrem Spind in der Klinik. Tag 42 beginnt. Wieder so ein Tag. Sie hat beschlossen, die verbleibenden Tage als «Schwester Alixe» rückwärtszuzählen. Ein Countdown in Weiss.

«Das klingt für mich alles mehr oder weniger gleich, wenn ich ehrlich bin.»

Carl schaut mich an, als würde ich ihm meine Liebe zu Justin Bieber gestehen. Höchstwahrscheinlich kennt er Justin Bieber nicht und wird bald als ein Mann aus dem Leben scheiden, der nicht wusste, wer Justin Bieber ist. Er beugt sich nach vorn und nimmt für einen Moment die Sonnenbrille ab.

«Alixe, die Goldberg-Variationen sind nicht irgendein Werk, es gibt nichts Vergleichbares. Hörst du nicht? Das ist ein Höhepunkt barocker Variationskunst! Es ist der Höhepunkt!»

«Was war der Höhepunkt in deinem Leben, Carl? Gab es überhaupt einen?»

Er schließt die Augen und drückt auf die Fernbedienung der Stereoanlage. Bachs Flügel erfüllt den Raum. Wären Vorhänge angebracht, würden sie zur Musik tanzen.

War wohl keine gute Frage, zumindest keine einfache. Wie kann ich bloß einen alten Mann so etwas fragen und dazu einen, der das Wort «erfüllt» inflationär verwendet, wenn es um das lange Leben geht, das hinter ihm liegt? Sein Leben muss ein einziger Höhepunkt gewesen sein.

Ich betrachte Carl und mich selber. Mein Kopf liegt in meinen Händen, die Ellbogen graben Löcher in meine Oberschenkel. Der Kaffee auf dem Nierentisch vor mir ist inzwischen kalt geworden, was mir recht ist, ich trinke ohnehin zu viel davon. Carl blickt mit geschlossenen Augen an die Decke. Die Fernbedienung auf seinem Schoss verschwindet auf einem grauen Streifen seines Morgenmantels.

«Die Liebe», sagt er.

«Und die Entscheidung, dich beim Sterben an meiner Seite zu haben.»

Ich glaube, ich muss weinen.

Vier Monate zuvor

Alixe steht am Bett der Patientin, die sie noch vor einigen Monaten mit ihrem Mann im Club tanzen sah. Vor lauter Freude, die Frau derart ausgelassen zu sehen, spendierte Alixe ihr einen Drink. Die Frau bewegte sich damals auffallend spastisch und ihr Rock war dramatisch kurz, der Ausschnitt ihres Oberteils reichte fast bis zum Bauchnabel und sie trug Birkenstock-Sandalen. Trotzdem hätte Alixe am liebsten mit ihr getanzt. So weit ging sie aber nicht. Vor anderen Leuten zu tanzen, und das erst noch zu Musik, die diese Bezeichnung ihrer Meinung nach gar nicht verdient, kommt Alixe nie in den Sinn. Lieber steht sie an der Bar, nippt an einem überteuerten Getränk mit Gurken und zu viel Eis drin und hofft, dass der Alkohol die lästigen Fragen in ihrem Kopf vertreibt. Was tue ich hier? Was tun die anderen Leute hier? Was tue ich überhaupt auf dieser Welt, wenn ich am Ende sowieso sterbe?

Die Patientin schläft. Alixe deckt ihre Füße zu und denkt an den Drink, den die Frau im Club nicht annehmen wollte. In der Nacht müsse sie wieder ihr Baby stillen, hatte sie gesagt und weitergetanzt. An ihrem Knöchel ist das Geburtsdatum der Tochter eintätowiert und in geschwungener Schrift ihr Name. In wenigen Tagen wird das Mädchen ein Jahr alt.

Es geht ein lauer Wind, das Fenster steht halb offen. Die Patientin mag keine geschlossenen Fenster, auch bei Minustemperaturen nicht. Alixe weiß das noch vom letzten Mal, als die Frau hier lag, im selben Bett und mit derselben Krankheit. Sie liegt unter der Daunendecke, die stets aufgeplustert und leicht aussieht. Der weiße Überzug wird fast täglich gewechselt. Vor allem bei stark schwitzenden

Patienten wie dieser Frau. Ihre gelben Birkenstock-Sandalen stehen vor dem Schrank. Sie werden noch eine Weile dort bleiben und dann im Müll landen.

Alixe geht ins Schwesternzimmer und atmet tief durch. Oft schon geriet sie in Panik, wenn sie ein Knötchen in ihrer Brust spürte. Und immer konnten sie die Ärzte auf der Abteilung beruhigen. Eine Zyste, harmlos, geht von allein wieder weg. Besonders nah gehen ihr die Schicksale von Patienten, die jünger sind als sie. Die mitten im Leben stehen und gleichzeitig noch weit von der Mitte ihres Lebens entfernt sind. Wenn sie damals in den Betten der medizinischen Abteilung einschlief, fühlte sie sich wie eine Prinzessin in einem Schloss. Ein Haus mit unendlich vielen Räumen, einem Erwachsenenbett für sie allein und dann die Mutter, die sich um sie und die anderen Prinzessinnen und Prinzen in ihren Zimmern kümmerte. Sie war beliebt, die Mutter – und nah am Wasser gebaut. Meistens lachte und weinte sie gleichzeitig, wobei das Lachen stets gewann. Der Vater war weg, lange schon. Die Mutter musste wie alle Schwestern oft nachts arbeiten. Patienten brauchen rund um die Uhr Betreuung und Kinder auch. So kam es, dass Alixe bis auf das Personal der einzige gesunde Mensch im Märchenschloss war, was sie nicht wusste. Sie war ein Kind und es war wunderbar in ihrem großen Haus. Die Knöpfe am Bett, die das Gestell herauf- und herunterfahren ließen, der Fernseher an der Decke, die Schwestern und Pfleger, die mit ihr scherzten, wenn es nicht viel zu tun gab, und der rothaarige Oberarzt, der sich erfolgreich als Kobold Pumuckl ausgab.

Das Märchenschloss wurde inzwischen geschlossen, das Krankenhaus steht nun kulturellen Zwischennutzern aller

Art zur Verfügung. Alixe' Mutter arbeitet jetzt auf der medizinischen Abteilung in der Universitätsklinik. Sie kümmert sich um Herzrhythmus- und Kreislaufpatienten, während Alixe einen Stock weiter oben Krebskranke betreut. «Onkologie», sagt die Mutter oft, «ist ein wichtiger Bereich – und einer, der dich beelenden kann.» Alixe weiß genau, was sie meint. Das dicke Fell, das sie sich während der Ausbildung zulegte und das sie lange schützte, ist weg. Sie fühlt sich geschoren.

Die Großeltern wurden glücklicherweise zeitgleich zur Schließung des Krankenhauses pensioniert. So musste weder in der Küche noch in der Werkstatt ein Nachfolger eingearbeitet werden und den alten Leuten blieb der Weg auf das Arbeitsamt erspart. Alixe hatte das Krankenhaus zu jener Zeit nur noch selten betreten. Sie verbrachte ihre Freizeit bei der Tagesmutter, wenn die Mutter Dienst hatte. Die Mutter war der Meinung, als Einzelkind sollte ihre Tochter möglichst viel Zeit mit anderen Kindern verbringen. Die Tagesmutter lebte mit zwei Katzen und einem Wellensittich in einer Wohnung ohne Garten. Bei schlechtem Wetter mussten die Kinder in der Stube bleiben und Figuren aus Klopapierrollen basteln. Alixe war nie ein Bastelkind. Besonders in solchen Situationen sehnte sie sich nach der Zeit, als sich noch die Großeltern um sie kümmerten und Regen ein Ereignis war. Kaum fing es an zu tröpfeln, nahm der Großvater die kleine Alixe bei der Hand und sie gingen in den Krankenhausgarten und führten einen Regentanz auf. Danach packte die Großmutter Alixe in den orangen Frotteebademantel und kochte ihr eine heiße Schokolade.

Am Tag, als die Mutter Alixe beim Frühstück über die bevorstehende Schliessung der Klinik informierte, ließ Alixe den Mittagstisch aus und ging nach der Schule direkt ins Krankenhaus. Sie saß bei der Großmutter in der Küche und lauschte den alten Geschichten. «Alixe, fass die Herdplatte nicht an, sonst verbrennst du dich», sagte die Großmutter nicht zum ersten Mal. Doch diesmal war es als Witz gemeint. Eine Zweitklässlerin weiß selber, dass Herdplatten heiß sind, wenn in den Pfannen Gemüse kocht.

Die Großmutter trug ihr Leben lang dieselbe blau-weiße Schürze mit den Stickereien. Früher lag sie eng an und die eingenähten kochenden Frauen mit ihren Holzlöffeln waren klar als solche erkennbar. Jetzt ist die Schürze noch ein zu großer Fetzen Stoff mit Löchern und verblassten Farben.

In der Hoffnung, auch einmal einen Gips tragen zu dürfen, widersetzte sich Alixe als kleines Kind der Herdplattenwarnung und verbrannte sich die Hand und den Unterarm. Sie erhielt statt des ersehnten Gipses einen Wundverband und eine Predigt von der Mutter. Sie präsentierte die Armschlinge mit dem lädierten Arm trotzdem stolz im Klinikgarten herum. Die Verbrennung war die einzige sichtbare Verletzung, die Alixe je hatte. Würde sie an Gott glauben, würde sie ihm dafür danken, bisher unversehrt geblieben zu sein.

Nur das Tablet hat sie nicht im Keller verstaut. Zwar liest sie damit keine Zeitungen mehr und Bücher schon gar nicht, da sie der Meinung ist, dass ein richtiges Buch aus Papier sein muss. Für Notfälle aber hat sie das Gerät in der Wohnung behalten. Falls mal eine Sirene losheult und sie erfahren will, weshalb – und für die Wetterprognosen. Der Sinn steht ihr nicht nach Lesen oder Kochen, Ausgehen oder Putzen. Sie denkt an Sex und daran, dass sie noch keinen hatte, seit sie die Haare kurz trägt – und auch davor zu wenig.

Sie gibt im App-Store «Flirt» ein. Lauter langhaarige Frauen zwinkern ihr entgegen. Alle sind jünger als sie und wirken so glücklich, wie kaum jemand im echten Leben sein kann. Bärtige Männer mit wuchtigen Oberarmen grinsen sie an. Angesprochen fühlt sie sich nicht. Sie begegnet dem Slogan «Viele neue Leute kennen lernen!!!» und überlegt sich einen neuen Suchbegriff. An mehrere Leute hatte sie nicht gedacht. Ein Kerl würde reichen – und wäre allenfalls schon zu viel. Sie versucht es mit «One-Night-Stand». Es erscheinen Vorschläge für Wecker- und Sex-Apps. Uhren können ihr momentanes Bedürfnis nicht befriedigen. Abgesehen davon taugt diese Art von Wecker bei ihr erfahrungsgemäß nicht. Die Melodie webt sich in ihren Traum ein und Alixe schläft weiter. Und ein anonymes Sex-Date wäre ihr dann doch zu heftig.

Sie tut, was die Arbeitskollegin ihr schon lange ans Herz legt und lädt das Dating-App Tinder herunter. Als sie sich über Facebook anmelden muss, zögert sie kurz. Sie befürchtet, die Tinder-Singles würden dann die Weihnachtsfotos zu sehen bekommen, die sie der Mutter zuliebe gepostet hatte. Einer neuen Creme wegen hatte sie die Feiertage als Pickelgesicht verbracht, es aber nicht für nötig erachtet, die roten Punkte abzudecken. Bis auf die Mutter und die Großeltern war sowieso niemand anwesend gewesen und es gab keinen Grund anzunehmen, ein Fremder würde sich in die Alterswohnung der Großeltern verirren und Alixe auf seinem Schimmel entführen. Sie vertraut Facebook halbherzig, dass es die persönlichen Einträge nicht missbraucht, und meldet sich an.

Kaum ist sie als «Amanda, 36» Teil der virtuellen Flirtwelt, begegnet ihr «Fabian, 29» – mit ernstem Blick, langem Haar und rasiertem Gesicht. Sie will weiterklicken, da sie überzeugt ist, dass sich junge Männer nur mit älteren Frauen einlassen, um deren Herzen zu brechen und sich mit einer Jüngeren aus dem Staub zu machen. Als aber eine Nachricht von «Fabian, 29» auf dem Tablet erscheint, lächelt sie.

Schlimm, dass sich Menschen wie wir nicht auf der Straße begegnen können.

Alixe' Hände bleiben über der Tastatur schweben, ihre Finger sind steif. Sie will «Fabian, 29» fragen, weshalb er wisse, dass sie sich nie in die Niederungen einer Flirtplattform begeben wollte und ob er allen Frauen dieselbe Zeile schicke, entscheidet sich dann aber für ein knappes

Allerdings!

Als sie nach einem mehrstündigen Dialog erschöpft die Augen schließt, bedauert sie, als Ergänzung zum Wecker nicht eine entsprechende App geladen zu haben.

Es ist früh und Alixe ist müde. Als die Arbeitskollegin in der Pause über ihre Tinder-Erlebnisse berichtet, könnte Alixe erstmals mitreden. Doch sie schweigt und blättert gelangweilt in einer Broschüre über Weiterbildungen. Es ist ihr Tag 24 als Schwester Alixe und Fortbildungen sind bald kein Thema mehr. Warum aber sollte sie plötzlich auf die Schwestern-Pflichtlektüre verzichten? Noch ist sie hier. Und noch ist alles, wie es schon immer war, nur ein bisschen schlimmer.

Eine Nachricht von «Fabian, 29» lässt sie unbeantwortet. Die Tinder-Anekdoten der Arbeitskollegin rufen ihr in Erinnerung, dass diese Plattform etwas für Verzweifelte ist und es sinnvoller wäre, an der Supermarkt-Kasse zu flirten. Was nützt ihr ein Date mit einem Kerl, den sie am nächsten Tag zufällig mit Frau und Baby in der Straßenbahn sieht? Will sie Männer treffen, die drei Köpfe kleiner sind als sie selber und den Stimmbruch nicht haben? Oder solche, die glauben, ein Parlament sei ein italienischer Schinken? Außerdem fällt ihr vor Müdigkeit fast der Kopf auf den Tisch. Nach nur fünf Stunden Schlaf hörte sie den Wecker nicht. Als die Sonnenstrahlen jedoch wenig später auf ihr Kopfkissen fielen, erwachte sie von allein.

Die junge Patientin wird heute Besuch von ihrer Tochter erhalten. Alixe hat ihr versprochen, das Mädchen abzulenken, sollte die Mutter vor ihm in Tränen ausbrechen. Der Vater des Kindes wird seine Lebenspartnerin ausnahmsweise aber erst am Abend besuchen. Seine Eltern kümmern sich tagsüber um die Kleine, oft auch an den Tagen, an denen ihr Vater nicht arbeitet. Seine Welt ist nicht mehr dieselbe, seit die Diagnose Krebs sein Familienglück zum zweiten und ziemlich sicher zum letzten Mal belastet und bevor das Leben endgültig zur Hölle wird. Alixe weiß, wie sehr die Patientin unter der Verfassung ihres Partners leidet. Fast mehr als unter ihrer Krankheit. «Ich bin froh, begreift meine Tochter nicht, was passiert», hatte sie ihr neulich gesagt. «Und ich wünschte mir, mein Mann würde es ebenfalls nicht realisieren.»

Die Arbeitskollegin reicht ihr Handy herum. Auf dem Display ist das Porträt eines Jünglings zu sehen. Er sehe doch ganz nett aus, oder? Auch seine Mitteilungen seien mehr oder weniger geistreich, wenn auch orthografisch gewöhnungsbedürftig.

«Wäre er live nur nicht so ungehobelt!»

«Auf Grindr wäre dir das nicht passiert», sagt ein Pfleger und zwinkert Alixe und der gemeinsamen Arbeitskollegin vielsagend zu.

Alixe beteiligt sich nicht am Gespräch. Sie hat auch nicht vor, ihr Schweigen zu brechen. Tinder ist offensichtlich ein Reinfall. Sie merkt sich Grindr.

Als sie am Abend am Tablet sitzt, stellt sie fest, dass sie mit Sicherheit die einzige Frau auf Grindr wäre. Spontan antwortet sie «Fabian, 29»:

> Ein Feierabendbier in den nächsten Tagen ist keine schlechte Idee. Wobei ich lieber Gin trinke als Bier und noch lieber Rotwein, aber nur zum Essen.

«Carl, nimm doch zur Abwechslung mal eine ganze Schlaftablette. Wegen einer Pille stirbst du nicht an einer Überdosis, das muss ich dir nicht erklären, oder?»

Carl geht nicht auf meine Worte ein. Er bricht die Schlaftablette entzwei und schluckt sie trocken hinunter. Sturkopf.

Laut atmet er ein und wieder aus und sagt dann: «Ich habe nicht vor, im letzten Moment meine Prinzipien zu ändern. Wie viel Uhr ist es eigentlich?»

«In einigen Minuten beginnt die Tagesschau, kommst du mit mir herunter, um dir anzuhören, was in der Welt alles schiefläuft?»

«Ich weiß, was alles schiefläuft. Doch es gibt auch schöne Dinge im Leben – selbst in deinem. Es wäre an der Zeit, das zu begreifen, Alixe. Und es zu schätzen. Liegt der Kamm an seinem Platz? Und der Nasenspray? Die Taschentücher?»

«Alles liegt unverändert auf der Ablage. Nasenspray, Taschentücher, Kamm. In dieser Reihenfolge. Ich geh hinunter, ja? Und schau später wieder nach dir.»

Ich bin versucht, Carl die Hand zu drücken, lasse es aber bleiben. Es ist verrückt, wie sich dieser stolze Mann mir gegenüber öffnet, alles von sich preisgibt oder jedenfalls sehr viel. Ich werde ihn vermissen, ich vermisse ihn jetzt schon, obwohl er mir so nah ist wie nie zuvor. Es ist ein präventives Vermissen. Mir ist klar, dass ich damit warten sollte. Bloß weiß ich nicht, wie lange noch. Zwei Tage? Drei? Eine Woche – oder länger? Ich war noch nie dabei, als jemand verdurstet ist. In der Klinik wurden die unheilbar Kranken bis kurz vor ihrem Tod mit Flüssigkeit versorgt. Mein Job war es, den Tod hinauszuzögern. Jetzt forciere ich ihn.

Ich schließe die Schlafzimmertür. Als ich in der Mitte der Treppe stehe, höre ich Carl nach mir rufen. Was ist los? Hat er Schmerzen? Atemnot? Ich gehe zurück ins Schlafzimmer. Carl sitzt im Bett, die Beine ausgestreckt, den Kamm in der Hand.

«Hast du den Briefkasten geleert? Irgendwelche amtliche Schreiben, Formulare, die ausgefüllt werden müssen, oder Rechnungen?»

«Nein, nur die Bestätigung, dass der Telefonanschluss per Ende Monat abgestellt wird. Ich habe den Brief in dein Arbeitszimmer gelegt.»

«Du kannst ihn auch wegwerfen. Und sollte dir langweilig werden: Im Regal neben dem Sam Francis liegt meine Doktorarbeit. Es würde mich interessieren, was du von ihr hältst. Außerdem erfährst du etwas über Lebewesen, die über einen Panzer verfügen und trotzdem keine Menschen sind. Das dürfte dir als misanthropische Pazifistin gefallen.»

Ich schließe leise die Tür, da ich fürchte, Lärm könnte Carl irgendwie schaden.

Drei Monate zuvor

«Alixe, wie konntest du nur!»

Die Mutter schreit durchs Telefon.

«Ich will dich sehen, Alixe, und wissen, wie es so weit kommen konnte!»

«Geht nicht, Mama, ich habe ein Date.»

«Schön, meine Tochter hat ein Date! Zuerst kündigt sie ihren Job, ohne es mir zu sagen, und als Nächstes heiratet sie noch, ohne mich einzuladen!»

Die Mutter schnaubt in den Hörer.

«Ich heirate nicht, ich kenn den Typen nicht mal. Außerdem ist er zu jung. Der will sowieso nur prahlen, es mit einer Milf getrieben zu haben.»

«Mit einer was?»

«Mit einer Mother I'd Like to Fuck.»

«Bist du komplett übergeschnappt? Ich hab dir immer gesagt, dass es dir auf Dauer nicht guttut, auf der Onkologie zu arbeiten. Du hättest in die Dermatologie wechseln können oder in die Säuglingsabteilung. Aber wahrscheinlich liegst du bald selber dort und ich erfahre auf dem Flur zufällig von meinem Großmutterglück.»

«Mama, hör auf. Fabian schreibt originelle Mitteilungen und er trägt keinen Bart. Außerdem ist er Informatiker, und zwar einer, der vorwiegend Hausbesuche macht und seinen Klienten ihre Computer einrichtet und so.»

«Was hat das mit deiner Kündigung zu tun? Wirst du jetzt etwa Informatikerin? Du hast doch keine Ahnung von solchen Dingen. Alixe, du bist eine großartige Krankenschwester. Überleg es dir nochmals.»

«Da gibt es nichts zu überlegen. Ich halte es nicht mehr aus, Menschen in den Tod begleiten zu müssen. Die meisten haben ein Leben, ein richtiges Leben, und plötzlich ...»

Die Mutter unterbricht sie: «Ja, aber vergiss nicht, dass du auch häufig zuschauen konntest, wie Patienten den Krebs überwinden. Alixe, unser Beruf ist nicht nur schlecht, er ist wichtig!»

«Aber mir ist er zu viel. So, ich muss mich jetzt bereit machen, ich sehe aus wie aus dem Müll gezogen. Soll ich einen Rock anziehen oder lieber Hosen?»

«Das spielt keine Rolle, wenn er nur mit dir ins Bett will.»

Alixe ignoriert, was die Mutter sagt, und beendet das Telefongespräch: «Ich ziehe Hosen an, die mit den Blumen, dann meint er, ich sei ein fröhlicher Mensch. Bye-bye.»

Alixe stellt die Vespa auf der Kiesfläche neben dem alten Zirkuswagen ab, um sie im Blick zu haben, wenn sie sich gleich mit ihrem Date an einen Tisch sitzt. Der Zirkuswagen wird als Bar genutzt. Sie trägt den Namen «Kleines Glück». Hier kann man «Essen, Trinken und Sein». So steht es in bunten Lettern auf dem Wagen geschrieben. Alixe mag es nicht, wenn sich fremde Leute auf ihren Roller setzen und ihre Fingerabdrücke und Bakterien hinterlassen. Und eigentlich mag sie auch Orte wie diesen nicht. Orte, an denen sich junge Menschen vergnügen, als würde es das Leben gut mit ihnen meinen. Die Vespa hat denselben Jahrgang wie Alixe und ist aus diesem Grund eine Attraktion. Die Großeltern hatten sie ihr zu ihrem dreißigsten Geburtstag geschenkt. Der Großvater hatte sie selber restauriert und sie dunkelblau gespritzt, in Alixe' Lieblingsfarbe.

Alixe sucht nach einem Mann, der aussieht wie der Internet-Flirter, der sich «Fabian, 29» nennt. Sie sieht lauter Kerle in seinem Alter, manche tragen trotz kühlem Wind nur Badehosen, andere karierte Hemden und bunte Schals.

«Amanda!», ruft jemand vom Flussufer her.

Alixe reagiert nicht.

«Amanda?»

Alixe dreht sich um. Vor ihr steht der Mann aus dem Internet. Seine Wangenknochen sind kräftiger als auf dem Foto, sein Blick ist durchdringender, sein Haar dunkler.

«Du bist Amanda, oder?»

«Ich heiße Alixe.»

«Oh, entschuldige bitte, ich dachte...»

«Ich bin es.»

«Alice, Amanda, egal, schön, dass wir uns endlich sehen.»

Das wird sich zeigen, denkt sie. Und was heißt eigentlich «endlich»? Haben wir eine beschwerliche Reise unter Todesgefahren hinter uns, um einander endlich leibhaftig gegenüberstehen zu können?

«Ja, das ist schön. Alle Tische sind besetzt.»

Ihr Blick wandert von der Bar zur Vespa, zu Fabian und zurück zur Bar.

«Das trifft sich gut», sagt er. «Darf ich bitten?»

Mit der Geste eines Kavaliers weist er ihr den Weg zum Flussufer. Sie geht mit ihm und begreift zunächst nicht, dass das Picknick am Strand für sie bestimmt ist.

«Nimm Platz, Amanda, eh, Alice», sagt er.

«Alixe mit x, Alix ausgesprochen, ohne das e der geschriebenen Version. Alice mit x statt c.»

Sie setzt sich.

«Woher kommt dieser Name?»

«Das ist Griechisch, mein Vater war Grieche, das heißt, er ist es wahrscheinlich immer noch.»

«Du siehst gar nicht südländisch aus oder war Aphrodite etwa auch blond?»

«Ich fühle mich auch nicht griechisch, ich war erst zwei Mal dort, und das nur, um als Pauschaltouristin in einem Hotelkomplex einem Burnout vorzubeugen.»

«Jamas!», sagt Fabian und reicht Alixe ein Glas mit Rotwein.

Sie stoßen an und setzen sich auf das Tuch.

Sie will sich bedanken, sagt dann aber: «Ich dachte, wir ...»

«Und ich dachte ... Naja, du magst Rotwein, aber nur, wenn du dazu isst, hast du jedenfalls geschrieben.»

Sie trinken den Wein, essen Oliven und schauen zu, wie ein paar Waghalsige in den kalten Fluss steigen. Er glänzt im Abendlicht wie ein Smaragd. Die Strömung ist schwach. Es ist friedlich.

«Magst du Sbrinz?»

Fabian nimmt den Käse in die Hand. Mit dem Taschenmesser schneidet er kleine Stücke und legt sie auf einen Teller aus Hartplastik. Das Baguette bricht er mit den Händen auseinander und reicht Alixe eine Hälfte. Sie legt Käse und ein Stück Rohschinken auf das Brot und beißt ab. Andere Frauen bringen beim ersten Date kaum etwas hinunter. Die Vespa ist aus ihrem Sichtfeld verschwunden, vor dem Zirkuswagen drängen sich die Leute in eine Schlange, um Bier und Humus mit Fladenbrot zu kaufen.

«Der Wein ist gut – und so würzig», sagt sie und begutachtet die Etikette auf der Flasche.

«Aha, aus Argentinien, der war aber lange unterwegs.»

«Ein Kunde hat mir den Tropfen empfohlen», sagt Fabian. «In jüngeren Jahren hat er auf dem Weingut den Bauern geholfen, mit bloßen Füssen zerstampften sie die Trauben. Damals kannte außerhalb Argentiniens kaum jemand diesen Wein, inzwischen wird er in die ganze Welt exportiert. Das Weingut beschäftigt 300 Leute. Stehen dir gut, die kurzen Haare.»

Alixe schiebt die Sonnenbrille hoch.

«Ist praktischer als diese langen Fäden.»

«Wie Fäden sehen deine Haare auf dem Foto aber nicht aus.»

«Es gibt noch keine Bilder von mir mit kurzen Haaren.»

«Das lässt sich ändern», sagt Fabian und nimmt sein Handy aus der Jeanstasche.

«Lächeln!»

Sie ist froh, dass Fabian aufgrund der erst kurzen Bekanntschaft nicht realisiert, dass es ein künstliches Lächeln ist und die echte Variante davon höchst selten zum Einsatz kommt. Hoffentlich will er nicht auch noch ein Selfie machen, mit Doppelkinn und Eierkopf, Selfies werden nie gut, sonst hätte sie eines auf Tinder gestellt. Fabian macht kein Selfie.

Eine Frau mit einer tätowierten Fabelwelt auf dem Bein steht direkt vor ihnen und richtet das Wort an ein paar Männer, die im Wasser liegen und sich an einer Boje festhalten. Wohl, damit die Strömung sie nicht in die Nordsee schwemmt.
«Es ist mir zu kalt, ich schaff es erst ab dreißig Grad Luft- und 22 Grad Wassertemperatur. Außerdem riecht es hier nach Fisch», sagt die Frau.
«Stimmt», murmelt Alixe.
«Was?», fragt Fabian, während er eine Zigarette aus der Schachtel klaubt.
«Du rauchst? Hast du gar nicht erwähnt.»
«Du hast auch nicht gesagt, dass du nicht Amanda heißt. Und eigentlich rauche ich nicht mehr.»

Er zündet die Zigarette an und zieht daran.

«Eigentlich bin ich seit einigen Wochen Ex-Raucher.»

«Macht aber nicht den Eindruck. Du weißt, wie viele Menschen ich sterben sah, weil sie geraucht haben?»

«Ich will es lieber nicht wissen.»

«Kannst dich ja direkt von einer Brücke stürzen, schau, dort drüben, die sieht gefährlich aus.»

Fabian zieht nochmals an der Zigarette, bläst den Rauch in Richtung Fabelwelt-Frau und sagt: «Ich habe einem Handaufleger viel Geld gegeben, damit er mir das Rauchen austreibt. Die ersten zwei Stunden nach dem Besuch dachte ich wirklich, befreit zu sein. Doch dann passierte es wieder, automatisch.»

«Was hat er denn genau gemacht, der Handaufleger?»

Mmh, die Hände auf mich gelegt, zuerst sanft auf die Hüften, dann mit leichtem Druck auf den Bauch. Am Ende hat er sich dann mit aller Kraft auf meiner Brust abgestützt. Und glaub mir, es war ein schwerer Mann.»

Alixe schmunzelt und betrachtet zum ersten Mal Fabians Hände. Sie sind schlank und leicht behaart.

«Und du hast ernsthaft geglaubt, das nütze?»

«Ich dachte, es schade nicht. Der Typ war im Fernsehen porträtiert worden. Der kann wirklich heilen! Allerdings nur neunzig Prozent seiner Kunden, sagt er. Ich gehöre wohl zu den restlichen zehn Prozent.»

«Ist das so ein Hellseher-Typ mit Kopftuch und Kugel?»

«Im Gegenteil. Er ist ein Bauer mit Hühnern und Gänsen und einem Pferd. Außerdem hört er Volksmusik, während er einem mit den Fingern in den Hals drückt und einem dabei tief in die Augen schaut.»

«Klingt seriös.»

«Er hat mir versprochen, dass ich nie wieder rauchen werde. Und dass ich den Zigarettengeschmack an den Händen bereits während der Behandlung nicht mehr riechen würde.»

«Wonach rochen deine Finger nach dem Zauber dann?»

«Nach Zigaretten. Ich sage ja, ich gehöre zu den zehn Prozent.»

Wie jeden Mittwoch sitzt Fabian bei Carl im Arbeitszimmer. Der Informatiker ist der einzige junge Mensch, mit dem sich Carl austauscht. Und einer der wenigen Menschen überhaupt. Seit einigen Wochen ist Fabian dabei, mittwochs Carls Diapositive zu digitalisieren. Die Arbeit wird eine Weile andauern, so viele Dias gilt es zu bearbeiten. Fabians Chef hat die Mittwochnachmittage der nächsten Wochen für Carl reserviert. Carl genießt Fabians Gesellschaft nicht nur, weil dieser seine konservierte Vergangenheit in die Gegenwart holt. Sondern auch, weil der junge Mann Leben ins Haus bringt.

Es läuft kein Radio und auch sonst ist es still. Fabian fühlt sich wohl bei diesem Kunden. Im Gegensatz zu anderen Klienten lässt er ihn in Ruhe arbeiten. Und wenn er ab und zu das Wort an ihn richtet, dann aus gutem Grund.
«Da sollten Tillandsien-Fotos aus der Atacamawüste drin sein», sagt Carl in die Stille, während Fabian zu entziffern versucht, was auf dem vergilbten Aufkleber der Schachtel steht, die er in den Händen hält.
«Ja, Tillandsien, 1961.»
Carl ist beruhigt, dass die Schachtel beim jahrelangen Herumstehen im Schrank nicht auf mysteriöse Weise verschwunden ist.

«Diesen Aufenthalt werde ich nie vergessen», sagt er. «Als ich in der Wüste unterwegs war, stürzte in den chilenischen Anden unweit von dem Ort, an dem ich nach den Pflanzen suchte, ein Flugzeug mit einer Fußballmannschaft ab. Sie haben bestimmt davon gehört, es war ein Drama. Das Wrack wurde erst jetzt, vor ein paar Monaten, entdeckt. Übrigens, haben Sie den Malbec-Wein inzwischen probiert, den ich Ihnen empfohlen habe?»

Fabian würde gern auf die Tragödie mit der Fußballmannschaft eingehen, von der er sehr wohl schon gehört hat, beantwortet dann aber Carls Frage.

«Ja, vor einer Woche, ein würziger Tropfen. Ich lege die Bilder unter Tillandsien, Atacama, 1961 ab, ja? Soll ich sie auch mit einem roten Punkt versehen?»

«Unbedingt! Oder nein, nehmen Sie eine andere Farbe. Es ist die erste von vielen Reihen mit Tillandsien-Bildern. Sie sollen einen eigenen Ordner erhalten. Wissen Sie, Tillandsien waren meine große Leidenschaft. Ich habe etliche Exemplare mitgebracht und hier kultiviert. Sie stehen inzwischen im Botanischen Garten und auf der Bestimmungstafel steht mein Name. Heute wäre es undenkbar, im Flugzeug einen Koffer voller Pflanzen nach Europa zu bringen, wie ich es damals einfach tat.»

Carl schweigt wieder. Er schaut Fabian von seinem Stuhl aus zu, kann aber nicht erkennen, dass es sich bei den verschwommenen Punkten auf dem Bildschirm um Ordner handelt und wie er mit der Maus den Cursor auf dem Schreibtisch umherzieht. Nach einer Weile friedlicher Ruhe teilt er Fabian mit, er sei froh, dass in seinem Garten noch einige pflegeleichte Pflanzen blühten.

Im Arbeitszimmer stehen lauter Mitbringsel aus fernen Ländern. Tonfiguren sitzen im Schneidersitz auf dem Fenstersims, Püppchen aus Filz stehen neben bemalten Schalen, in denen sich Carls abgelaufene Reisepässe, verstaubte Kameras und Filmrollen stapeln. Der silberne 27-Zoll-Mac wirkt in diesem Raum wie eine Requisite aus einem Science-Fiction-Film. Fabian schaut auf den Bildschirm und betrachtet die Gewächse, die wie mutierte Igel in Gestalt von Gestrüppen aussehen und die er selber kaum fotografiert hätte – schon gar nicht in dem Ausmaß, wie es Carl seinerzeit getan hat und offensichtlich wieder tun würde.

«Es ist eine faszinierende Pflanze. Die über 550 Arten haben sich an die unterschiedlichsten Lebensräume angepasst. Man findet sie in Sandwüsten, Regenwäldern, Hochsteppen oder Trockentälern. Sie werden sehen», sagt Carl.

Er klingt begeistert. Fabian liest die Bilder ein und hört gleichzeitig zu, was ihm der alte Mann erzählt.

«Ich erkenne leider kaum mehr etwas, meine Augen werden täglich schlechter. Aber in meiner Erinnerung sehe ich noch jede einzelne Tillandsie vor mir.»

Carl leert das Wasserglas in einem Zug.

«Darf ich Ihnen einen Kaffee bringen?»

Fabian nickt: «Gern.»

Die Dia-Schachtel ist bald eingelesen. Wenn er den 17.18-Uhr-Bus erwischt, ist er ein paar Minuten vor Alixe am Fluss und kann vom Zirkuswagen-Tisch aus beobachten, wie sie von ihrer Vespa steigt. Bei der Vorstellung, sie eines Tages zu küssen, wird ihm schwindelig. Es ist ein schönes Schwindelgefühl.

«Ach komm, Alixe! Das wäre doch lustig!»

Die Arbeitskollegin boxt gegen ihre Schulter.

«Sicher nicht! Was soll er auch denken, wenn er euch sieht und diese Atmosphäre hier erlebt. Nein, ich lade gar niemanden ein, der nicht hier arbeitet. Und schon gar keinen Mann, den ich erst vier Mal gesehen habe.»

«Gut, dann trinken wir den Prosecco eben allein. Was gibt es zum Essen?», fragt die Arbeitskollegin und reibt ihren drallen Bauch.

«Wir werden mein Frührentnerdasein feiern, ich kann mir keine kulinarischen Ausschweifungen leisten. Aber bring du doch was mit.»

«Alixe, also echt! Kannst ja bei Aldi was kaufen, den Prosecco kaufst du sicher auch dort.»

«Nein, stell dir vor, den hab ich bei Lidl erstanden, war ein Sonderangebot.»

Sie lachen, bis der Chefarzt das Schwesternzimmer betritt. Er bringt die Frauen durch seine bloße Anwesenheit zum Schweigen. In der Hand hält er die Akte der jungen Mutter. Die Krankenschwestern wissen den Blick des Chefarztes zu deuten, weshalb er darauf verzichtet, die traurige Nachricht auszusprechen. Er sagt nur:

«Ich habe ihren Mann bereits angerufen, er kommt in einer halben Stunde.»

Alixe würde am liebsten ihr Handy nehmen und Fabian mitteilen, sie könne doch nicht kommen und überhaupt wisse sie nicht, was die ständige Verabrederei solle. Es hat ja sowieso keinen Sinn. Der bekommt sicher bald Krebs. Oder hat schon. Er kommt bei einem Terroranschlag ums Leben oder stirbt an einem Stromschlag während der Arbeit. Sie seufzt.

Alixe setzt sich im Patientenzimmer auf den kalten Linoleum-Boden, auf dem eben noch das Bett mit den vielen Knöpfen und Hebeln stand, und weint. Warum? Warum sie und nicht ich? Nach einer Weile steht sie auf, hebt die gelben Birkenstock-Sandalen hoch und legt sie in die Tüte, die für den Witwer bestimmt ist. Die letzten Tage in diesem Hort des Todes schaff ich noch, aber keinen Tag länger, denkt sie. Sie geht in die Umkleidekabine, öffnet ihren Spind, zieht den gepunkteten Rock an, den sie für ihr Date mitgenommen hat, und überlegt, ob die Lippenstiftfarbe «Magnolia» oder «Koralle» passender ist. Magnolia ist besser.

Carl blickt auf ein helles Loch, das von einzelnen Buchstaben umringt ist, kann jedoch keine Wörter erkennen. Er faltet die «Allgemeine» zusammen und legt sie auf den Altpapier-Haufen. Nachdem er den Schwarztee ausgetrunken hat, stellt er die Tasse in das oberste Fach des Geschirrspülers und geht ins Wohnzimmer. Beim Flügel bleibt er kurz stehen.

«Ach, du», spricht er zum Klavier und tätschelt es wie einen Hund. Trotz Sonnenbrille blendet ihn die Sonne so sehr, dass er den Rollladen herunterlässt.

Dann setzt er sich auf den Stuhl neben dem Telefon-Tischchen und wählt die Nummer, die er immer wählt, wenn er jemanden anrufen möchte.

«Auskunft, Sie wünschen?»

«Guten Tag, verbinden Sie mich bitte mit dem Abonnementsdienst der Allgemeinen.»

Eine Popband beginnt in hohen Tönen über «Dirty Love» zu singen. Sie singt und singt und als das Lied zu Ende ist, fängt ein neues an. Derweil summt Carl die Melodie von Mozarts 21. Klavierkonzert vor sich hin. Er erschrickt, als die Popmusik aufhört und eine dunkle Stimme sagt:

«Willkommen beim Abonnementsdienst der Allgemeinen, mein Name ist Wolf, wie kann ich Ihnen helfen?»

«Guten Tag, Frau Wolf, ich glaube nicht, dass Sie mir helfen können, sondern fürchte vielmehr, ich werde Sie enttäuschen müssen.»

«Das bezweifle ich, Sie wissen ja nicht, was ich den ganzen Tag zu hören bekomme. Geht es um den Leitartikel heute auf Seite 2? Dann muss ich Sie an die Redaktion verweisen. Soll ich Sie durchstellen?»

«Um Himmels willen nein, ich wüsste nicht, ob ich die Redaktion für den Leitartikel loben oder tadeln müsste. Darum geht es ja, Frau Wolf. Sie müssen wissen, ich bin seit siebzig Jahren treuer Leser Ihrer Zeitung.»

«Das freut mich, es kommt selten vor, dass ich mit jemandem spreche, den unsere Zeitung schon so lange begleitet. Selber lese ich sie erst, seit ich hier arbeite. Und oft schaue ich mir nur die Titelseite an, Sie wissen ja, die Zeit rennt. Leider haben wir den Treue-Bonus für langjährige Abonnenten abgeschafft, den Verlagshäusern geht es schlecht und auch wir als Qualitätszeitung erleben düstere Zeiten.»

«Wo haben Sie denn vorher gearbeitet? Verzeihen Sie meine Neugier, aber Sie hören sich nicht wie eine Berufseinsteigerin an, was selbstverständlich als Kompliment zu verstehen ist, Weisheit schlägt sich bekanntlich auch in der Stimme nieder.»

«Ach ja? Das wusste ich nicht, vielen Dank für die Blumen. Ich war Hausfrau und Mutter und zuletzt Großmutter. Inzwischen gehen meine Enkel zur Schule und haben keine Lust mehr, ihre Freizeit bei den Großeltern zu verbringen. Da dachte ich, etwas Abwechslung könnte nicht schaden. Mein Mann ist ja auch ständig unterwegs, er ist immer auf der Suche nach neuen Lokomotiven und Oberspannungsleitungen. Er fotografiert leidenschaftlich gern. Einmal war ein Foto von ihm abgedruckt – und zwar ohne mein Zutun. Es erschien bei den Leserbriefen.»

«Das ist eine schöne Beschäftigung, auch ich habe viel fotografiert. Doch inzwischen, und darum geht es eigentlich, machen meine Augen nicht mehr mit. Es ist an der Zeit, mein Abonnement bei der Allgemeinen zu künden.»

«Was haben Sie an den Augen? Wir können das Abo unterbrechen und aktivieren, sobald Sie wieder besser sehen.»

«Das ist freundlich, Frau Wolf, Sie werden mich aber endgültig von der Liste der Abonnenten streichen müssen. Meine Augenkrankheit ist irreversibel, also nicht zu stoppen. Ich habe eine Makuladegeneration und werde blind.»

«Aber da gibt es heutzutage doch zahlreiche Möglichkeiten mit Laser und so.»

«Nicht in meinem Fall. Meine Krankheit betrifft den Punkt in der Mitte der Netzhaut, der das scharfe Sehen ermöglicht. Die sogenannte Makula, die allerdings keine verwandtschaftlichen Beziehungen zum Detektiv Matula unterhält, diese Makula wird bei mir langsam, aber wie gesagt unwiderruflich, zerstört.»

Carl hört, wie Frau Wolf laut herausprustet, den Namen Matula wiederholt und sich für ihr Lachen entschuldigt.

Er fährt fort: «Als ich vor einigen Jahren freiwillig den Führerschein abgab, weil ich als Autofahrer zur Gefahr für die Allgemeinheit wurde, wie ich fand, konnte ich noch lesen. Mit der Zeit fehlten einzelne Buchstaben, später ganze Worte, mittlerweile sind es ganze Abschnitte, die ich nicht mehr sehen kann. Außerdem gelingt es mir nicht einmal mehr, Gesichter zu erkennen, es sei denn, die entsprechende Person lässt sich durch ein auffälliges Merkmal wie einen Lockenkopf oder eine markante Stimme identifizieren. Sie beispielsweise würde ich vermutlich an der Stimme erkennen.»

«Das klingt ja schrecklich. Haben Sie wenigstens eine Frau, die den Haushalt schmeißt?»

«Nein, ich kümmere mich selber darum. Als ich die Diagnose vor 14 Jahren erhielt, begann ich, manche Dinge mit geschlossenen Augen zu erledigen, um mich an die bevorstehende Situation zu gewöhnen. In der Realität sieht es jetzt aber so aus, als würde die Zerstörung der Makula mich bald auch bei einfachsten Tätigkeiten behindern. Auf Blindheit kann man sich nur bedingt vorbereiten.»

«Sie hatten recht, als Sie sagten, ich könne Ihnen nicht helfen ...»

«... und ich habe erst noch Ihre wertvolle Zeit beansprucht, hoffentlich gibt das keine Schelte.»

«Aber nein, Kundenpflege wird bei uns großgeschrieben.»

«Dumm nur, dass ich kein Kunde mehr bin.»

«Bis Ende Jahr bleiben Sie Kunde, wir erstatten bezahlte Abos nicht zurück. Soll ich Ihre Zeitung einem Freund zukommen lassen?»

«Meine Freunde sind alle gestorben. Haben Sie vielen Dank für die nette Unterhaltung und die Zeit, die Sie mir geschenkt haben.»

«Ich bedanke mich bei Ihnen, es war interessant, mit Ihnen zu plaudern. Gibt es jemanden, der Ihnen vorliest?»

Carl schweigt. Und sagt dann:

«Das Radio ist zu einem unverzichtbaren Wegbegleiter geworden. Ich wünsche Ihnen einen schönen Tag, Frau Wolf, und nochmals vielen Dank.»

Sein Mund ist ausgetrocknet. Seit dem Besuch von Fabian vor einigen Tagen hat er mit niemandem mehr gesprochen. In der Küche nimmt er ein Tetrapack Orangensaft aus dem Kühlschrank und schenkt sich ein Glas ein. Als dieses leer ist, denkt er darüber nach, was er mit dem angebrochenen Tag anfangen könnte. Seine Tage dauern ewig. Er geht hinauf ins Schlafzimmer, legt sich auf die von der Sonne gewärmte Bettdecke und schließt die Augen. Wenig später schläft er ein.

Fabians Handy zeigt 18.02 Uhr an. Sein Blick wandert vom Display zu Alixe' Parkplatz und zurück. Weit und breit keine dunkelblaue Vespa. Ob sie ihre Verabredung vergessen hat? Ihn nicht mehr sehen will? Ob sie einen anderen kennengelernt hat? Oder nach Griechenland gereist ist? Und ich sitze hier wie ein Idiot.

«Bier?»

Fabian zuckt auf. Alixe schaut erwartungsvoll zum Tisch hinüber, an dem Fabian mit dem Handy im Schoss sitzt. Sie steht in der Schlange vor dem Zirkuswagen und als er sie sieht, sticht ein Schwert mitten in sein Herz. Der Stich tut nicht weh. Er ist sogar angenehm. Ein neues Gefühl.

«Nein, eine Limonade bitte», ruft er ihr zu.

Noch einen Zug, dann drückt er die Zigarette im Aschenbecher aus. Kaum hat er diesen im Gebüsch neben sich verstreckt, steht Alixe auch schon mit der Limonade und einem Gin Tonic in der Hand vor ihm.

«Schnaps! Das muss heute sein!», sagt sie.

Nach einem kräftigen Schluck teilt sie Fabian unvermittelt mit: «Keine Angst, ich bin zu Fuß da. Wenn ich Gin trinke, fahre ich nicht.»

Er prostet ihr zu.

«Du musst aber morgen arbeiten, nicht? Dein letzter Arbeitstag ist doch erst am Freitag?»

«Stimmt. Am Freitag, ich zähle die Stunden, bis es endlich so weit ist.»

Bei den letzten Treffen am Fluss hatte Alixe Fabian stets angedeutet, dass sie die verbleibenden Tage in der Klinik kaum aushalte. Wenn er jedoch nachhakte, wich sie aus. Er beschließt, das Thema auch jetzt auszulassen. Es hat ja noch Zeit, er will ihr den Abend nicht vermiesen.

«Wollen wir wegfahren über das Wochenende?», fragt er – und bedauert diesen etwas gar krassen Themenwechsel schon im nächsten Augenblick. Doch es ist zu spät.

«Wegfahren? Jetzt, da es hier endlich warm ist? Außerdem: Wohin willst du gehen? Hast du das Gefühl, es könnte irgendwo besser sein als hier? Oder anders? Träumer!»

«Ja, in der Atacama-Wüste in Peru.»

«Peru! Gute Idee, mal schnell über das Wochenende nach Südamerika fliegen mit einer Neo-Arbeitslosen. Du könntest mir lieber beim Flohmarkt am Samstag helfen. Ich muss Geld verdienen. Hab eine Menge Gerümpel im Keller herumstehen und will versuchen, das Zeug am Flohmarkt loszuwerden, bevor ich mich bei eBay anmelde und den ganzen Mist fotografieren, beschreiben und verschicken muss.»

«Klar helfe ich dir.»

Fabian könnte schreien vor Glück. Zum ersten Mal schlägt Alixe ein Wiedersehen vor. Und erst noch eines, bei dem sie sich tagsüber sehen würden. Bei den Frauen vor ihr war das anders, die waren meist zu aufdringlich für Fabians Geschmack. Bei Alixe wäre er froh um etwas mehr Initiative. Bloß: Warum eigentlich? Was ist passiert? Er wollte doch immer frei sein. Werde ich etwa erwachsen?

«Ich freu mich auf den Flohmarkt, hab ich schon lange nicht mehr gemacht, ich bin halt eher der eBay-Typ.»

Alixe hat den Gin Tonic schnell ausgetrunken, in Anbetracht der frühen Uhrzeit fast ein bisschen zu schnell, findet Fabian. Er behält seinen Gedanken für sich. Und malt sich aus, wie er am Freitag argentinischen Wein, Rib-Eye-Steaks, Zucchetti und Frühkartoffeln kauft und Alixe nach dem anstrengenden Flohmarkt-Tag am Samstag bei sich zu Hause bekocht. Spontan natürlich, als hätte er immer Wein, Rib-Eye-Steaks, Zucchetti und Frühkartoffeln im Haus. Er stellt sich vor, wie sie auf seiner Terrasse sitzen und sich im Mondlicht küssen. Endlich küssen.

«Fabian?»

Alixe legt die Hand auf seine Schulter.

«Noch eine Limonade?»

Es ist sieben Uhr in der Früh. Fabian starrt an die Wand und fragt sich, was wohl für ein Bild dort hing, warum Alixe es abgenommen hat und ob der Fleck an der Mauer sie nicht stört.

«Da klebte jahrelang ein Foto von meinem Vater und mir. Es zeigte uns im Garten der Klinik. Ich war noch ein Zwerg und er war drei Mal so groß wie ich. Außerdem war er braun gebrannt, da er lieber rausging, anstatt in der Küche zu stehen. Das Foto hat mich mit der Zeit immer mehr genervt, jetzt liegt es in der Fotoschachtel», sagt Alixe, während sie den gepunkteten Rock vom Boden aufhebt. Fabian fühlt sich ertappt. Ob sie meine Gedanken lesen kann? Ob sie alle meine Gedanken lesen kann? Und während jeder Tätigkeit, auch jetzt, da ich nackt vor ihr liege? Sie schiebt das Kleid über den Kopf, lässt es über ihren blassen Körper fallen und verlässt den Raum.

«Kaffee?»

Fabian hört die Frage, doch seine Zunge ist wie gelähmt. Er büschelt seine Haare, als wollte er sie zu einem Zopf zusammenbinden, legt die Arme auf das Kissen, auf dem Alixe eben noch gelegen hat und schnüffelt daran. Wie lange es wohl dauert, bis das Kissen ausgeschnüffelt ist? Wie haben die Kissen der anderen Frauen gerochen? Haben sie gerochen? Die Namen der meisten anderen Frauen hat Fabian oft schon nach wenigen Tagen vergessen oder verdrängt. Und langsam verschwimmen in seiner Erinnerung auch die letzten Gesichter.

Alixe stellt eine Tasse Kaffee auf die Holzkiste neben dem Bett. Selber trinkt sie aus einem Glas, in dem es wie verrückt sprudelt.

«Du brauchst wohl kein Alka-Seltzer, ne? Ich beneide dich!»

Sie verschwindet aus dem Zimmer und Fabian hört, wie sie im Flur zu sich selber spricht: «Oh Gott, mein Kopf! Scheissschnaps!»

Er liegt immer noch auf dem Rücken, der Kaffee wird kalt. Am liebsten würde er nie wieder aufstehen, Alixe zu sich holen, sie lieben bis in alle Ewigkeit. Das Kissen duftet nach Zitrone und Mandeln und Sonne und Meer.

«Musst du nicht arbeiten?»

Alixe' Haar tropft, ihre Augen sind geschwollen. Sie ist wieder nackt. Fabians Körper pocht.

«Arbeiten? Doch.»

Sie hebt ein T-Shirt und Hosen vom Ledersessel und zieht sich an.

«Ich lass den Schlüssel stecken, wirf ihn in den Milchkasten.»

Die Tür fällt hinter ihr ins Schloss. Fabian starrt an die Wand. Er stellt sich vor, wie das Foto ausgesehen haben mag. Ob der Vater ein Costa-Cordalis-Typ ist und Alixe in seiner Anwesenheit fröhlich war? Ob der Vater schuld ist, dass sie jetzt so schwermütig ist? Er zieht seine Jeans vom Boden zu sich heran, nimmt das Handy heraus und streichelt das Foto, das er beim ersten Date von Alixe gemacht hat.

«Alixe», flüstert er dem Gerät zu.

«Alixe.»

Er speichert das Bild ab und löscht danach all die anderen Fotos, die er einst von Frauen gemacht hat.

Selten sind so viele Leute im Schwesternzimmer versammelt.

«Wir wollen verhindern, dass du orientierungslos durch die Welt taumelst, darum haben wir einstimmig beschlossen, dich zu deinem Glück zu zwingen.»

Die Arbeitskollegin streckt Alixe ein gebundenes Heft entgegen. «Deutung des Geburtshoroskops» steht darauf geschrieben. Alixe taucht in die Längen, Breiten, Zonen, Positionen und Häuser ein, die sich ihr offenbaren, bis der Chefarzt sie mit einem Hüsteln auffordert, ihre Aufmerksamkeit wieder den anwesenden Menschen zu widmen.

«Und wir wollen auch nicht, dass du verhungerst und mangels Alternativen nach einem Monat widerwillig zu uns zurückkehrst. Aber du musst wissen, Alixe: Wir würden dich jederzeit zurücknehmen. Mit Handkuss sogar.» Der Chefarzt drückt ihr ein Buch mit Restaurant-Gutscheinen und einen Blumenstrauß in die Hand.

«Du bist ein großer Verlust für die Klinik und das Team. Doch Reisende soll man nicht aufhalten.»

Mit seinem Klatschen macht er deutlich, dass seine Ansprache wie vorgesehen eine Kurzansprache war und damit beendet ist.

«Ich sollte jetzt wohl eine Rede schwingen. Eine großartige Rede! Aber es ist gut so, vielen Dank», sagt Alixe in die Runde und schämt sich. Wofür genau, weiß sie nicht, doch ist es ein unangenehmes Gefühl, im Schwesterzimmer im Mittelpunkt zu stehen – und das in Crocs und einem zu großen Hemd – und nichts zu sagen zu haben. Die Arbeitskollegin hat bereits die ersten Gläser gefüllt. Sie streckt dem Chefarzt und Alixe einen Prosecco entgegen und behält ein weiteres Glas bei sich.

«Auf Alixe! Bedient euch.»

Die Gläser klirren.

Auf einmal steht die Mutter im Raum und drückt ihre abtrünnige Tochter an sich.

«Mein Mädchen! Ich muss wieder herunter, aber...», sie wischt sich die Tränen weg.

«Ach, Mama. Zur Not kann ich ja deinen Job übernehmen, wenn du dann in Rente gehst», sagt Alixe.

Alle hören Mutter und Tochter zu, bis auf die Arbeitskollegin mischt sich aber niemand ein.

Sie fragt: «Und was tust du, bis es so weit ist?»

«Ich versuche, zu leben.»

Fabian hebt vorsichtig ein Dia nach dem anderen aus der Schachtel «Tillandsien, Argentinien, 1974», als Carl plötzlich fragt:

«Sie sind so abwesend, sind Sie verliebt? Bringen Sie die Dame doch einmal mit. Ich koche was Schönes für Sie beide, denn kochen, das kann ich noch. Wissen Sie, ich habe oft mit geschlossenen Augen Mahlzeiten zubereitet, auch aufwendige, nachdem ich seinerzeit erfahren habe, dass ich langsam, aber sicher erblinden werde. Das war eine gute Übung. Würde ich jedem raten. Obwohl – manchmal würze ich allenfalls ein wenig zu stark oder zu schwach, das werden Sie aber bestimmt überleben.»

Fabian legt das Dia, das er im Sonnenlicht betrachtet hat, auf den Schreibtisch und sagt: «Ich weiß nicht.»

«Junger Mann, lassen Sie sich von einem alten Mann etwas sagen: Wenn man verliebt ist, weiß man das. Und essen müssen auch Verliebte. Montag, 19 Uhr? Und bitte bringen Sie nichts mit. Ich besitze, wie Sie sehen, genug Dinge, die ich nicht gebrauchen kann.»

Die ungesendeten Nachrichten häufen sich im Postfach von Fabians Handy.

Wann sehen wir uns wieder? Sehen wir uns überhaupt je wieder?

Alixe, meine Göttin, meine Königin, kein Atemzug ohne den Gedanken an dich und deine Mandelhaut.

Wie sieht es mit dem Flohmarkt aus? Soll ich dir bei den Vorbereitungen helfen?

Gern würde er alles auf einmal losschicken und noch viel mehr. Für den Anfang reicht aber:

Ich habe noch Rotwein und das Wetter ist ideal für ein Picknick am Fluss. Hast du heute Zeit?

Alixe hat Zeit. Als sie am Fluss ankommt, kauert Fabian bereits vor einem mit Salami, Cherrytomaten und Focaccia gefüllten Pappteller am Strand und ist dabei, den Wein zu öffnen. Als er sie bemerkt, steht er auf und strahlt.

«Alixe, schön, dich zu sehen. Wie lief der letzte Arbeitstag?»

Alixe setzt sich auf das Tuch, legt die Handtasche hin und sagt: «Es ist ausnahmsweise niemand gestorben. Und ich bekam ein Horoskop geschenkt. Schau mal.»

Sie zieht das gebundene Heft aus der Tasche und legt es neben die Salami.

«Ein Horoskop?»

«Meine ehemaligen Kollegen befürchten, ich würde nun für immer und ewig arbeitslos bleiben, weil ich mich nicht beim Arbeitsamt anmelden will und Stelleninserate aus tiefer Überzeugung ignoriere. Sie glauben, ich würde im Horoskop einen Hinweis auf meine eigentliche Berufung finden und auf einem Bauernhof landen oder so.»

«Dann lass uns nach deiner Berufung suchen», sagt Fabian und schlägt eine zufällige Seite auf. Unter dem Titel «Venus im achten Haus» liest er: «Mit einer starken erotischen Ausstrahlung üben Sie auf viele Menschen einen gewissen Reiz der Anziehung aus, der Ihnen selber vielleicht gar nicht immer bewusst oder angenehm ist.»

«Zeig, was heißt es da?»

Alixe will ihm das Heft aus der Hand reißen. Aber Fabian hält es fest und blättert rasch weiter. Ein Gespräch über Erotik scheint ihm unpassend, obwohl er die Einschätzung des Astrologen zu seiner eigenen Überraschung teilt. Er hat jedoch Angst, Alixe könnte ihm bei dieser Gelegenheit zu verstehen geben, dass es sich bei der gemeinsamen Nacht um einen einmaligen Ausrutscher gehandelt habe. Schnell weg von der Venus also. Er wünscht sich, auf ein unverfängliches Kapitel zu stoßen, und schlägt eine neue Seite auf.

«Ah, schau, da steht was über einen gewissen «MC im Krebs». Wohl ein Rapper, der auf Astrologie macht.»

Auf die Gefahr hin, erneut auf ein heikles Thema zu stoßen, trägt Fabian theatralisch vor, was über den «MC im Krebs» geschrieben steht: «Die Schaffung eines Nestes der Geborgenheit für Ihre Familie ist eines der großen Anliegen in Ihrem Leben.»

Oh mein Gott, das klingt ja, als wollte ich heute noch ein Einfamilienhaus für uns bauen. Er will weiterblättern und etwas aus der Kindheit oder über Haustiere finden, doch sie hält ihn vom Blättern ab, indem sie sagt:

«Stimmt, mein Nest ist mir wichtig. Die Frage ist nur, wie lange ich es mir noch leisten kann. Da kommt mir in den Sinn: Hilfst du mir jetzt beim Flohmarkt?»

Ein Stein fällt ihm vom Herzen. Zu sehr hätte ihn ein Nein auf eine gemeinsame Zukunft in einem Häuschen am Stadtrand geschmerzt.

«Ja, klar. Kann ich dir bei den Vorbereitungen behilflich sein?»

Ich könnte ihm ein Rindsfilet aus dem Tiefkühler holen und schön anbraten, rosa und leicht versalzen, wie er es mag. Vielleicht würde er kapitulieren und alles wäre wie früher. Carl sitzt am Bettrand und atmet wie ein ungeübter Wanderer:

«Haben wir noch genug Wattestäbchen?»

«Klar.»

Ich gehe ins Bad, nehme ein Wattestäbchen aus der Schachtel und halte es in den Wasserstrahl. Unter dem Waschbecken liegen der Nachttopf und die Einweg-Saugeinlagen. Sie liegen noch unberührt in der Ikea-Tasche, so wie ich sie vor drei Tagen mitgebracht habe. Carl hatte mich gebeten, ein Notfallset für alle Eventualitäten zusammenzustellen. Für mich war immer klar, dass wir die meisten Dinge aus dieser Tasche nicht brauchen werden, und ich bin froh, dass das bis jetzt der Fall ist.

Ich bringe Carl das nasse Wattestäbchen ans Bett. Er befeuchtet sich damit den Mund, als wäre er ein Verdächtiger in einem Krimi, der widerwillig einen Abstrich für eine DNA-Probe machen muss. Danach richtet er mit dem edlen Hornkamm, den ihm einst seine große Liebe geschenkt hat, die für einen Mann seines Alters noch volle Haarpracht und steht zackig auf.

«So, junge Dame, ich bin bereit für das Konzert», sagt er. Dabei grinst er wie ein Teenager, der sein erstes Date vor sich hat und nicht etwa sein letztes. Ich sage ihm, was ich denke, und er entgegnet:

«Warum mein letztes Date? Glaubst du, ich sterbe in den nächsten Stunden? Es geht mir prächtig und ich spüre, dass ich noch einige Tête-à-Têtes mit dir haben werde. Zur

Feier des Tages hören wir uns jetzt die perfekte Interpretation der Goldberg-Variationen an.»

Wir gehen die Treppe, auf der Carl vor gut 24 Stunden noch mit einer Pistole saß, hinunter an Sam Francis vorbei ins Wohnzimmer.

Carl bleibt stehen und sagt: «Bevor ich es vergesse: Das Testament ist aufgesetzt. Und auch sonst habe ich ein bisschen vorgesorgt.»

Er zeigt auf das Regal neben dem Sam-Francis-Bild und sagt: «Dort drüben neben der Doktorarbeit liegt ein Umschlag für dich. Öffne ihn, wenn ich nicht mehr atme.»

Ich entgegne nichts. Carl setzt sich auf den Sessel. Er legt die Arme auf die Lehne und fordert mich auf, mir ein Glas Wein zu holen.

«Oder lebst du neuerdings auch asketisch? Und bring mir bitte die Fernbedienung.»

Die Musik erklingt, ich erkenne den Anfang. Was soll daran anders sein als gestern? Immerhin kann ich die Melodie inzwischen Bach zuordnen.

«Was feiern wir eigentlich, abgesehen von deinem erstaunlich guten Zustand nach drei Tagen des Fastens und der damit verbundenen Tatsache, dass wir wohl noch eine Weile zusammen in diesem Haus sein werden? Gib mir einen guten Grund, Carl, denn normalerweise trinke ich mittags noch nicht.»

«András Schiff ist ein Fest, immer. Er spielt Klavier wie ein Gott. Wahrscheinlich hätte er den Raum verlassen, wenn er mich je spielen gehört hätte. Ich habe es nicht einmal fertiggebracht, frei zu spielen. Wenigstens kann ich gut Noten lesen, das heißt, ich konnte gut Noten lesen.»

Ach Carl, wenn du in diesen Tagen wenigstens noch ein bisschen Klavier spielen könntest. Gern würde ich dir meine Augen leihen.

«Gibt es denn gar keine Möglichkeit, wenigstens für einen Augenblick wieder zu sehen? Als kleine Aufmerksamkeit des Himmels?», sage ich.

Carl nimmt eine Schlaftablette aus dem Schälchen, das ich zuvor auf den Nierentisch gestellt habe, zerbricht sie und sagt: «Es reicht, dass du da bist.»

Er schließt die Augen, schluckt das Medikament ohne Flüssigkeit und dann lauschen wir Schiffs Klängen, während ich im Handy «András Schiff» google. Ein ungarischer Pianist und Dirigent. Aha, ein Wunderkind. Ich schließe ebenfalls die Augen. Im Gegensatz zu Carl nicke ich nicht ein, obwohl ich müde genug wäre, um einzuschlafen. Mein Tag-Nacht-Rhythmus ist in den vergangenen Tagen durcheinandergeraten. Als die CD zu Ende ist, lege ich Carl eine Decke über die Beine.

«Ist Schiff nicht wunderbar?», fragt er.

«Und ob. Soweit ich das beurteilen kann», antworte ich.

Ich gehe in die Küche und nehme das Flunderfilet aus dem Kühlschrank. Es riecht nach nichts, was ich als gutes Zeichen werte. Ich würze es und brate es in Butter an, obwohl mir nicht nach Essen zumute ist. Aber einer muss ja.

Zwei Monate zuvor

Feierabendverkehr. Die Ampel wechselt nach wenigen Sekunden auf Rot.

«Er ist echt interessant, wirklich! Hat viel zu erzählen und noch mehr erlebt. Er ist mein Lieblingskunde», sagt Fabian, während er den Zündschlüssel dreht.

Alixe beobachtet, wie die Ampelfarben von Rot auf Orange und dann auf Grün wechseln.

«Passiert das oft?»

«Dass mich Kunden zum Essen einladen? Nein, nie!»

«Dass der Motor an der Ampel abwürgt.»

«Manchmal, man muss besonders sanft umgehen mit diesem alten Teil. Sonst läuft er wunderbar, ich musste ihn noch nie in eine Garage bringen, das heißt, noch nie in eine richtige. Stevie, mein kleiner Bruder, liebt Oldtimer und bastelt ständig am Auto herum.»

«Warum erzählst du nie von deinem Bruder?»

«Ich hab dir doch schon ein paar Dinge von ihm erzählt, dass wir zusammen durch Skandinavien gereist sind und den Volvo dort geschenkt bekommen haben. Eigentlich wollten wir ihn kaufen, doch der ehemalige Besitzer war so angetan von uns, dass er uns den Wagen unbedingt schenken wollte. War ein cooler Typ.»

Alixe merkt, dass Geschichten über Autos aus dem Norden sie momentan doch nicht so wahnsinnig interessieren. Vielmehr wüsste sie gern, wohin sie gefahren wird und vor allem warum.

«Was meint der alte Mann eigentlich, wer ich bin?»

«Meine Begleiterin, nehme ich an.»

«Und warum dürfen wir nichts mitbringen? Das ist doch unhöflich.»

«Er besitzt alles und hat einen üppigen Weinkeller. Außerdem sieht er nicht mehr gut, er ist am Erblinden.»

Alixe beugt sich ruckartig nach vorn und schaut Fabian ungläubig an. Er will seine Aussage präzisieren, doch sie ist schneller:

«Wir lassen uns von einem Blinden bekochen? Fabian! Das ist lebensgefährlich.»

«Er ist nicht richtig blind. Und er sagt, kochen könne er noch.»

«Sagt er, aha. Und wenn es ungenießbar ist? Oder er Brennsprit statt Wein verwendet?»

«Dann lassen wir es stehen. So, wir sind da.»

Fabian steigt aus und öffnet die Tür auf Alixe' Seite. Sie betrachtet die von einem großzügigen Garten mit zahlreichen Bäumen und Sträuchern umgebene Villa mit Panoramafenstern und einem Flachdach. Das Haus ist schlicht und mit seiner gestreiften Fassade aus Beton und Holz gleichzeitig verspielt.

«Hier wohnt er ganz allein, dein Lieblingskunde?»

«Ja. Allein mit seinem schönen Garten.»

Auch nach dem dritten Mal Klingeln bleibt die Haustür zu.

«Ist er etwa auch taub?», fragt Alixe.

«Nein, aber er hat ein Hörgerät, ist ja normal in seinem Alter.»

Fabian hat den Satz noch nicht beendet, als Carl die Tür öffnet und ihn unterbricht: «Zum Glück habe ich ein Hörgerät, sonst hätte ich das Klingeln kaum wahrgenommen.»

Er bittet seine Gäste herein.

«Freut mich sehr, dass Sie hier sind.»

Zuerst reicht er Alixe die Hand, dann begrüßt er Fabian. Der alte Mann kommt Alixe bekannt vor, sie hat aber keine Ahnung, woher sie ihn kennen könnte. Er war gewiss kein Patient. Die Gesichter ihrer Patienten vergisst Alixe nie. Ihr Blick ist auf das Bild im Flur gerichtet. Carl kann ihr Gesicht kaum erkennen, wohl aber, dass sie den Kopf zum Bild gedreht hat.

«Das ist ein Sam Francis, leider der einzige, den ich habe», sagt Carl.

«Ich kenne jeden Strich auswendig. Darf es ein Glas Weißwein sein? Ich habe einen Grünen Veltliner aus der Wachau kalt gestellt. Setzen Sie sich doch schon mal.»

Fabian nimmt auf einem der Sessel im Wohnzimmer Platz. Alixe bleibt vor einem Regal stehen und mustert die leinengebundenen Bücher. «Argentinien», «Peru», «Bolivien».

«Wow», murmelt sie. «Dort scheint wenigstens öfters die Sonne als hier. Aber eben, der Mensch ist überall gleich.»

Als sie bemerkt, dass Carl hinter ihr steht, wünscht sie sich, den Mund gehalten zu haben. Zu ihrer Erleichterung geht der zweifellos gebildete Mann aber nicht auf ihre hobbymeteorologischen und anthropologischen Behauptungen ein, sondern fragt:

«Sie interessieren sich für Südamerika? Ihr Freund hat mit mir schon einige Reisen dorthin unternommen.»

Fabian zuckt beim Wort «Freund» auf.

«Leider nur virtuell», entgegnet er.

«Wenn Sie möchten, zeigt Fabian Ihnen nach dem Essen eine Dia-Show – allerdings eine moderne auf dem Computer. Es sind jedoch noch längst nicht alle Bilder eingelesen.»

Alixe erinnert sich an die Abende bei den Großeltern, als sie stundenlang Feriendias und Dias von der Mutter als kleines Kind anschauen musste. Sie hatte sich zu Tode gelangweilt.

«Gern», sagt sie. Und nimmt das Glas mit dem Weißwein entgegen.

Fabian sitzt auf seinem Balkon und raucht eine Zigarette. Er ist froh, dass der Abend so gut verlief, dass das Rindsfilet nicht zu fest durchgebraten war und sich Alixe nicht darüber beklagt hat, dass Carl etwas gar viel Salz verwendete. Beim Abschied hatte sie ihm im Volvo einen Kuss auf die Wange gedrückt und sich bedankt. Wofür, hat sie nicht gesagt. Er hatte ja gar nichts beigetragen zum Abend. Es war Carl, der Alixe aufleben ließ. Carl! Jetzt bloß nicht eifersüchtig auf einen bald 94-Jährigen sein. Was Alixe wohl in meiner Wohnung anschauen würde? Ich besitze weder wertvolle Kunst noch viele Bücher. Er beschließt, sich am Flohmarkt als Kunstinteressierten zu geben. Das wird sie beeindrucken. Er nimmt das Telefon aus der Hosentasche und schreibt:

Gute Nacht, Alixe. Bis bald.

«Sie haben eine bezaubernde Freundin und eine hübsche dazu, soweit ich das beurteilen kann.»

Carl deutet mit Zeige- und Mittelfinger auf seine Augen. Fabian setzt seine Arbeit fort und räumt jene Dias in den Schrank, die er bereits digitalisiert hat. Seit dem gemeinsamen Abendessen sind zwei Tage vergangen.

«Sie ist nicht meine Freundin, glaube ich jedenfalls.»

«Das tut Ihnen gut, ein Mann muss um das Herz seiner Angebetenen kämpfen. Glauben Sie mir, Ausdauer wird belohnt. Ich habe das selber erlebt.»

Fabian traut sich nicht, nachzuhaken, obwohl es ihn brennend interessiert, was Carl erlebt hat und wo die Frau jetzt ist, für die er gekämpft hat.

«Wer liebt, scheut keine Mühe», sagt Carl nach einer Weile. «Ein schöner Satz, nicht? Und erst noch ein wahrer. Stammt aus «Il Barbiere di Siviglia» von Gioachino Rossini. Eine wunderbare Oper! Mögen Sie klassische Musik? Und Shakespeare?»

Fabian fragt sich, was der große Dichter mit klassischer Musik zu tun hat.

«Vor klassischer Musik habe ich großen Respekt, ich kenne mich aber nicht besonders gut aus. Und Shakespeare haben wir in der Schule gelesen.»

«Respekt? Na, na. Ihre Freundin mag klassische Musik bestimmt, würden Sie mich kommende Woche zu einem Konzert begleiten? Es ist ein besonderer Anlass.»

1921

Die beliebtesten Jungennamen sind Hans, Karl, Heinz, Walter und Günter. Carl mit C taucht in der Statistik nicht auf. Die Mutter nennt ihren Sohn so, ihn, den Erstgeborenen, der das einzige Kind bleiben wird. Sie ist der Meinung, der Name mute französisch an, fast schon weltlich. Und nicht so deutsch wie ein Karl mit K. Wäre Carl ein Mädchen geworden, hätte er Ilse geheißen. Die Mutter hat die Geburt knapp überlebt. Der Säugling lag quer. Die beiden hatten Glück. Für das junge Ehepaar geht der größte Wunsch in Erfüllung. Wirtschaftlich läuft es drei Jahre nach dem Krieg wieder besser, der Vater hat eine sichere Stelle als Beamter und Carl macht ihr Glück komplett. Adolf Hitler sitzt seit drei Monaten der NSDAP vor. Doch einfache Leute wie die Eltern von Carl schert das nicht. Sie sind zuversichtlich, dass die Welt endlich Frieden findet. Sie haben ihren Frieden in jenem Oktober gefunden, als Carl zur Welt kam.

Fabian hat bei seinem Bruder einen Campingtisch geliehen, damit sich die Flohmarktgänger nicht bücken müssen. Alixe hat den Tisch mit einem weißen Tuch abgedeckt. Sie präsentiert die Aufschnittmaschine, die Kaffeemühle und den Bohnenschneider in der vordersten Reihe. Lötlampe, Zangen und Wasserwaage liegen in der zweiten Reihe vor dem Fernseher.

«Möchtest du den Fernseher wirklich verkaufen?», fragt Fabian.

Sie nickt.

«Warum sollte ich ihn behalten? Wenn ich mir einen Film ansehen will, kann ich das auch auf dem Tablet tun. Und Nachrichten interessieren mich nicht, die Dramen dieser Welt beelenden mich zu sehr.»

Fabian sagt nichts dazu, was soll er schon entgegnen? Er denkt an Carl und daran, dass dieser schon etliche Weltdramen miterlebt hat. «Wie findest du eigentlich Herrn Carl?», fragt er dann.

«Lustig, ich hab auch gerade an ihn gedacht», sagt Alixe. «Es war sehr schön bei ihm, er ist wirklich ein interessanter Mann. Diese Fotos aus einer längst vergangenen Zeit. Und wie er die Blumen aus der Erinnerung heraus geschildert hat. Ich hatte das Gefühl, Farbfotos anzuschauen.»

«Ihm hat der Abend auch gefallen, und er fragt, ob wir ihn an ein Konzert begleiten.»

Ein dürrer Mann mit zerzaustem Haar steht plötzlich vor ihrem Stand. Typ Kunstlehrer auf Arbeitssuche. Oder Dichter ohne Inspiration.

«Wie viel wollen Sie für die Lötlampe?»

Alixe schaut fragend zu Fabian und antwortet dann: «Was sind Sie bereit zu zahlen?»

«Wenn Sie mich so fragen: Ich nehme sie auch gratis.»

«Entschuldigen Sie, aber ich bin nicht zu Späßchen aufgelegt!»

Ihre braunen Augen werden für einen Moment schwarz. Sie dreht sich vom Mann mit der zerzausten Frisur weg und wendet sich Fabian zu, der gerade den Silberschmuckhändler vom Nachbarstand um Feuer für eine Zigarette bittet.

«Was für ein Konzert ist das?», fragt sie.

Er zuckt mit den Schultern.

«Irgendwas mit Shakespeare. Es soll eine Überraschung werden.»

«Hat Shakespeare etwa auch komponiert? Das kann mir doch nicht entgangen sein! Und was heißt das, eine Überraschung?»

«Das erfahren wir dann alles», sagt Fabian.

Alixe zählt zum dritten Mal die Scheine und das Kleingeld.

«Das kann einfach nicht sein! Damit kann ich ja nicht mal die halbe Miete bezahlen!», schnaubt sie.

«Wir müssen eben bald wieder hingehen. Magst du Kartoffeln lieber aus dem Ofen oder in Olivenöl gebraten?»

Fabian legt die Bücher über Picasso und Braque, die er am Flohmarkt gekauft hat, zur Seite und setzt sich zu Alixe an den Küchentisch.

«Ich kann auch Pasta machen.»

«Ja, lieber Pasta. Wieder hingehen? Ich habe ja nichts Brauchbares zu verkaufen! Den Fernseher will auch niemand, obwohl er einwandfrei funktioniert. Und das Zeug meiner Großeltern scheint ebenfalls kein Renner zu sein.»

Alixe setzt einen verzweifelten Blick auf, der sich aber zu einem kämpferischen wandelt: «Aber lieber schleppe ich das Zeug hundert Mal hin und her oder werfe es weg, als dass ich es einem vergammelten Geiz-ist-geil-Marktbesucher schenke.»

«Ich habe ja auch noch einige Sachen im Estrich und du hast immerhin noch zwei volle Kisten. Lass uns anstoßen.»

Fabian öffnet mit dem Sturmfeuerzeug, das ihm der Silberschmuck-Händler geschenkt hat, ein Bier und gießt in Alixe' Glas etwas Gin und Tonic.

«Stört es dich, wenn ich rauche?», fragt er.

«In der Wohnung? Und ob mich das stört! Ich will nicht durch Atemnot aus dem Schlaf gerissen werden.»

Sie täuscht einen Asthma-Anfall vor, indem sie nach Luft ringt. Doch Fabian ist mit den Gedanken bereits anderswo. Sie wird hier übernachten! In der Nacht, hat sie gesagt. Er vergisst, dass er rauchen wollte, und setzt Wasser für die Pasta auf. Jetzt ganz cool bleiben. Als wäre es völlig normal, dass sie hier schläft. Als würde sie schon halb hier wohnen. Als säßen wir immer hier und würden Geld zählen.

«Ich sage Carl also zu?», fragt er dann.

«Ja, ist bestimmt spannend, mit einem Halbblinden und -tauben an ein Konzert zu gehen. Solange er sprechen kann, profitieren wir wenigstens von seinem Wissen. Er ist wirklich interessant. Im Übrigen bin ich überzeugt, ihn zuvor schon irgendwo gesehen zu haben. Aber wo?»

Alixe hat zwei Portionen Pasta verschlungen, Fabian hat kaum einen halben Teller geschafft. Nun sitzen sie auf dem Balkon und schauen zum Mond hinauf, als könnten sie live mitverfolgen, wie er abnimmt. Fabian traut sich nicht, sie zu küssen. Er wagt nicht, zu tun, was er früher automatisch und ohne nachzudenken tat. Sie macht es mir ja auch nicht leicht, wenn sie so da sitzt und in den Himmel schaut.

Fabians Anspannung lässt nach, als sie sagt: «Ich bin müde, hast du eine Zahnbürste?»

In weiser Voraussicht hat er vor einigen Tagen nicht nur weiche, mittlere und harte Zahnbürsten gekauft, sondern auch Abschminkmittel mit Öl und ohne, Shampoo für trockenes und fettiges Haar und eine Bodylotion mit Mandelgeschmack.

«Ich muss schauen, ob ich eine Zahnbürste in Reserve habe», lügt er.

Während Alixe im Bad ist, raucht Fabian auf dem Balkon. Er ist aufgeregt wie ein Kind vor dem ersten Schultag.

«Fabian, kommst du?», ruft Alixe aus dem Schlafzimmer.

Er spült sich am Schüttstein in der Küche den Mund, um nicht nach Tabak zu riechen, und geht ins Schlafzimmer. Alixe liegt nackt in seinem Bett, der Mond ist die einzige Lichtquelle. Sie zieht ihn zu sich heran und öffnet die Knöpfe seiner Jeans. Sein Puls rast.

Die letzten Tage

Vom Sofa aus blicke ich in den Nachthimmel und warte auf eine Sternschnuppe. In den Nachrichten haben sie was von Orioniden erzählt. Es ist still. Neben mir liegt Carls Doktorarbeit. Das Papier ist vergilbt und muffelt. Ich habe versucht, darin zu lesen, doch Biologen-Englisch liegt mir nicht. Ich sollte wohl doch eher die Taschenbuchversion lesen. Ich stehe auf und stelle mich ans Panoramafenster. Mein Genick ist verspannt, ich bewege mich wohl zu wenig. Ich drehe meinen Kopf nach links, dann nach rechts, schaue auf den Boden und an die Decke, bevor ich wieder nach draußen in die Dunkelheit blicke. Es ist warm in Carls Haus und ich trage nur ein weißes T-Shirt. Ich schaue in den Garten und stelle mir vor, wie das Treibhaus wohl ausgesehen haben mag. Carl ließ es entfernen, als er seine Tillandsien dem Botanischen Garten geschenkt hat. In der Dunkelheit kann ich den Fleck nicht erkennen, auf dem das Gebäude einmal gestanden hat. Ich schaue in den Himmel, eine ganze Weile. Und dann, auf einmal: eine Sternschnuppe! Ich darf mir etwas wünschen. Bloß was?

Vor einer halben Stunde habe ich nach Carl geschaut und mich vergewissert, dass er noch atmet. Er liegt auf dem Rücken in seinem Bett und macht einen entspannten Eindruck. Ich verstehe nicht mehr, weshalb ich solche Angst vor der gemeinsamen Zeit hatte. Angst, er könnte ersticken, stürzen oder durchdrehen. Doch jetzt, nach drei Tagen, fühle ich mich leicht und fast ein wenig daheim in dem Haus, in dem ich bisher Gast und Haushaltshilfe war. Die Szene mit der Pistole scheint schon Wochen zurückzuliegen. Der Gedanke daran bringt mich zum Lachen.

Wie konnte ich bloß denken, Carl wolle mir oder sich etwas antun? Uns erschießen? Er, der Gentleman.

«Alixe?»

Ich schrecke auf. Carls Stimme kommt aus seinem Schlafzimmer im ersten Stock.

«Carl? Alles in Ordnung?»

Ich eile die Treppe hinauf, mache das Licht an und setze mich zu ihm auf das Bett.

«Ach, Alixe.»

«Was ist, Carl? Hast du es dir anders überlegt? Du weißt, du kannst jederzeit aufhören – oder sagen wir: anfangen. Soll ich dir ein Glas Wasser holen? Wein? Orangensaft?»

«Nein, Alixe, ich will nicht aufhören oder anfangen. Mein Entscheid steht fest und ich bin überzeugter denn je, das Richtige zu tun. Ich wollte dich nur fragen, wie es dir geht.»

Ich erzähle ihm von der Sternschnuppe, die ich eben gesehen habe.

«Ich lag im Dunkeln und fühlte mich geborgen. Es geht mir gut, Carl.»

Er lächelt. Und sagt nach einer Weile des Schweigens:

«Ich habe während der vergangenen drei Jahre genug gehadert, abgewogen, gezweifelt. Der Gedanke ans Sterbefasten hat mir Angst gemacht und mich gleichzeitig beglückt. Auch, als ich bereits beschlossen hatte, es zu tun, musste ich mich hin und wieder selber bestärken. Doch jetzt ist das nicht mehr nötig.»

«Ich bewundere dich, Carl. Weil du so konsequent bist. Und so stark.»

«Na, na, Alixe. Mit Stärke hat das nichts zu tun. Ich will sterben, das ist alles. Lust hätte ich ja auf ein Glas Saft, aber ich habe so viele getrunken in meinem Leben. Orangensäfte, Ananassäfte, Bananensäfte, Feigensäfte – Südamerika ist voll davon. Aber Durst habe ich nicht. Es geht mir gut, Alixe. Es geht mir so gut wie sehr lange nicht mehr.»

Er nimmt meine Hand und drückt sie mit seinen dürren Fingern. «Hast du die Flaschen entsorgt? Das Altpapier? Und wo ist eigentlich die Pistole?»

«Sie liegt in der Schale bei deinen alten Pässen. Und da bleibt sie vorerst auch. Schlaf weiter, Carl.»

Einen Monat zuvor

Die meisten Damen tragen lange Kleider. Alixe fühlt sich underdressed in ihrem kurzen schwarzen Rock und der Halskette mit dem Eulen-Anhänger.

«Du siehst wunderschön aus ...», sagt Fabian. Carl unterbricht ihn:

«Der junge Mann kam mir zuvor, Sie sehen prächtig aus! In welcher Reihe sitzen wir? Wenn ich mich recht entsinne, habe ich die Plätze 12, 13 und 14 in der Reihe 17 gebucht.»

Fabian kontrolliert auf den Tickets, ob die Zahlen zutreffen. 12, 13 und 14, Reihe 17. Auch, was Zahlen angeht, hat Carl ein gutes Gedächtnis.

«Geht es?», fragt Alixe, als Carl in Richtung Saal aufbricht und dabei ungewohnt hastige Handbewegungen macht. Er ragt mit seinen fast zwei Metern aus der Menge heraus und bewahrt im Gegensatz zu vielen anderen Menschen seines Alters eine gerade Haltung. Als würden seine Augen zulassen, die Übersicht zu behalten, hebt er den Kopf und sagt:

«Ich war so oft hier, dass ich den Saal blind kenne.»

Es ist das erste Mal, dass Alixe zu einem Konzert in diesem altehrwürdigen Haus eingeladen ist. Obwohl sie sich für klassische Musik begeistern kann, kam sie bisher nie auf die Idee, sich ein Ticket für ein Konzert zu kaufen. Beim Bügeln hört sie oft den Klassik-Sender im Radio. Doch es hätte auch ihr Budget gesprengt, Tickets für ein solches Konzert zu kaufen. Oder es war ihr nicht wichtig genug. Alixe sieht ältere Ehepaare, die steif auf ihren Plätzen sitzen, und Gleichaltrige, die wie vergreist wirken. Neben ihr sitzt Fabian, der sich mit seiner beigen Hose und dem hellblauen Hemd wohltuend vom dunkel gekleideten Publikum abhebt.

Gefolgt von einem kleinwüchsigen Dirigenten mit Seitenscheitel, betreten die Musiker des Kammerorchesters die Bühne und nehmen ihre Plätze ein. Es ist unangenehm still. Eine Dame hustet. Sie schaut um sich, als hätte sie ein Verbrechen begangen. Ihr Mann hebt den Kopf, legt die Hände auf die verschränkten Beine und atmet durch. Das Husten der Frau scheint ihn nichts anzugehen. Sie räuspert sich erneut. Alixe schaut besorgt zu ihr hinüber. Die Arme hat eine Kröte im Hals.

Das Orchester beginnt zu spielen. Ein pompöses Stück.

Alixe flüstert Fabian zu: «Und das soll von Shakespeare sein?»

Er zieht das Programmheft, das ihm Carl zuvor in die Hand gedrückt hat, unter seinem Hintern hervor, schlägt es auf und liest:

«Felix Mendelssohn, Ouvertüre und Bühnenmusik zu Shakespeares ‹Ein Sommernachtstraum›.»

Er streckt das Heft Alixe hin.

Sie ist erleichtert. Eine Bildungslücke dieses Ausmaßes hätte sie sich nicht verziehen. Mendelssohn! Logisch! Wer, wenn nicht Mendelssohn? Und Texte von Shakespeare.

Carl reißt sie aus den Gedanken, er flüstert: «Gefällt es Ihnen? Der Höhepunkt kommt erst – und zwar jetzt gleich in Gestalt eines großartigen Künstlers.»

Klaus Maria Brandauer betritt die Bühne.

«Fabian, guck, Klaus Maria Brandauer!», sie stupst ihn in die Seite.

Alixe beugt sich nach vorn. Sie beißt sich auf die Unterlippe, denkt an den «Mephisto»-Film, den sie mehrmals gesehen hat, und lauscht den Worten des Schauspielers:

«Nun, liebes Herz? Warum so blass die Wange? Wie sind die Rosen dort so schnell verwelkt?»

Sie sieht die Blumenfotos vor sich, die Carl ihnen gezeigt hat. Warum waren darauf keine Rosen zu sehen? Ob in Südamerika überhaupt Rosen wachsen?

Brandauer fährt fort: «O Schmerz! Zu alt, mit jung vereint zu sein!»

Er hüpft lesend auf der Bühne herum, als wäre er noch lange davon entfernt, 72 Jahre alt zu sein. Brandauer ist Herzog und Königin zugleich, japst, zappelt, mahnt. Seine Lesung – eine Inszenierung erster Güte. Der Dirigent ist Zuschauer, Akteur, Zuschauer.

«Großartig!», sagt Alixe.

Carl nickt.

Sie fixiert Klaus Maria Brandauer, während er still und mit eiserner Miene auf dem Stuhl sitzt, das Buch in der Hand, und das Orchester seine Arbeit tun lässt. Sie glaubt, in ihm den Sanitär zu erkennen, den der Großvater immer in die Klinik bestellt hat, wenn er ein Problem nicht selber lösen konnte. Der Sanitär war der Bruder eines Zahnarztes. Da fällt ihr ein, dass sie dringend zur Zahnreinigung muss. Der Dirigent wirft mit den Armen um sich, der Seitenscheitel klebt an seinem Kopf. Die Dame hustet nicht mehr. Es erklingt eine Melodie, die Alixe bekannt vorkommt.

«Was ist das für ein Stück?»

Fabian liest im Programmheft nach: «Das ist der Hochzeitsmarsch.»

Carl trommelt mit den Fingern auf seinem Oberschenkel und Alixe beobachtet ihn aus dem Seitenwinkel. Plötzlich weiß sie, wo sie ihn schon einmal gesehen hat. Rosa! Rosas Mann!

Rosa lag auf Zimmer 222. Das Aquarellbild ließ sie abnehmen. Ihr Mann brachte ihr ein gerahmtes Foto der Ruinenstadt Machu Picchu mit. Unzählige mit Gras bewachsene Stufen waren darauf zu sehen, dahinter ragten spitzige Steinhäuschen hervor. Auf einem Tritt saß ein dunkelhäutiges Mädchen auf dem Rasen und machte das Victory-Zeichen. Rosa und Carl waren 1977 in Peru. Für ein paar Sol zeigte ihnen ein Indianer die gut erhaltenen Handwerkshäuser, Paläste und Tempel. Sie waren fast allein auf dem großen Gelände der Inka-Stadt mitten im Urwald. Inzwischen pilgern 2000 Touristen täglich dorthin. Rosa erzählte Alixe davon, damals, vor 14 Jahren, als Alixe morgens noch gern aufstand. Carl kam stets bei Tagesanbruch und wenn es dämmerte vorbei, wenn Rosa keine Untersuchungen hatte oder sich einer Behandlung unterziehen musste. Die Ärzte hatten sie gewarnt, sie werde nach den Chemotherapien sehr müde sein, es könnte ihr unwohl werden und die Therapie würde ihre Stimmung trüben. Doch sie beharrte darauf, Carl zwei Mal täglich zu sehen. Carl saß stets ruhig an ihrem Bett, auch wenn sie schlief. Er blieb zwei Stunden, auch wenn sie die Augen kein einziges Mal öffnete. Er streichelte Rosas Hand und schaute sie an, als würde er in ihrem Gesicht heitere Geschichten lesen. Vor ihm lag eine Frau, die von Tag zu Tag blasser und schwächer wurde, die in den vielen Wochen auf Zimmer 222 aber nie das Lachen verlor.

Alixe war in den Jahren in der Klinik zur unverzichtbaren Onkologie-Schwester geworden. Sie hatte etliche Patienten kommen und gehen sehen. Manche kehrten nach Hause zurück, andere schafften es nicht; ihre Körper blieben. Patienten wie Rosa waren es, die Alixe die Kraft gaben, die sie brauchte. Oft fragte sie sich, ob es umgekehrt genauso sei. «Schwester Alixe, Sie sind eine besondere Frau, Sie haben ein Leben mit vielen Hürden und Umwegen vor sich, doch das ist es, was sie zu dem machen wird, was Sie einmal sein werden – eine starke und mutige Frau», hatte Rosa zu ihr gesagt. Die Worte der Patientin hatten Alixe berührt, sie hatte sich aber gleichzeitig gefragt, wie eine so geistreiche Frau wie Rosa solchen Kitsch von sich geben konnte und woher sie die Gewissheit nahm, dass es mit ihr gut enden würde. Sie hatte zwei Jahre zuvor ihre erste eigene Wohnung bezogen und war mit einem Griechen liiert, den sie während der Ausbildung kennengelernt hatte. Er war sich nie ganz sicher, ob Krankenpfleger wirklich das Richtige für ihn ist. Alixe motivierte ihn stets, weiterzumachen, da es Leute wie ihn brauche. Menschen, die gut zuhören können und Humor haben. An freien Wochenenden gingen sie auf Partys und von Zeit zu Zeit leisteten sie sich Urlaub im Süden oder unternahmen Städtereisen nach London oder Prag. Alixe war zufrieden, aber nicht glücklich.

Nachdem Rosa ihre Augen für immer geschlossen hatte, beobachtete Alixe Carl. Er ging aufrecht den Klinikflur entlang und sang ein Lied, das Alixe von den Schallplatten der Großeltern kannte. Das Lied hieß «Tennessee Waltz». Sie fand es verstörend, diesen Mann an einem traurigen Tag wie diesem singen zu hören. Dazu lächelte er wie Rosa.

«Sagen Sie, wie lief es eigentlich auf dem Flohmarkt? Ich habe Sie am Konzertabend gar nicht danach gefragt.»

Es ist Mittwoch und Fabian hat sich vorgenommen, den Tillandsien-Ordner bis am Abend fertig digitalisiert zu haben. Er wendet sich vom Computer ab.

«Um ehrlich zu sein: Es lief schlecht. Die Leute wollen kein Geld locker machen, dabei hatte Alixe zwei, drei originelle Dinge von ihren Großeltern im Angebot. Ich denke, sie braucht das Geld wirklich, jetzt, da sie nicht mehr arbeitet.»

«Ihre Freundin spricht nicht gern über ihren Beruf, nicht wahr?»

«Den Eindruck habe ich auch, deshalb meide ich das Thema. Aber so kann es auf Dauer nicht weitergehen.»

Während sich Fabian wieder dem Bildschirm zuwendet, öffnet Carl eine Schublade seines Schreibtisches und wühlt darin.

«Hier, nehmen Sie», sagt er und streckt Fabian einen Schlüssel entgegen.

«Im Keller liegen einige Schätze nutzlos herum. Manche lassen sich bestimmt gut am Flohmarkt verkaufen. Ich schenke sie Ihnen! Wenn Sie kommende Woche zusammen zum Essen kommen, erzähle ich Ihnen zu jedem Gegenstand eine Geschichte, wenn sie wollen.»

Fabian nimmt den Schlüssel und legt ihn auf den Tisch.

«Das ist sehr freundlich von Ihnen, aber erzählen Sie uns doch zuerst die Geschichten zu Ihren Schätzen, dann schauen wir weiter.»

«Wenn Sie meinen, gern», sagt Carl. «Dann muss ich mich aber gut vorbereiten, damit ich nichts durcheinanderbringe.»

Sie lachen.

«Und diesmal dürfen wir etwas mitbringen», sagt Fabian.

«Sie dürfen alles, junger Mann.»

In den letzten sechs Jahren hatte der Großvater Alixe zu Weihnachten jeweils Benzin-Gutscheine geschenkt. Er war nie ein Mann der großen Präsente, der originellen schon gar nicht, sondern ein Sparfuchs, der von anderen erwartete, dass man es ihm gleichtat. Es wird für Alixe wohl für immer ein Mysterium bleiben, weshalb er ihr damals die Vespa schenkte. Und buchstäblich entgeistert war sie, als sie Anfang Woche einen Brief des Erbschaftsamtes erhielt, der sie über einen fünfstelligen Betrag in Kenntnis setzte. Im Brief stand, das Geld sei «für sinnvolle Ausgaben». Es war nicht die Bemerkung «sinnvolle Ausgaben», die sie verblüffte, sondern die Tatsache, dass der Großvater, der zu Lebzeiten immer betonte, wie wichtig es sei, auf eigenen Beinen zu stehen, ihr ein halbes Vermögen vermacht hatte. Und erst noch heimlich.

Jetzt steht sie am Schalter der Bank und gibt eine Transaktion vom Spar- auf das Lohnkonto in Auftrag. Damit wird sie Wohnung und Essen bezahlen, sicher die nächsten Monate. Alixe ist erleichtert, aber auch bedrückt. Sie schaut an die Decke mit den Rosettenstuckaturen und entschuldigt sich beim Großvater. Opa, mir ist klar, dass du unter sinnvollen Ausgaben etwas anderes verstehst. Aber was ist schon sinnvoll? Und wie weiß man das im Voraus? Routiniert tippt der Bankangestellte auf seiner Tastatur herum und verkündet nach kurzer Zeit feierlich:

«Sie können nun das Geld am Automaten abheben.»

Mit einem dicken Portemonnaie in der Tasche steigt Alixe auf die Vespa und fährt zum Pflegeheim. Als sie die Großmutter zum letzten Mal besuchte, war sie Krankenschwester. Inzwischen ist sie nur noch Alixe. Sie ist froh, dass die Großmutter sie noch erkennt. Ihr geistiger Zustand verschlechtert sich von Tag zu Tag. Der Prozess setzte mit dem plötzlichen Herztod des Großvaters am Dreikönigstag dieses Jahres ein, und der Umzug von der Alterswohnung ins Heim hat den geistigen Verfall offensichtlich beschleunigt.

Seit dem Abend vor über einem halben Jahr, als Alixe ihrer damalige Ex-Patientin beim ausgelassenen Tanzen zuguckte und sie vor Rührung beinahe abgeknutscht hätte, hatte sie keinen Fuß mehr in den Club gesetzt. Fabian ist es jedoch ein Anliegen, ihr endlich seinen Bruder vorzustellen. Und nun sitzt Alixe gelangweilt an der Bar; es gibt für sie hier erneut nichts Besseres zu tun, als andere Leute zu beobachten. Diesmal ist ihr Blick auf drei junge Männer gerichtet, die mit gerollten Geldscheinen zwischen den Fingern in der Ecke stehen und herumzappeln, als stünden sie auf heißem Sand. Einer trägt ein neongelbes T-Shirt mit der Aufschrift «Fuck Love», der andere führt auf seiner Brust eine den Stinkefinger zeigende Marilyn Monroe spazieren, der dritte bildet mit seinem zu engen grauen Pullover einen Kontrast. Alixe beobachtet, wie ein Handy mit weißem Pulver die Runde macht. Sie vermutet Kokain. Oder etwa nicht? Ob die heutige Jugend neuen Stoff konsumiert, dieses synthetische Zeug aus dem Internet? Einer nach dem anderen bedient sich und zieht das Pulver mit dem Geldschein in die Nase. Wie lange hätte es wohl gedauert, bis ich verhaftet worden wäre, hätte ich vor zwanzig Jahren dasselbe getan? Wie kann man nur so blöd sein und öffentlich Drogen nehmen? Das tut man doch heimlich, und selbst dann hat man Angst, erwischt zu werden. Bin ich alt geworden?

Bevor Alixe dazu kommt, sich und die Welt einmal mehr anzuzweifeln, reißt Fabians Bruder sie aus den Gedanken:

«Tanzt du?»

Alixe schaut ihn mit ihren großen dunklen Augen an: «Freut mich, ich bin Alixe.»

«Oh, entschuldige bitte, Fabian hat so viel von dir erzählt, dass ich dich eigentlich schon kenne. Stevie, sehr angenehm.»

Er streckt ihr seine Hand entgegen und verbeugt sich.

«Oh, ein Gentleman», sagt Alixe, «eine Seltenheit an einem Ort wie diesem.»

Stevie grinst, schlägt sich auf die Brust und fragt: «Und, tanzt du jetzt?»

«Vielleicht später, wenn normale Musik läuft.»

«Hier läuft nur mittwochs halbwegs normale Musik, wenn der DJ in den Achtzigern schwelgt.»

Schulterzuckend und mit den Händen in der Hosentasche verlässt er die Bar in Richtung Tanzfläche. Dem scheint wohl alles egal zu sein, denkt Alixe.

Fasziniert von Stevies O-Beinen bemerkt sie erst spät, dass inzwischen Fabian den Platz seines Bruders eingenommen hat.

«Netter Kerl, Stevie, so leichtfüßig», sagt sie.

«Leichtfüßig? Wie meinst du das?»

Sie legt den Strohhalm auf die Theke und trinkt den Gin direkt aus dem Glas.

«Als würde ihn nichts auf der Welt etwas angehen, er wirkt gleichgültig – und trotzdem zufrieden. Oder ist er gerade deshalb zufrieden, weil ihm sowieso alles wurst ist?»

Fabian beschließt, einer Diskussion über seinen kleinen Bruder auszuweichen. Es ist ihm nicht nach Weltschmerz, bei diesem Lärm sowieso nicht, also wechselt er das Thema:

«Herr Carl hat uns zum Essen eingeladen, diesmal dürfen wir sogar etwas mitbringen.»

Alixe stellt das Glas auf die Theke und sagt: «Toll! Nahrung!»

Fabian weiß, dass sie die geistige Nahrung anspricht, die mit Besuchen bei Carl einhergehen.

«Tanzt du?», sagt Fabian, nimmt Alixe an der Hand und zieht sie auf die Bühne.

Als hätte der DJ begriffen, dass ein Stilwechsel angebracht ist, lässt er eine Dub-Version von Gloria Gaynors «I Will Survive» laufen.

Alixe schwingt Hüfte und Arme und zieht Fabian zu sich: «Wann besuchen wir Herrn Carl?»

«Bald», sagt er. Und küsst sie.

Am Morgen, an dem Carl Rosas Sachen abholte, hatte Alixe frei. Sie war mit ihrem griechischen Freund auf Wohnungssuche und nutzte jeden Moment, um sich geeignete Objekte anzusehen. Die Mühe war vergeblich, wie sich später zeigte, sie trennten sich, noch bevor es zu einer Unterzeichnung eines gemeinsamen Mietvertrags gekommen war. Es war Alixe' Entschluss, die Beziehung zu beenden. Zu groß war die Angst, in der isolierten Zweisamkeit etwas zu verpassen. Woher sollte sie denn wissen, ob er der Richtige ist?

Ihre Arbeitskollegin hatte Rosas Habseligkeiten in die Reisetasche gepackt und das gerahmte Machu-Picchu-Foto daneben gestellt. Carl bat sie, noch eine Weile allein auf Zimmer 222 bleiben zu dürfen. Noch lag in Rosas Bett keine neue Patientin.

Während er am Fenster stand und in den verschneiten Garten schaute, flüsterte er Rosa zu, sein Versprechen zu halten und für immer bei ihr zu bleiben. Er dachte an den Sonntag vor zwanzig Jahren zurück. Es war ein Ostersonntag gewesen und es schneite. Rosa hatte die Eier trotzdem im Garten versteckt und Carl suchte sie mithilfe einer Schneeschaufel. Als der Schnee einige Tage später schmolz, lagen lauter bunte Eier im Gras. Carl erinnerte sich an jede Kleinigkeit dieses Tages. Der Himmel war blau und trotz Schnee roch es nach Frühling. So steht es in seinem Tagebuch. Er schlägt es jeweils auf, um sich die Daten zu vergegenwärtigen. Und weil die Vergangenheit so ein bisschen näher ist.

Als Carl den Raum eine halbe Stunde später verließ, ging er zur Schwester und fragte sie, ob es möglich wäre, das Foto wieder aufzuhängen. Es gehöre in dieses Zimmer und würde die nächsten Patienten bestimmt erfreuen und ihnen Mut machen. Der Vorrat an hauseigenen Aquarellbildern war knapp, weshalb die Schwester Carls Wunsch gerne erfüllte und das Bild wieder an seinen Platz hängte.

Einige Tage später bedankte sich Carl mit einem üppigen Blumenstrauß beim Team. Die zahlreichen Chrysanthemen, Nelken und Gerbera im Strauß waren alle rot. Im Begleitbrief zitierte Carl den Philosophen und Theologen Augustinus von Hippo: «Der Tod ist nicht für schlimm zu achten, dem ein gutes Leben vorangegangen.»

Das Bild hing noch immer in Zimmer 222, als Alixe die Klinik 14 Jahre später verließ. Sie hatte allen Patienten, die auf Rosa folgten, von Rosa und ihrer Machu-Picchu-Reise erzählt.

Alixe ist froh, Carl diesmal nicht mit leeren Händen begrüßen zu müssen.

«Der ist ja noch warm, wunderbar! Backen Sie oft?», fragt Carl, während er den Kuchen auf den Küchentisch stellt.

«Nein, ich koche eigentlich lieber. Für Sie habe ich eine Ausnahme gemacht. Es ist ein Cheesecake, ich hoffe, er schmeckt.»

«Davon bin ich überzeugt, ein Glas Weißwein?»

Die drei gehen ins Wohnzimmer. Sie setzen sich an den Nierentisch, auf dem Knabbergebäck in einer Schale liegt. Fabian nimmt unaufgefordert die Flasche, die bereits auf dem Tisch steht, und füllt die drei Gläser. Er reicht jedem ein Glas und sie stoßen an.

Carl erzählt von seinem Besuch beim Augenarzt am Morgen.

«Mein Sehvermögen hat in den vergangenen Wochen dramatisch abgenommen, der Arzt kann mir nach wie vor nicht helfen, die Medizin ist leider noch nicht so weit.»

«Ich hatte heute sogar Mühe beim Kochen, es fällt mir schwer, Essig und Öl für das Salatdressing richtig zu dosieren. Außerdem habe ich langsam Schwierigkeiten, mich außerhalb des Hauses zu orientieren. Ist es Ihnen recht, wenn wir nach der Vorspeise in den Keller gehen?»

Keller? Alixe blickt fragend zu Fabian.

Er gibt ihr mit Handzeichen zu verstehen, dass er sie gleich aufklären werde. Während Carl in der Küche die Schüssel mit dem Salat holt und Alixe und Fabian ihre Plätze im Esszimmer einnehmen, flüstert Fabian ihr ins Ohr:

«Es sollte eine Überraschung werden. Carl will dir einige seiner Schätze für den Flohmarkt überlassen.»

Das Dressing ist perfekt, bloß die Salatblätter sind etwas groß und einige davon latschig.

«Ich habe mir gestern in den Finger geschnitten», sagt Carl entschuldigend und zeigt seinen Gästen den rechten Zeigefinger. Ein schmutziges Pflaster klebt daran.

«Soll ich ihn neu verbinden?», fragt Alixe.

«Danke, nicht nötig.»

Schon seit ihrer Ankunft wartet sie auf den richtigen Moment, um Carl auf Rosa anzusprechen. Bloß, wann ist der richtige Moment? Und wie leite ich das Thema ein?

Carl erzählt von einer Geschäftsreise nach Japan im Jahr 1964. Alixe hält die Hände auf dem Tisch verschränkt und hört aufmerksam zu, während Fabian in seinem Salat stochert und zwischendurch ebenfalls interessiert zu Carl hinüber schaut.

«Auf dieser Reise erschloss sich mir eine neue Dimension. Ich war Teil der Globalisierung, wobei dieses Wort damals noch nicht kursierte. Die Menschen arbeiteten an denselben Projekten wie wir, obwohl uns eine halbe Welt trennte und das Telefon das einzig schnelle Kommunikationsmittel war. Faxgeräte gab es auch schon, doch längst nicht alle Firmen konnten sich eines leisten. Jedenfalls war ich damals ausgewählt worden, an einem Jubiläumskongress einer Universität in Tokio eine Vorlesung zu unserer Industrie zu halten. Die Zusammenarbeit mit den japanischen Kollegen war und ist sehr wichtig für Europa. Es war meine erste Reise nach Asien und eine der wenigen, die ich gemacht habe. Wie Sie wissen, zog es mich danach mehr nach Südamerika.»

«Wie war das Leben damals in Japan?», will Alixe wissen.

Carl erzählt, die Olympischen Sommerspiele hätten gerade begonnen, als er angekommen sei.

«Und obwohl ich mich nur bedingt für Sport interessiere, hat auch mich die Stimmung mitgerissen.»

Die Stadt sei stolz gewesen, die Spiele austragen zu dürfen. Überall hätten Plakate mit der japanischen Flagge und den olympischen Ringen gehangen.

«Die Einheimischen freuten sich, dass mit Judo ihre Nationalsportart zur olympischen Disziplin wurde – wie sich später zeigte, war das allerdings zunächst nur für diese Austragung der Fall.»

Carl nimmt einen Schluck Wein und fährt fort: «Dreißig Jahre später kam eine Swatch-Uhr mit dem Logo der damaligen Wettkämpfe von 1964 auf den Markt. Wenn Sie wollen, gebe ich sie Ihnen mit, Sie können sie auf dem Flohmarkt verkaufen. Und wenn wir schon dabei sind: Ich bin Carl.»

Er hebt das Glas. Fabian schnipselt noch immer an seinem Salat herum, als wollte er ein bedeutendes Kunstwerk anfertigen.

«Alixe», sagt Alixe.

Fabian legt das Besteck nieder und sagt: «Freut mich, Carl, ich bin Fabian. Aber das wissen Sie ja schon, eh, du.»

1932

Die Reptilien werden in einem Käfig im Vogelhaus zwischen den Volieren der Papageien und Geier gehalten. Ein Vivarium ist geplant, doch die Suche nach einem edlen Spender war bisher ohne Erfolg verlaufen. Und zurzeit ist die Direktion anderweitig beschäftigt als damit, potentielle Geldgeber von einem Zukunftsprojekt zu überzeugen. Die aktuelle Völkerschau zieht so viele Leute an, dass die Mitarbeiter des Zoos täglich den Besucherandrang drosseln müssen. Um die «Lippen-Negerinnen» nicht zu verpassen, nehmen die Besucher momentan lange Wartezeiten und ein Gedränge in Kauf. Glaubt man den Veranstaltern, sterben die Exotinnen aus Zentralafrika bald aus, weshalb der Mitteleuropäer die einmalige Gelegenheit nicht verpassen sollte, den Frauen mit den tellerartigen Lippen bei ihren alltäglichen Verrichtungen zuzuschauen. Vielleicht reichen die Mehreinnahmen sogar für ein Vivarium.

Carl benutzt den Mitarbeitereingang, der durch das Verwaltungsgebäude führt. Die Direktionssekretärin mit der Bob-Frisur sitzt am Empfang. Ihre Fransen sehen aus, als wären sie mithilfe eines Lineals exakt über den Augenbrauen geschnitten worden, was Carl fasziniert. Er hat zuvor noch nie eine Frau mit einer solch extravaganten Frisur gesehen, höchstens in den Illustrierten der Mutter. Meistens hält die Direktionssekretärin einen kurzen Schwatz mit dem kleinen Carl.

«Warum schaust du dir die Lippen-Negerinnen nicht wenigstens einmal an, Carl? Du bist ja sowieso da», sagt sie.

Carl erklärt ihr, dass ihn diese Negerinnen weniger interessieren als die Schildkröten.

«Außerdem sagen meine Eltern, es sei unwürdig, Menschen in einem zoologischen Garten auszustellen.»

Die Direktionssekretärin beugt sich über den mit Papierstapeln belegten Schreibtisch und streichelt Carl über den Kopf.

«Ach, Carl, aus dir wird bestimmt einmal etwas Großes.»

Carl zieht die Augenbrauen hoch und sagt: «Ich werde Biologe und spezialisiere mich auf Schildkröten! Jetzt muss ich los, sie warten bestimmt schon auf mich. Auf Wiedersehen.»

Carl geht am Gehege mit den Lippen-Negerinnen vorbei und schaut demonstrativ auf die andere Seite zu den Giraffen. Die langhalsigen Tiere stehen regungslos da. Bis auf eine Mutter mit zwei Kindern scheint sich an diesem Tag niemand für die gefleckten Riesen zu interessieren, die meisten Besucher zieht es zur «Völkerschau».

Vor dem Vogelhaus trifft Carl seinen Chef. Er ist ein Schulfreund seines Vaters. Herr Lang hat ihm die Arbeit im Zoo vermittelt. Der Vogelspezialist ist froh um die ehrenamtliche Beschäftigung des Schülers. So kann er eine halbe Stelle bei den Tierpfleger-Assistenten einsparen und das Geld für die Anschaffung weiterer Reptilien zur Seite legen.

«Na, Carl, alles gut bei dir?»

«Aber klar doch, Chef. Bei diesem Wetter!»

Carl verrichtet seine Arbeit wie jeden Tag voller Freude und Engagement. Während der Sommerferien bleibt er meistens länger, als er müsste. Er informiert interessiert wirkende Besucher unaufgefordert über die Herkunft der Tiere und erklärt ihnen, weshalb er den Schildkröten keinen Salat verfüttert. «Salat und Gemüse stören das Gleichgewicht der Mikroorganismen im Darm, was zu schweren Durchfällen führen kann», sagt er jeweils. Spezielle Futterpflanzen seien daher die ideale Nahrung für die Schildkröten.

Gegen Abend spaziert er dem Fluss entlang nach Hause. Er pfeift gern Melodien vor sich hin, die er aus dem Radio kennt. Derzeit läuft ihm ständig «Mein kleiner grüner Kaktus» nach. Carl ertappt sich dabei, wie er das Lied leise vor sich hinsingt. Er sieht einen Mann in einem Badeanzug in den Fluss steigen. Trotz der 34 Grad im Schatten ist er der einzige Schwimmer. Carl schließt die Wohnungstür hinter sich und zieht im Flur die Sandalen aus. Bevor er seine Eltern begrüßen kann, ruft der Vater aus dem Wohnzimmer:

«Pssst!»

Die Eltern hören sich im Radio Hitlers «Appell an die Nation» an. Carl setzt sich zu ihnen. Er lauscht den Worten eines Mannes, den er nicht kennt, der aber wichtig zu sein scheint. Alles, was der Mann sagt, klingt für Carl düster. Er sagt, der Bauer verelende, der Mittelstand sei ruiniert und die Hoffnung von Millionen Menschen vernichtet.

«Gehören wir auch zum Mittelstand?», fragt Carl.

Der Vater hält den Finger vor den Mund.

Deutschland sei langsam verfallen, sagt der Mann weiter. Er spricht übertrieben deutlich.

«Nur ein Wahnsinniger kann hoffen, dass die Kräfte, die erst den Verfall herbeiführten, nunmehr die Wiederauferstehung bringen könnten!», scheppert es aus dem Radio.

Carl kichert. Und sagt: «Der klingt ja wie ein Pfarrer.»

«Schön wär's», sagt der Vater und dreht das Radio aus.

Alixe hat jeden Gegenstand vorsichtig ausgepackt und vor sich auf dem Boden in ihrem Wohnzimmer ausgebreitet. Ein seltener italienischer Hausaltar aus dem 17. Jahrhundert ist der wertvollste Schatz, den Carl ihr mitgegeben hat. Sie betrachtet das Kunstwerk und schüttelt den Kopf. Ne, das kann ich nicht annehmen und einem ahnungslosen Idioten verkaufen, der das Teil in einer Messie-Wohnung vergammeln lässt. Lieber steht es weiterhin bei Carl im Keller. Der Altar sei ein Vermögen wert, hatte er ihr gesagt. Zahlen nannte er keine. Er habe den kleinen Schatz aber nie gemocht und ihn deshalb schon vor Jahren im Keller verstaut. Es sei ein Geschenk eines befreundeten Biologie-Professors aus Rom gewesen. Der Gegenstand hat es verdient, geschätzt zu werden. Doch ein Religionsskeptiker, wie ich einer bin, ist die falsche Person für einen Altar im Wohnzimmer, hatte er gesagt. Die meisten Personen sind die falschen dafür. Und sollte es doch irgendwo auf der Welt eine richtige geben, ist die Chance gleich null, dass ausgerechnet ich ihr begegne, dass ich zufällig den Altar unter dem Arm trage und wir ins Geschäft kommen. Alixe schlüpft in ihre Stiefeletten, zieht sich den Mantel über und stürzt aus dem Haus. Es ist ihre Art, unangenehme Dinge gleich zu erledigen. Das Leben ist für sie ein Hamsterrad unangenehmer Dinge. Wenn sie etwas Unangenehmes hinter sich bringt, kommt das nächste. Warum also etwas hinausschieben? Augen zu und durch, ohne Unterbruch.

Als sie zwanzig Minuten später die Vespa vor Carls Haus abstellt, zögert sie. Der Altar stünde ja doch nur im Keller herum und ich kann das Geld sicher bald gebrauchen. Anderseits: Bei Carl im Keller ist er wenigstens in guter Gesellschaft.

Sie klingelt.

Carl öffnet die Tür prompt.

«Carl, ich kann den Hausaltar nicht annehmen, ich weiß, du meinst es gut, aber du kannst dir nicht vorstellen, wie die Leute heutzutage sind. Der Professor aus Rom würde sich im Grabe umdrehen – oder lebt er noch? Hoffentlich nicht, sonst erfährt er vielleicht, dass sein Altar in der Wohnung eines Messies vergammelt. Carl, so weit dürfen wir es nicht kommen lassen. Es wäre unmoralisch, zutiefst unmoralisch. Es ist immerhin ein Altar! Etwas Göttliches, quasi.»

Die beiden sitzen seit zwanzig Minuten in der Küche, trinken Kaffee und essen den Rest von Alixe' Cheesecake auf. Sie hat sich inzwischen beruhigt. Carl bietet ihr an, sich gegen Honorar zwei Tage in der Woche im Haushalt nützlich zu machen. Es sei nun leider so weit, er brauche Hilfe. Wildfremde Personen wolle er nicht ins Haus lassen, die würden ihn in seiner Freiheit einschränken, dem bisschen Freiheit, das ihm geblieben sei. Alixe nimmt das Angebot an.

Carl zählt auf, was es zu tun gibt, und sagt dann:

«Alixe, darf ich dir den ersten Stock zeigen? Du kennst ja abgesehen vom Garten nur den Wohnbereich und den Keller.»

Sie gehen zusammen die Treppe hoch und Carl zeigt ihr als Erstes das kleine Badezimmer am Anfang des Flurs.

«Dieser Raum wird nie benutzt, du musst dich also nicht darum kümmern, ich zeig dir gleich das andere Badezimmer», sagt er.

Sie gehen an einer verschlossenen Tür vorbei in sein Schlafzimmer. Carl öffnet eine Tür, die direkt vom Schlafzimmer auf eine Terrasse führt. Eine Holzliege steht da und ein kleiner Glastisch. Sonst nichts.

«Auch hier halte ich mich selten auf», sagt Carl.

Er schließt die Tür und öffnet die Tür rechts davon.

«Und das ist mein Badezimmer», sagt er und lächelt.

Der Raum ist groß und hell und hat zwei Spülbecken. Zurück im Schlafzimmer entdeckt Alixe einen hellen Fleck an der Wand vor dem Bett. Einen Fleck, wie sie ihn bei sich zu Hause hat.

«Hing hier Rosas Bild?»

Carl setzt sich auf den Bettrand. Und nickt.

«Ich habe mir gedacht, dass du damals schon in der Klinik gearbeitet hast. War sie nicht wundervoll?»

Alixe setzt sich zu ihm und nimmt seine Hand.

Die Blätter an den Bäumen sind gelb und rot und niemand planscht mehr im Fluss. Alixe und Fabian trinken an ihrem Tisch vor dem Zirkuswagen eine Limonade. Alixe erzählt Fabian von Rosa und der Zeit, als sie im Krankenhaus lag und Carl sie täglich zwei Mal besuchen kam. Sie schildert ihm, wie sie die beiden eng umschlungen auf der Parkbank sitzen sah, als es wie verrückt schneite und sonst kein Mensch draußen war. Fabian erinnert sich an die Worte von Carl, es lohne sich, um die Liebe zu kämpfen, es sei sogar gut, kämpfen zu müssen. Hat Carl um Rosa gekämpft? Auf welche Art tut das jemand wie Carl? Liebesbriefe, Blumen, Minnesang? Fabian entscheidet sich für: ansteckende Liebe. Er stellt sich Carls umwerbendes Handeln vor, vor dem sich die Umworbene nicht zu schützen vermochte, sie wurde infiziert, wie von einem ansteckenden Virus. Sie verfiel der Liebe. Und als er darüber nachdenkt, ob sein Virus wohl schon stark genug ist, ergreift Alixe das Wort.

«Ich würde wahnsinnig gern nach Südamerika reisen, nach Peru oder Argentinien», sagt sie unvermittelt.

Fabian vergisst den Virus für einen Moment und möchte vorschlagen, sofort die Koffer zu packen und loszureisen – doch ein dunkler Hüne mit Vollbart und einem Kind an der Hand hindert ihn daran.

«Alixe, schön, dich zu sehen! Das ist Aris.»

«Du hier? Ich dachte, du seist ausgewandert», sagt sie zu dem Mann, der vor der Herbstsonne steht und ihren Tisch zu einem Schattenplatz macht.

«Das stimmt, ich war ausgewandert, doch jetzt sind wir wieder da. Die Krise in Griechenland hat uns zurückgetrieben in die kälteren Regionen, tja. Meine Eltern leben auch wieder hier.»

«Aris ist groß geworden, letztes Mal lag er im Kinderwagen», sagt Alixe, ohne das Kind anzuschauen.

Der Mann tätschelt Aris' Kopf.

«Er geht in den Kindergarten.»

Der Kleine klammert sich ans Bein seines Vaters und drückt sein Gesicht in dessen Oberschenkel.

«Und du, immer noch auf der Onko?»

«Nein, hab es nicht mehr ausgehalten. Das ist Fabian.»

Die Männer schütteln sich die Hand.

«Wir müssen weiter, war schön, dich zu sehen, man sieht sich hoffentlich wieder!»

«Klar, bis dann.»

Die Herbstsonne scheint wieder auf den Tisch.

«Wer war das?», will Fabian wissen.

«Mein Ex-Freund.»

«Dein Ex-Freund? Du hast gar nie von ihm erzählt.»

«Ist lange her, 13 Jahre, um genau zu sein. Ich hatte seither keine Beziehung mehr, die diese Bezeichnung verdient hätte.»

Fabian spürt Eifersucht, viel Eifersucht. Sein Körper ist ausgefüllt mit Eifersucht.

«Und das Kind?»

«Was soll mit dem Kind sein? Das ist von seiner Frau, sie ist Griechin, wie er. Und wie ich, ein bisschen jedenfalls.»

«Damit kann ich nicht dienen», sagt Fabian und streicht sich die Haare aus dem Gesicht. Er könnte sich ohrfeigen für seine kindische Reaktion und dafür, plötzlich so viele Gefühle in sich zu haben, auch unangenehme.

«Du bist ja auch nicht mein Freund.»

Sie lächelt und gibt ihm einen Kuss auf die Wange.

Fabian ist die Lust vergangen, sofort nach Südamerika zu reisen. Er zündet sich eine Zigarette an und Alixe trinkt die Limonade aus. Sie beugt sich zu ihm, nimmt seinen Kopf in die Hände und fragt:

«Fabian, wollen wir nach Südamerika reisen? Wir könnten nach einer Tillandsien-Art suchen, die Carl nicht kennt. Stell dir vor, wie sehr er sich freuen würde!»

Sie nimmt ihm die Zigarette aus der Hand, wirft sie auf den Boden und küsst ihn auf den Mund. Fabians Eifersucht ist auf einen Schlag verschwunden, alle schlechten Gefühle wie weggeblasen. Sie küssen sich mal zärtlich, dann wild, dann wieder zärtlich.

«Es gibt nichts, was mich glücklicher machen würde», sagt er.

Die letzten Tage

«Du trägst gar keinen Schmuck, Alixe, magst du Schmuck etwa nicht?»

Carl liegt auf seinem Bett. Mit der Sonnenbrille auf der Nase schaut er an die Decke. Er spricht langsam, seine Aussprache ist klebrig. Sein Mund muss inzwischen sehr trocken geworden sein.

«Doch, ich trage Schmuck. Ich habe die Swatch an, die du mir geschenkt hast. Ich werde sie erst verkaufen, wenn ich wirklich pleite bin. Wahrscheinlicher ist aber, dass ich sie nie verkaufen werde.»

«Eine Swatch, Alixe! Das ist kein richtiger Schmuck. Perlen, Gold, Edelsteine, das sind schöne Materialien für Schmuck, aber doch nicht Plastik!»

«Meine Großmutter hat mir kurz vor ihrem Tod ihre Perlenkette geschenkt. Aber ich fühle mich zu jung dafür. Findest du nicht, Carl, dass Perlenketten etwas für alte Frauen sind?»

«Rosa trug ihre Perlenkette schon in jungen Jahren, aber das war eine andere Zeit, damals.

Dort, in der Schublade unter dem Spiegel liegt der Rest ihres Schmucks. Nimm bitte, was dir gefällt.»

Ich öffne zum ersten Mal die Schublade des altmodischen Schminktisches, vor dem ich schon oft stand. Ich fragte mich immer, was die Schublade wohl enthält. Der Schmuck von Rosa liegt griffbereit da, so, als wäre Rosa nur kurz aus dem Haus gegangen und als warte er auf sie. An die Ohrringe mit dem blauen Stein erinnere ich mich. Auch den Fingerring erkenne ich wieder. Ich nehme ihn in die Hand und inspiziere ihn. «Rosa & Carl, para siempre», steht in der Innenseite. Sonst liegen noch zwei beige

Modeschmuck-Ketten und passende Armreife in der Schublade.

«Ich dachte, ihr hättet nie geheiratet.»

«Haben wir auch nicht, das war symbolisch. Rosa war oft genug verheiratet.»

Ich verstehe nicht ganz, frage aber nicht nach. Er legt den Kopf zur Seite und schläft ein. Ich hebe vorsichtig die Sonnenbrille von seinem Gesicht. Bei schönem Wetter trägt er sie meistens und überall. Das Sonnenlicht blendet ihn und fördert zudem seine Augenkrankheit. Ich lasse den Schmuck in der Schublade liegen. «Para siempre», murmle ich. Für immer – und noch länger. Wie lange noch? Ich gehe hinunter ins Wohnzimmer und betrachte die Farbflecken und Spritzer auf dem Bild von Sam Francis länger als sonst. Jedes Mal bin ich mir unsicher, ob mir diese Art von Kunst überhaupt gefällt, diese kunterbunte Kleckserei. Szenen mit Menschen sprechen mich mehr an, Szenen, die jedem vertraut sind.

Einen Monat zuvor

«Fabian, kannst du mal herkommen? Ich glaube, das ist die letzte Schachtel.»

Fabian bückt sich zur untersten Regalfläche hinunter. Tatsächlich, es ist die letzte Dia-Schachtel. Alle anderen hat er bereits digitalisiert. Er ist traurig, dass die Arbeit bei seinem Lieblingskunden bald zu Ende geht. Er wird ihn privat sehen, da ist sich Fabian sicher. Aber der Mittwoch wird wieder zu einem Tag wie jeder andere werden.

«Stimmt. ‹Pyrenäen, Rosa, 2001›.»

«Ich weiß», sagt Carl.

«Es war unsere letzte Reise, Rosa war bereits krank. Wir waren uns im Klaren, dass es nicht mehr lange dauern würde. Ich musste ihr versprechen, auch ohne sie glücklich zu sein. Und sie gelobte, über ihren Tod hinaus bei mir zu bleiben, für immer.»

«Glaubst du an Gott, Carl?»

Fabian realisiert, dass er ausgesprochen hat, was er eigentlich nur denken wollte, und bereut es sogleich. Eine solche Frage an einem Mittwochnachmittag!

Carl setzt sich auf den Holzstuhl, der vor langer Zeit von einem Kind bekritzelt wurde. Er zieht die Augenbrauen hoch und spitzt den Mund. Fabian weiß, dass Carl nicht im Entferntesten überheblich ist. Trotzdem zweifelt er einen Augenblick daran. Eine Postkarte, die bei Alixe in der Küche hängt, kommt ihm in den Sinn. Fabian hatte sich einmal nach dem Bild erkundigt. Die Karte zeigt ein Bild eines gewissen Graham Sutherland. Es ist ein Porträt des englischen Dramatikers Somerset Maugham. Sie habe das Original in der Tate Gallery in London gesehen und danach die Karte gekauft, sagte Alixe. Fabian weiß nach wie vor nicht, wer dieser Maler ist und was für Bücher sein Modell geschrieben hat, doch es erinnert ihn an Carl. Carl erinnert ihn an den gemalten Dichter, der mit verschränkten Armen auf einem Hocker sitzt und den Kopf allwissend erhebt.

«Wenn du ein simples Ja oder Nein erwartest, muss ich dich enttäuschen, Fabian. Du stellst mir eine Frage, die ich mir seit meiner Kindheit auch stelle. Es ist eine Lebensfrage.»

Carl atmet durch. Und spricht dann weiter: «Weißt du, es ist niemandem verwehrt, seine Bedürfnisse nach Trost, Hilfe und Welterklärung durch Erfindung von Göttern oder eines Gottes abzudecken. Was es mir aber unmöglich macht, an einen allmächtigen, hilfreichen, gnädigen und gerechten Gott zu glauben, wie von den Kanzeln verkündet wird, ist die Allgegenwart von Hass, Gewalt und Not auf dieser Welt», sagt Carl.

«Du beeindruckst mich, Carl. Mich – und Alixe.»

«Es gibt noch mehr, was ich dazu sagen möchte, Fabian.»

Carl legt seinem Computerspezialisten und jungen Freund dar, wie es um den aktuellen Stand des Wissens über das Universum steht und dass er die Vorstellung von einem personalen, gar menschenähnlichen Gott für absurd halte. Dann schweigen die beiden Männer.

Als Fabian seine Arbeit fortführen will, fasst ihn Carl am Arm.

«Fabian, eigentlich wollte ich heute über etwas anderes mit dir sprechen. Über ein artverwandtes Thema, in gewisser Hinsicht. Fabian, ich will sterben. Und Alixe soll mir dabei helfen.»

1945

Der Krieg ist seit drei Monaten zu Ende. Carl studiert wieder. Der mehrjährige Einsatz als Grenzsoldat hat sein Studium verzögert, den einst unsportlichen und dürren Carl jedoch zu einem athletischen Mann gemacht. Nun will er das Studium so rasch wie möglich beenden, um mit der Doktorarbeit beginnen zu können. Er war in einer Bergregion stationiert gewesen und als Wachesoldat hatte es oft nichts zu tun gegeben. So nutzte er jede freie Minute, um im Gebirge auf die Suche nach Alpenrosen zu gehen. Das alpine Gewächs verstärkte sein Interesse für Pflanzen: Wie kann es sein, dass diese wilde Schönheit mit ihren leuchtend roten Blüten einen tödlichen Nektar in sich trägt? Carl ist fasziniert, möchte jedoch für seine Doktorarbeit wie geplant die Aldabra-Schildkröte untersuchen und über deren Alter forschen. Er hatte Herrn Lang, seinem einstigen Chef vom zoologischen Garten, versprochen, zur Eröffnung des Vivariums im nächsten Frühjahr einen Gastvortrag zum Thema zu halten.

Carl hat Semesterferien. Und er hat ausnahmsweise keine Lust, bei Sonnenschein in seiner kleinen Wohnung zu hocken und Bücher zu wälzen. Er beschließt, über das Wochenende zu verreisen. Eigentlich hatte er sich vorgenommen, den Ort, an dem er die meiste Zeit der vergangenen Jahre in Uniform verbracht hatte, so bald nicht wieder zu besuchen. Doch in seiner Erinnerung wird die Bäckerstochter präsenter als die kurzen Nächte im schmalen Bett der Kaserne. Er fährt mit dem Zug hin. Im Gegensatz zu früher trägt er einen Anzug und einen Hut und führt im Gepäck kein Sturmgewehr mit sich.

Als Carl die Bäckerei betritt, stürzt die Bäckerstochter strahlend auf ihn zu.

«Carl! Was für eine Überraschung!»

«Ich freue mich auch, dich zu sehen. Und ich würde dich gern zum Abendessen in den «Blauen Bock» einladen.»

«Mit Vergnügen, Carl, ich mache mich zuerst noch frisch, ja?»

Sie bestellen einen Liter Merlot und erinnern sich an die düsteren Kriegszeiten.

«Am frühen Morgen des 9. Mai haben wir Friedensbrötchen gebacken und im Dorf verteilt – so erleichtert waren wir, als der Krieg vorbei war», erzählt die Bäckerstochter.

Er streichelt ihre Hand und bekommt Lust auf mehr.

«Gehen wir zu dir, Bella?», fragt er.

Im Dorf nennen sie alle so. Weil sie schön ist, eigentlich die Schönste weit und breit, bloß spricht das niemand aus.

«Sobald wir gegessen haben, mein Lieber. Ich habe dich vermisst, weißt du?»

Carl sagt nichts. Er schämt sich dafür, sie nicht vermisst zu haben, jedenfalls nicht so, wie er sollte. Ihm fehlte ihre blasse Haut, ihre Sommersprossen, das rote lange Haar. Er vermisste es, sie leidenschaftlich zu lieben, sie schreien zu hören, selber zu schreien. Aber sie vermisste er nicht.

Der Wirt kommt an den Tisch und fragt, ob er ihnen gebackene Felchen bringen dürfe.

«Heute Morgen gefangen», sagt er.

Die beiden bestellen. Der Wirt hat sich bereits vom Tisch abgewendet, als er sich umdreht und sagt: «Ihr habt vor lauter Turteln wahrscheinlich gar nicht mitbekommen, was passiert ist, oder?»

«Was denn?», fragt Bella.

«Die Amerikaner haben eine Atombombe abgeworfen. In Japan, Hiroshima oder so ähnlich. Es hört wohl nie auf.»

«Carl, was bedeutet das?», fragt Bella mit besorgtem Blick.

Er sagt: «Ich denke, heute ist die Welt eine andere geworden, eine grundsätzlich andere.»

«Wie meinst du das? Carl?»

Er erzählt ihr von einem Vortrag, den er neulich an der Universität gehört hat. Der große Physiker Max Planck brachte die Studenten auf den neusten Stand der Forschung über die Atomkernspaltung und die damit verbundenen gewaltigen Energien.

«Aber selbst er hatte zu diesem Zeitpunkt wohl noch keine Ahnung, wie weit die Menschen tatsächlich schon sind», sagt Carl.

«Nun werden auch die Kommunisten Atomwaffen entwickeln wollen, um den Amerikanern in nichts nachzustehen. Als wären zwei Weltkriege nicht genug.»

Wortkarg essen die beiden den Fisch und trinken die Flasche aus.

«Na, kommst du?», fragt Bella, nachdem Carl die Rechnung bezahlt hat.

Kaum stehen sie in ihrer Wohnung oberhalb der Backstube, hebt Carl ihren Rock hoch, zieht sich die Hose hinunter und drückt sie an die Wand. Am Morgen essen sie zusammen frische Brötchen und gehen am Bergsee spazieren. Am Abend verabschieden sie sich am Bahngleis. Es sollte ein Abschied für immer sein.

Als Fabian nach Hause kommt, setzte er sich mit Schuhen und Jacke in die Küche und raucht eine Zigarette nach der anderen. Er trinkt Bier, hört «Knockin' on Heaven's Door» von Guns N' Roses und flucht vor sich hin.

«Scheisse, verdammt!»

Er weiß nicht, was er schlimmer finden soll: Die Angst, Alixe zu verlieren, oder den wahrscheinlich baldigen Verlust eines Freundes. Alixe wird mir vorwerfen, dass ich den Tod nicht von ihr fernhalte, sondern ihn zu ihr bringe. Sie wird mich verachten, weil ich Carl nicht klarmachen konnte, dass sie die falsche Person für diese Aufgabe ist. Mein wunderbares Wesen, Alixe! Gütig und hilfsbereit, aber nicht dazu geboren, anderen beim Sterben zu helfen. Oft genug hatte sie das schon erleben müssen. Und nun hat sie sich davon befreit. Sie wird es nicht wieder tun. Das wird sie Carl klarmachen und sich daraufhin von uns beiden abwenden. Unser Sommermärchen wird sterben. Und Carl wird ebenfalls sterben, halt ohne Alixe an seiner Seite. Sterben geht auch einsam. Was Carl da verlangt!

Fabian hat noch nie etwas über Sterbefasten gehört. Und obwohl ihm Carl erklärt hat, dass es sich dabei um eine sanfte Art des Sterbens handelt, bleibt Sterbefasten für Fabian eine Verharmlosung für «Verrecken». Verdursten ist grausam, immer, das liegt in der Natur der Sache.

Er geht in Gedanken durch, was ihm Carl gesagt hat. Wie er ihm sachlich dargelegt hat, wie er sich seine Verabschiedung wünscht; eine vertraute Person solle an seiner Seite weilen, wenn er nicht mehr isst und trinkt. Niemand wäre geeigneter als Alixe, hat er gesagt, seelenruhig, als wäre es eine alltägliche Aufgabe. Fabian hört noch den Satz:

«Alixe – und ich spreche jetzt Klartext – soll mögliche Schweinereien in Form von Körperflüssigkeiten verhindern oder zumindest beseitigen, bevor meine Hausärztin kommt, um meinen Tod festzustellen.»

Schweinereien, Tod feststellen, pah! Aber so hat er es gesagt. Unter keinen Umständen wolle er stürzen, wenn er ausgetrocknet und verwirrt ist, und dann wegen eines Oberschenkelhalsbruchs operiert und unnötig am Leben erhalten werden. Sondern sterben wolle er, sanft.

«Fabian, ich habe Angst, zu ersticken, und hege die Hoffnung, Alixe könne mich mit den nötigen Medikamenten davor bewahren. Sie hat doch Beziehungen zu Fachleuten aus dem medizinischen Bereich, die Mutter arbeitet ja noch im Krankenhaus und ihre ehemalige Arbeitskollegin auch», hat Carl zu ihm gesagt.

Fabian kann das Gespräch deuten, wie er will. Es bleibt dabei: Carl will, dass Alixe seine Sterbebegleiterin wird und Fabian sie davon überzeugt, dass nur sie die geeignete Person für diese Aufgabe ist. Sie, eigentlich eine Fremde, die ihm nun langsam vertraut wird. Sie, die etliche Leichen rasiert und hübsch hergerichtet hat, bevor die Familie kam, um am Totenbett zu weinen. Carl begreift nicht, dass gerade er es ist, der in Alixe den Lebensdurst geweckt hat, und sie dank ihm nicht mehr überall Sterbende sieht, wo Lebende sind. Oder weiß er es? Und verlangt dennoch Unmenschliches? Oder gerade deshalb? Hat er gar einen Plan, ein Ziel? Eines, das nicht nur ihn erlöst, sondern auch Alixe? Oder ist er bloß ein lebensmüder Verzweifelter? Ein verzweifelter Lebensmüder?

Das Telefon vibriert auf dem Tisch. Eine Nachricht blinkt auf. Alixe.

Schau mal das Altweibersommer-Licht, ist es nicht wunderbar? Indian Summer! Lass uns zum Fluss gehen. Bin in einer halben Stunde dort.

Mist! Fabian trinkt das Bier leer und stellt die Musik aus.

Unter der Dusche beschließt er, Alixe vorerst nichts vom Gespräch mit Carl zu erzählen. Er will der Sache zuerst selber auf den Grund gehen. Ich werde ihr erst sagen, was Carl erwartet, wenn ich genug darüber weiß und ich ihr den unmoralischen Job schmackhaft machen kann. Vielleicht hat das Ganze einen tieferen Sinn, sogar für Alixe und mich. Und vielleicht ist es nicht unmoralisch, sondern im Gegenteil unsere moralische Pflicht.

Einige Tage später füllte er alle mit einem Stern gekennzeichneten Felder aus, und schon hat er es weggeschickt, das Formular der Sterbehilfeorganisation. Die Anmeldung hat keine zwei Minuten gedauert.

Inzwischen hat er sämtliche Unterlagen per Post zugeschickt bekommen und den Jahresbeitrag bezahlt. Mit seinen 29 Jahren dürfte er zu den jüngsten Mitgliedern gehören, wenn nicht sogar das jüngste Mitglied sein. Und er kann am nächsten Wochenende an der Generalversammlung teilnehmen. Er hatte beim Googeln einen aktuellen Artikel in der Allgemeinen entdeckt. Der Text handelte von einem Mann, der von der mit Abstand größten und rechtlich inzwischen völlig unumstrittenen Sterbehilfeorganisation verlangt, dass diese nebst der Freitodbegleitung mit dem Sterbemittel Natrium-Pentobarbital auch Sterbefasten anbietet. Der Mann werde seine Beweggründe an der Generalversammlung darlegen, stand im Artikel. Die Organisation stehe dem Wunsch ablehnend gegenüber.

Alixe schläft in Fabians Bett. Er selber sitzt in Boxershorts und mit Gänsehaut am Küchentisch und starrt in den Laptop. Er liest ein Interview mit einem Arzt und staunt über dessen Überzeugung, Sterbefasten führe zu «gutem Sterben». Der Arzt sagt: «Niemand will pflegebedürftig und abhängig werden, niemand will seinen freien Willen abgeben müssen, niemand will, dass andere für ihn entscheiden.» Stimmt, genau das will Carl nicht. Aber ist es nicht kühn, zu behaupten, das gelte für alle Leute? Warum gibt es dann so viele Pflegeheime?

«Fabian, mir ist kalt. Kommst du ins Bett? Und bringst Kaffee mit?»

«Gleich.»

Minuten vergehen, Fabian rührt sich nicht vom Fleck. Bis Alixe hinter ihm steht und fragt:

«Was tust du da?»

Fabian klappt den Laptop zu und hofft, dass sie nicht gesehen hat, was er liest.

«Entschuldige, Kaffee? Kaffee!»

In Gedanken an diesen Wunderarzt und die bevorstehende Generalversammlung wartet er vor der Kaffeemaschine, bis sie aufgeheizt ist.

«Du bist so still, was ist los?»

Alixe klingt vorwurfsvoll oder besorgt oder eine Mischung aus beidem.

«Alles in Ordnung, es stehen bloß ein paar strenge Tage bevor. Ich glaube, ich brauche Urlaub. Ich habe noch über einen Monat zugute.»

Die Maschine ist heiß. Und laut. Schweigend trinken sie Kaffee. Dann küsst Fabian Alixe und geht unter die Dusche.

«Uff!» Alixe stellt den Hausaltar auf Großmutters Tisch im Pflegeheim ab.

«Damit du etwas Schönes zum Anschauen hast, Oma.»

«Alixe, ich brauche doch nichts mehr. Was ist das überhaupt?»

«Ein Hausaltar aus dem 17. Jahrhundert, schau her, die Goldengelchen, sind die nicht süß?»

Die Großmutter reagiert nicht. Sie war nie ein Fan von Engeln.

«Wie geht es dir, Omalein?»

Sie zuckt mit den Schultern. Ihr Blick schweift durch den Raum, als wollte sie kontrollieren, ob Schrank, Tisch, Stuhl und der Sessel noch an ihrem gewohnten Platz stehen und als ob in dem engen Raum eine andere Anordnung der Möbel möglich wäre. Auf dem Tisch steht ihr Hochzeitsfoto, daneben steht eine gerahmte Zeichnung, die Alixe im Kindergarten gemalt hat. Ein Baum mit lauter roten Kringeln dran, vermutlich Äpfel oder zu groß geratene Kirschen. Dazu ein Vollmond, Sterne. Alixe tendiert zu Äpfeln. Im Klinikgarten stand ein Apfelbaum. Kirschbäume gab es keine.

Die Wände sind leer. Beim Hausaltar stoppt der Blick der alten Frau. Sie betrachtet das sperrige Ding mit zugekniffenen Augen.

«Hab ich von Carl bekommen, er wollte, dass ich es am Flohmarkt verkaufe. Aber es ist zu wertvoll dafür!», sagt Alixe.

«Wer ist Carl, dein Freund?»

Alixe erzählt von Carl. Viel habe sie von ihm gelernt und nun wolle sie nach Südamerika reisen. Sie berichtet vom Konzert mit Klaus Maria Brandauer und vom Rindfleisch, das Carl stets leicht versalzen serviert. Sie erzählt von den Tillandsien und den Dias und davon, dass sie die

Bekanntschaft mit dem alten Mann einem jungen Mann zu verdanken hat.

«Und weißt du, Oma, ich glaube, ich mag ihn ziemlich gern.»

Die Großmutter scheint zu erwachen: «Den bald 94-Jährigen? Alixe, der ist zu alt für dich!»

«Nein, den jungen. Fabian.»

Die Großmutter richtet sich auf, schaut Alixe an und sagt: «Wenn man verliebt ist, weiß man das. Da gibt es kein «ich glaube». Mir ging es auch so, damals, mit deinem Großvater.»

Die Großmutter erzählt, wie sie den Großvater in einer Skihütte zum ersten Mal sah und sich sofort in ihn verliebte. Eigentlich war sie in Begleitung eines anderen Mannes in die Hütte gekommen. Dem anderen Mann war schnell klar, dass seine Anwesenheit nicht länger erwünscht war. Er zog die Konsequenzen. Ein Jahr nach der ersten Begegnung stand Großmutter mit dem Großvater vor dem Traualtar. Sechs Monate später kam ihre Mutter zur Welt.

Alixe kennt die Geschichte, sie hat sie oft gehört, sie tut aber so, als wäre es das erste Mal.

«Warum wusstest du, dass ausgerechnet er der Richtige ist?»

«Das spürt man, Alixe. Man darf bloß keine Angst davor haben.»

«Ich habe aber Angst, Oma. Und weißt du: Fabian benimmt sich in letzter Zeit so merkwürdig. Als wäre etwas geschehen, das sein Leben verändert hat. Möglicherweise habe ich mich ihm zu sehr geöffnet und jetzt verliert er das Interesse an mir. Vielleicht hält er nach einer Neuen Ausschau. Das kommt davon, wenn man sich auf jüngere Männer einlässt.»

Sie steht auf, drückt der Großmutter einen Kuss auf die Stirn und verabschiedet sich.

«Ich muss los, Carl kocht heute Abend für uns. Wenigstens habe ich Carl, der bleibt mir treu.»

Fabians Volvo steht bereits vor dem Haus. Die beiden Herren kommen bestimmt gut allein zurecht, denkt Alixe. Sie wüsste gern, worüber sie sprechen, wenn sie nicht gerade an den Dias arbeiten. Ob sie über mich reden? Ob Carl Fabian von Rosa erzählt?
Sie klingelt.

«Das Leben ist zu kurz, um schlechten Wein zu trinken», sagt Carl, während er versucht, eine Flasche Wein zu öffnen. Die Spindel trifft wiederholt den Korken nicht, doch Carl gibt erst auf, als ihm Fabian den Korkenzieher und die Flasche abnimmt.

Mit dem Glas in der Hand sagt Carl feierlich: «Das ist der beste Tropfen, den sie auf diesem Weingut produzieren. Zum Wohl, meine lieben Freunde!»

Fabian spürt einen Kloss im Magen. Bei der Vorstellung, bald etwas essen zu müssen, wird ihm übel. Wie kann Carl so fröhlich sein? Hat er seinen Plan geändert? Fabian ist sich bewusst, dass dies kaum der Fall sein wird. Er kennt Carl inzwischen recht gut und weiß, dass er stur oder konsequent ist, je nachdem, wie man sein Verhalten auslegen möchte.

Alixe erzählt vom Besuch bei der Großmutter und ihrer fortschreitenden Demenz.

«Ich finde es großartig, dass du noch so gut beieinander bist, Carl. Würde ich dein Alter nicht kennen, wäre ich sicher, du seist so jung wie wir – bloß viel weiser.»

Carl schmunzelt.

«Und, habt ihr Hunger?»

Fabian wirft ihm einen verächtlichen Blick zu, ihm, der bald nichts mehr mit Essen zu tun haben will.

Alixe antwortet: «Und ob!»
Dann klingelt es an der Tür.

«Wer mag das sein?», fragt Carl und geht zur Haustür.

Aus dem Esszimmer hören Alixe und Fabian, wie Carl begeistert «Was für eine Überraschung!» ruft.

Eine weibliche Stimme antwortet nicht weniger enthusiastisch und die Besucherin küsst Carl so laut, dass es Alixe und Fabian hören können. Keine halbe Minute später steht sie auch schon vor ihnen, eine Schönheit, die Naomi Campbell ähnlich sieht und eine Perlenkette trägt.

«Darf ich vorstellen, das ist Marina, Rosas Tochter.»

1951

Sie sitzen in flauschigen roten Sesseln im dunklen Saal. Reihe 8, Randplätze. Links eine junge Frau, rechts ein junger Mann und dazwischen ein älterer Herr. Die drei sind, wie viele hier, allein gekommen. Die Gegner des Filmes versuchten mit Demonstrationen, die in Schlägereien ausarteten, die Aufführung zu verhindern. Es ist ihnen nicht gelungen: Täglich drängen sich Tausende Besucher in die Kinos, um mit eigenen Augen zu sehen, worüber gesprochen wird oder worüber sie gelesen hatten. Und nun sitzen auch Carl und Rosa da, zwei junge Menschen, die sich nie zuvor begegnet sind. Als die gewagte Szene über die Leinwand flimmert, in der Hildegard Knef als «Die Sünderin» schüchtern in den weißen Bettlaken liegt und sich von einem Maler verführen lässt, entdeckt Carl die junge Zuschauerin zwei Plätze neben ihm. Sie schaut gebannt auf die Leinwand. Es scheint, als könnte nichts auf der Welt sie von den Szenen ablenken. Carl ist der einzige Besucher, der den Blick zur Seite richtet, und der Einzige, dem es auf einmal egal ist, wie Liebe zwischen einer Sünderin und einem Maler geht. Er sieht dieses Wesen mit den gewellten Haaren, dem prallen Busen unter dem Pünktchen-Kleid, den auffallend weit auseinanderliegenden Augen und dem vollen Mund. Er sieht die 19-jährige Rosa und glaubt, einem Engel begegnet zu sein. Lederhandschuhe klemmen zwischen ihren Schenkeln. Carls Blick wandert von den Handschuhen zum Kinobesucher, der zwischen ihnen sitzt. Er wünscht ihn sich weg, dieses Hindernis, diese unnatürliche Grenze. «Jetzt, dachte ich, jetzt werd ich es erfahren, das, worüber so viel gewispert wird – Liebe.» Die Worte der Knef lassen den Saal das Atmen vergessen. Es ist still wie sonst nie, wenn Carl im Kino sitzt. Kein Flüstern, kein Schmatzen, kein Lachen, kein Weinen. Das Kollektiv ist erstarrt. Carl ist Teil davon, Teil dieser Lähmung, doch nicht der Film hat ihn paralysiert. Es sind nicht die Szenen, die den Maler als schwer kranken Mann zeigen, der erblindet. Es ist nicht der Moment, als Hildegard Knef als Sünderin Marina ihrem Freund beim Sterben hilft, indem sie ihm Schlaftabletten besorgt. Selbst der Suizid der zarten Marina löst in Carl nicht das Entsetzen aus, das die Gegner des Films dazu gebracht haben muss, Stinkbomben herzustellen. Sein Puls rast aus einem anderen Grund.

Er beobachtet, wie die Unbekannte nach der Vorstellung, ohne einen Blick ins Publikum zu werfen, aufsteht und auf die Garderobe zusteuert, den Mantel entgegennimmt und ganz offensichtlich beabsichtigt, den angebrochenen Januarabend anderswo zu verbringen. Als Carl ihr auf die Schulter tippt und von ihr wissen will, ob ihr der Film gefallen habe, erschrickt sie.

«Kennen wir uns?», fragt sie, während sie sich die Lederhandschuhe überzieht.

«Bedauerlicherweise noch nicht. Darf ich Sie zu einem Kaffee einladen?»

Sie streicht sich eine Haarsträhne aus dem Gesicht, zieht ihr Kleid zurecht und sagt: «Gern, aber nicht an der Kinobar, da gibt es nur Tee.»

Das Lokal befindet sich in einer Parallelstraße zum Kino. Es ist das einzige Café, das um diese Zeit noch geöffnet hat. Carl hält Rosa die Tür auf und für einen Augenblick dringt Lärm auf die Straße. Die meisten Gäste diskutieren über den Film. Rosa und Carl setzen sich an das letzte freie Tischchen. Rosa hat sich bereits auf dem kurzen Weg über den Film ereifert, Faszination und Abstoßung zugleich, und erzählt Carl jetzt von ihrem Medizinstudium und dass sie Kinderärztin werden möchte. Sie habe sich gegen den Willen der Eltern an der Universität eingeschrieben. Diese seien der Meinung gewesen, eine Frau müsse nicht studieren. Inzwischen seien sie stolz, dass Rosa so gut vorankomme. Carl verliert kein Wort über seine Doktorarbeit, die ihn rund um die Uhr beschäftigt und die kurz vor dem Abschluss steht. Er möchte sie noch vor seinem dreißigsten Geburtstag im kommenden Jahr publizieren und räumt dem Vorhaben erste Priorität ein. Manchmal vergisst er sogar zu essen. In diesem Moment denkt er nicht daran, dass er eigentlich zu Hause sitzen und arbeiten sollte. Er ist überzeugt, mit der talentiertesten angehenden Kinderärztin der Welt Kaffee zu trinken.

Um 23 Uhr verabschiedet sich Rosa. Die Eltern seien bestimmt besorgt, allenfalls auch wütend.

«Es war schön mit Ihnen, Carl, vielen Dank für die Einladung.»

Ob er sie ein Stück begleiten dürfe.

«Ich wohne gleich um die Ecke.»

Ob er sie wiedersehen dürfe.

«Gern.»

Fabian rechnet aus, ob es ihm reicht, pünktlich von der Generalversammlung zurückzukehren. Knapp wird es sicher. Er steigt in den Volvo und fährt los. Wenn er zu spät zu Marinas Geburtstagsfest erscheint, muss er sich eben eine Ausrede einfallen lassen. Er wird sagen, dass er einen Kunden besucht hat, der ihn nur samstags empfangen kann, der außerhalb wohnt und betreuungsintensiv ist. Das werden sie mir abnehmen, ich habe ja oft mit Käuzen zu tun gehabt, die eigentlich nichts zu sagen haben und trotzdem zu viel reden.

Beim letzten Besuch bei Carl vor ein paar Tagen wurde es spät. Marina hatte sich an den Tisch gesetzt, als wären Alixe und Fabian alte Freunde. Carl teilte das Rindsfilet, das für knapp drei Personen berechnet war, in vier Stücke. Sie aßen, tranken und lachten bis nach Mitternacht. Alixe war es, die vorschlug, eine Geburtstagsparty für Marina zu organisieren. Sie sei ohnehin häufig bei Carl und könne neben der üblichen Hausarbeit den Tisch im Garten herrichten, etwas einkaufen und für sie kochen. Carl war begeistert von der Idee, sein Haus für einen Abend in eine Party-Location zu verwandeln. Er sei ja sonst eher der Eigenbrötler und empfange selten mehr als zwei Gäste gleichzeitig. Für Marina mache er aber gern eine Ausnahme. Sie werde ja nur einmal 46 Jahre alt.

Vor dem Hotel wird gerade ein Parkplatz frei. Fabian stellt den Wagen ab. In der Lobby des Siebzigerjahre-Kastens weisen Schilder den Weg in den Saal «Madrid». Eine Dame mit fingerbreitem Puder im Gesicht und einem zu engen Deux-Piecès fragt ihn, ob er von der Presse sei. Fabian schüttelt den Kopf und kramt seinen Mitgliederausweis aus der Jeans.

«Oh», sagt die Puder-Frau und lässt ihn in den Saal.

Ihr Blick verrät, dass sie Fabian für einen bemitleidenswerten jungen Mann hält, der dem baldigen Tod geweiht ist. Warum sonst sollte er sich sonst zu dieser Versammlung begeben?

Fabian erkennt mit einem Blick in den Saal, dass er bis auf die mit Kameras, Mikrofonen und Laptops ausgerüsteten Medienvertreter tatsächlich der mit Abstand jüngste Anwesende sein muss. Die Haarfarbe Weiß dominiert und am Eingang stehen Rollatoren. Er sucht sich einen Platz am Rand der Sitzreihe und findet keinen. Mehrere Hundert Menschen haben sich eingefunden, um Neues aus der Welt der Sterbehilfe zu erfahren. Es sind deutlich mehr Frauen als Männer im Saal. Fabian quetscht sich zwischen zwei korpulente Damen.

«Guten Tag», sagt er freundlich.

Sie mustern ihn und rücken zur Seite.

Der Präsident ergreift das Wort und eröffnet die Versammlung. Mit bald hunderttausend Mitgliedern sei der Verein so groß wie noch nie in seiner zwanzigjährigen Geschichte. Im vergangenen Jahr hätten sich dreißig Prozent mehr Menschen in den Freitod begleiten lassen als im Jahr zuvor, Tendenz steigend. Er sagt, der Verein sei eine Erfolgsgeschichte. Die Anwesenden klatschen, als gelte es, den herausragenden Beitrag einer Opernsängerin zu würdigen. Der Präsident bedankt sich mit einem Nicken für den Beifall und fährt fort. Er legt dar, wie wichtig es ist, dass es die Möglichkeit eines begleiteten Freitodes gibt.
«Die Gesellschaft wird immer älter. Jetzt kommt eine Generation ins Alter, die nichts anderes kennt, als selbst-

bestimmt über ihr Leben entscheiden zu können – und damit auch über den Tod.»

Auch Carl hatte gesagt, er wolle selbstbestimmt gehen, doch versteht er darunter etwas anderes als die Organisation. Er will nicht von einer Kamera gefilmt werden, während er ein Sterbemittel einnimmt. Abgesehen davon, dass er auch gar kein Sterbemittel einnehmen möchte. Für ihn hört die Selbstbestimmung bei der Einnahme eines solchen Mittels auf. Ansichtssache, denkt Fabian, schließlich zwingt einen ja niemand, ein solches Medikament einzunehmen.

Es folgen Jahresbericht, Ämterwahl und andere Traktanden, die es Fabian ermöglichen, in Gedanken abzuschweifen. Er sieht Alixe vor sich, wie sie in seinem Bett liegt, als wäre es auch ihr Bett, und spürt eine cognacartige Wärme durch seinen Körper fließen. Er malt sich aus, wie sie zusammen durch die Welt reisen und glücklich sind, egal, ob es stürmt, der Flug zehn Stunden verspätet ist oder Kakerlaken auf dem Hotelboden umherrennen. Und er stellt sich vor, wie das Liebesspiel mit ihr noch intensiver wird. Der Präsident erzählt, was nach der Einnahme des Sterbemittels geschieht. Der Patient liege im Bett und könne sich noch einmal von seinen Liebsten verabschieden, dann verfalle er nach wenigen Minuten in einen Tiefschlaf. Fabian lächelt. Die korpulenten Damen mustern ihn, er spürt ihre strengen Blicke und versucht, betroffener auszusehen. Er fasst sich ans Kinn fasst und krault es langsam. Ich sitze zwischen kranken Menschen, denkt er. Wie komme ich dazu, jetzt an Sex zu denken? An Liebe, Lust, an das Leben? Wieder sieht er Alixe vor sich.

Die Minuten vergehen langsam. Immer wieder späht Fabian auf das Handy und rechnet aus, wann er abfahren muss, um nicht übermäßig verspätet zu erscheinen. Dann bittet der Präsident den nächsten Redner nach vorne. Fabian steckt das Handy ein und richtet sich auf. Die Frauen schütteln beide den Kopf, als wäre es eine Schande, nach langen Minuten der Gleichgültigkeit doch noch ehrliches Interesse am Geschehen zu bekunden.

Ein Mann mit Dreitagebart und dunklem Anzug betritt das Podium. Er erzählt von der Krebsdiagnose, die ihn vor acht Jahren aus der Bahn geworfen habe, und dem glücklichen Umstand, die Krankheit inzwischen überwunden zu haben. Es ist der Mann aus der Zeitung.

«Als ich krank war, habe ich mich intensiv mit einem möglichen Freitod auseinandergesetzt und bin dabei zufällig auf Sterbefasten als Alternative zu einem abrupten Tod gestoßen.»

Er berichtet von zahlreichen betagten Menschen, die diesen Weg gewählt haben, um harmonisch sterben zu können. Er erzählt von Gesprächen mit Angehörigen, die sich anfangs allesamt gewehrt hätten.

«Nachdem sie den kranken Menschen aber in den Tod begleitet hatten, waren sie froh um den langsamen Abschied. Ich habe keinen einzigen Angehörigen getroffen, der nach dieser Erfahrung noch von radikalem Sterben sprach.»

Auch er werde für sich diese Methode wählen, falls er sich eines Tages für einen Freitod entscheide.

«Gerade weil es sich dabei um eine Alternative zu ihrem Angebot handelt, fordere ich die Sterbehilfeorganisation auf, auf allen Kanälen auch über die Möglichkeit des Sterbefastens zu informieren.»

Fabian ist gespannt, ob die Mitglieder den Antrag annehmen werden. Doch es kommt gar nicht erst zu einer Abstimmung, denn der Redner zieht seinen Vorstoß überraschend zurück. Die Verantwortlichen hätten die Mitglieder im Vorfeld falsch über sein Anliegen informiert, indem sie seinen Antrag gekürzt hätten.

«Bei der vorliegenden Version entsteht der Eindruck, dass ich die Organisation verpflichten will, selbst Sterbefastende zu begleiten. Das ist nicht der Fall. Ich fordere nur, dass die Organisation diese Alternative nicht weiterhin ausklammert, sondern auch darüber informiert.»

Er fährt weiter: «Mir ist bewusst, dass die Kapazitäten, jemanden über Tage oder Wochen zu begleiten, in der Organisation nicht vorhanden wären. Denn es ist eine Tatsache, dass Sterbefasten länger als die Einnahme eines Sterbemittels dauert. Je nach Verfassung der sterbewilligen Person kann sich das Fasten über drei Wochen hinziehen, bis der Tod Erlösung bringt. Außerdem ist mir klar, dass die Organisation nicht plötzlich von ihrem Kerngeschäft abweichen kann. Es gibt jedoch genug andere Institutionen, die eine solche Hilfeleistung anbieten könnten.»

Über drei Wochen? Das kann ich Alixe nicht zumuten! Und wo wäre ich während dieser Zeit? Wie kann ich Alixe unterstützen?

Als der Präsident die Generalversammlung für beendet erklärt, ist Fabian enttäuscht, nicht mehr über das Thema erfahren zu haben. Wie ist es für jemanden, dabei zu sein, wenn sich ein Mensch zu Tode fastet? Mit welchen Komplikationen ist zu rechnen? Was muss man sonst noch alles wissen, um die Sache gut durchführen zu können? Der Mann hat das Interesse in ihm geweckt. Und obwohl er bereits unterwegs sein müsste, spricht Fabian ihn in der Hotellobby an. Als er zwanzig Minuten später in den Volvo steigt, ist er überzeugt, dass dieser Mann dazu beitragen wird, seine Vorurteile zu beseitigen.

1951

Vor dem Ballhaus stehen die jungen Menschen Schlange. Es ist bitterkalt und alle wollen rasch in den geheizten Saal hinein. Carl hat Rosa seit dem Kino nicht mehr gesehen, aber seither ständig an sie gedacht. Als sich ein VW-Käfer nähert und auf dem Trottoir hält, bestaunen die Wartenden das Auto. Es ist das einzige in der Straße. Carls Aufmerksamkeit gilt der jungen Dame, die aus dem Käfer steigt. Rosa trägt eine schwarze Mütze und denselben Mantel wie am Kinoabend. Mit einem Kuss auf die Wange verabschiedet sie sich vom Fahrer. Sie wendet sich der wartenden Menge zu und entdeckt sogleich Carl. Er ragt heraus.

«Rosa, schön, Sie zu sehen. Wollen wir hineingehen? Ihnen ist bestimmt kalt.»

Rosa ist nicht kalt, der Vater hat sie von der heimischen Stube direkt hierher gebracht. Doch sie stimmt Carl zu und hält den Mantel vor der Brust zusammen, als würde sie frieren.

An der Theke bestellt Carl zwei Coca-Cola, während Rosa schon an einem kleinen runden Tisch Platz genommen hat und die Tanzenden mustert.

Carl setzt sich zu ihr und sagt: «Sie müssen wissen, liebe Rosa – seit dem Abend im Kino denke ich unentwegt an Sie. Ein Engel sind Sie, der in mein Leben geflogen ist.»

Rosa lächelt peinlich berührt und legt die Hände in den Schoss. Sie müssen laut sprechen, da sich ihr Tisch gleich neben der Band befindet. Diese stimmt nach ein paar schnelleren Stücken den «Tennessee Waltz» an, was den Paaren auf der Tanzfläche die Gelegenheit gibt, näher zueinander zu rücken.

Rosa steht auf, zieht Carl vom Stuhl hoch und geht mit ihm an der Hand zur Bühne. Die Sängerin haucht «I was dancing with my darling to the Tennessee Waltz» ins Mikrofon. Rosa legt die Arme um Carls Hals. Die unerwartet direkte Art der zarten Dame stimmt ihn glücklich. Er umschließt ihre Hüften, als hätte er nie etwas anderes getan. Ungeachtet der Stücke, die gespielt werden, verweilen sie in dieser Position. Erst, als im Saal zu später Stunde das Licht angeht und sich die Bühne leert, lassen die beiden voneinander ab.

Den Anzug trug Carl seit Rosas Beerdigung nicht mehr. Doch heute ist ein besonderer Tag. Es ist der Geburtstag von Rosas Tochter.
Als es klingelt, öffnet er die Tür und lächelt charmant seine Gäste an.

«Treten Sie ein, die Damen, Sie müssen Alixe' Familie sein – schön, Sie kennenzulernen.»

«Ein tolles Haus haben Sie, so modern und groß. Und dieses Holz an der Fassade!», sagt die Mutter. Die Großmutter stützt sich an ihrem Arm ab. In der freien Hand hält sie einen Gehstock.

«Das täuscht, das Haus stammt aus dem Jahr 1972 und kann nicht mehr unbedingt als modern bezeichnet werden, zumindest nicht mehr als topmodern», entgegnet Carl.

Marina kommt zur Tür und Carl legt stolz seinen Arm auf ihre Schulter: «Darf ich Ihnen unser Geburtstagskind vorstellen?»

Marina umarmt die beiden Frauen, die sie zuvor noch nie gesehen hat.

«Moment!», sagt sie noch während der Umarmung und verschwindet in der Küche. Mit einem Serviertablett voller Gläser kommt sie zurück.

«Bowle! Hat Alixe gemacht, schmeckt vorzüglich, aber man muss Alkohol gewohnt sein.»

Sie lacht laut und entfernt sich wieder.

Im Garten macht sie es sich auf der Rattanliege bequem, während Alixe den Tisch mit Blumen und Kerzen schmückt.

«Weißt du», sagt Marina nach einer Weile, «wenn man so jung ist wie du, stürzt man in eine Depression, wenn man die ersten grauen Haare entdeckt und merkt, dass die Falten nicht nur vom Lachen kommen. Mit 46 hat man das überwunden und freut sich des Lebens! Ich will für immer 46 bleiben.»

Alixe reagiert nicht, da ihr Altersgespräche zuwider sind und zudem in dem Moment ihre Familie im Garten erscheint.

«Oma, schön, dass sie dich haben gehen lassen!»

Die Großmutter deutet mit dem Stock auf Carl.

«Ist dieser Mann der Besitzer des Hausaltars, Alixe?»

«Psst, er weiß nicht, dass ich ihn dir geschenkt habe», flüstert Alixe.

«Ein Hausaltar? Eine schöne Sache, Madame, ich hab nach Rosas Tod damals in den Pyrenäen einen aufgebaut. Und egal, wohin es mich danach zog, ich habe ihn stets mitgenommen», ruft Marina der Großmutter von der Liege aus zu.

Und die fragt: «Wer ist Rosa?»

Alixe versucht, das Thema Rosa wenigstens für den Moment abzuwenden: «Das war Marinas Mutter, sie ist gestorben. So, und jetzt setzen wir uns alle und genießen den Sonnenuntergang. Carl, kommst du?»

Carl zupft an einer Magnolie herum.

«Ja, gleich.»

«Wo ist eigentlich Fabian?» fragt Alixe. Es klingelt.

«Hat es geklingelt?»

«Ja, Carl, das muss Fabian sein. Aber bleib sitzen, ich geh schon, und ihr esst bitte von den Speckschnecken auf. Auch Bowle hat es noch.»

Fabian will Alixe zur Begrüßung küssen, doch sie dreht beleidigt den Kopf weg.

«Wo warst du so lange?»

1952

Rosa ist zwanzig Jahre alt und verbringt mehr Zeit in Carls kleiner Mietwohnung als zu Hause bei den Eltern. Jeden Morgen steckt ihr Carl einen Zettel mit verliebten Worten in die Tasche. Sie hat inzwischen über 300 dieser Briefchen erhalten und in einer Kiste verstaut. Ihr Studium schreitet voran und Carls Doktorarbeit über das Höchstalter der Aldabra-Riesenschildkröte ist inzwischen als Buch erschienen. Carl hat das Angebot seines Professors abgelehnt, eine Stelle im Forschungsinstitut anzunehmen. Finanziell würde es zu eng, lautete seine Begründung. Der Professor war enttäuscht, diesen talentierten jungen Mann nicht an seiner Seite halten zu können, brachte aber Verständnis für Carls Familienpläne auf. Auf Anraten des Professors bewarb sich Carl bei einer großen Chemiefirma, die gerade einen Biologen suchte. Er bekam die Stelle.

«Ach, Rosa, seit ich dich habe, bin ich ein erfüllter Mann», sagt er eines Abends, als sie zusammen essen. «Auch mein Beruf befriedigt mich, doch das Glück, dir begegnet zu sein, kann kein Karriereschritt der Welt übertreffen. Ich liebe dich.»

Eigentlich wollte Rosa ihm heute Abend erzählen, mit welchen Erwartungen die Eltern sie seit Wochen plagen. Doch sie beschließt, den schönen Moment nicht zu zerstören, legt den Löffel nieder und setzt sich Carl auf den Schoss.

«Und ich liebe dich, Carl.»

Als sie nach vielen Zärtlichkeiten und Versuchen, das eigene Glück in Worte zu fassen, weiteressen wollen, ist die Suppe kalt.

Die Sonne ist bereits untergegangen. Die Schale mit der Bowle ist leer und auch die Weingläser wurden bereits mehrmals nachgefüllt. Fabian fotografiert die fröhliche Tafelrunde aus allen Perspektiven. Carl stellt die vierte Flasche Rotwein auf den Tisch. Marina erzählt den Anwesenden vom Künstlerhof, den sie Ende der Neunzigerjahre in den Pyrenäen mitgegründet und nach einigen Jahren wieder verlassen hat. Während sie spricht, posiert sie für Fabians Fotos.

«Jeder dachte, er sei ein bedeutender Künstler, in Wahrheit waren es bloß faule Säcke ohne jegliches Talent und frei von Esprit. Außerdem gab es keine tollen Männer, nur Waschlappen, die sich als Feministen ausgaben und sich trotzdem wie Machos benahmen. Doch so etwas merkt man eben erst mit der Zeit.»

Sie nimmt einen Schluck und fährt fort: «Da sind mir aufrichtige Kerle lieber, Typen wie du, Fabian!»

Sie zwinkert ihm zu und richtet dann das Wort an Carl: «Erinnerst du dich? Du mochtest die Feministen zwar, aber glaub mir, du hast sie nicht lang genug erlebt!»

«Kommen Sie eigentlich aus Namibia?», unterbricht die Großmutter Marina.

«Was bringt Sie auf solche Ideen? Ich bin ja viel herumgekommen, aber in Namibia war ich noch nie. Merkwürdig eigentlich.»

«Ich dachte nur, weil Sie unsere Sprache so gut beherrschen.»

«Ich habe lange hier gelebt – in diesem Haus, nicht wahr, Carl?»

Carl nickt und wendet sich der Großmutter zu: «Marina wurde auf den Seychellen geboren, lebte aber nur bis zu ihrem dritten Lebensjahr dort.»

Die Mutter gibt sich entzückt, als sie das Wort Seychellen aufschnappt, und sagt zu Alixe:

«Weißt du noch, als wir beinahe auf die Seychellen gereist wären? Ach, wäre das schön gewesen, die weißen Strände, das türkisfarbene Meer, die Riesenschildkröten.»

Als hätte sie mit ihrer Schwärmerei das Interesse des gesamten Tisches geweckt, wendet sie sich nun an alle und sagt mit ernster Miene: «Als ich jedoch erfahren habe, wie weit weg diese Inseln liegen und dass man in Abu Dhabi umsteigen muss, sind wir nach Griechenland gereist. All Inclusive. Da weiß man, was man hat.»

Beim Stichwort Griechenland mischt sich der leicht angetrunkene Fabian ein: «Ich trink Ouzo – und was machst du so?»

Da sein Scherz offensichtlich nicht ankommt, wendet er sich Marina zu und fragt: «Wann ist es eigentlich so weit, wann dürften wir offiziell auf dich anstoßen?»

«Erst um Mitternacht, vorher darfst du mir auf keinen Fall gratulieren, das bringt Unglück.»

«Und was, wenn ich dir doch gratuliere?»

Sie beugt sich über den Tisch und presst ihre Nase gegen Fabians. Dabei kippt ein Glas um. Der Wein landet auf der Seidenbluse der Großmutter.

«Das ist die einzige Bluse, die mir geblieben ist! Ich trage sonst nur noch Baumwollkleidung – und jetzt das!», keift sie.

Marina überhört den Satz und schnappt sich Fabians Kamera.

«Es wäre doch jammerschade, wenn es keine Fotos von dir gäbe», sagt sie und drückt mehrmals ab.

Fabian lächelt.

Carl versucht, mit der Gabel auf sein Glas zu klopfen. Er trifft nicht, die Aufmerksamkeit ist ihm dennoch gewiss: «Da ich befürchte, um Mitternacht bereits im Bett zu liegen, halte ich meine Ansprache schon jetzt. Marina, du bist stets für Überraschungen gut. Dein Besuch freut mich sehr, beinahe hätte ich dich aber mit leeren Händen empfangen müssen – und das an deinem Geburtstag! Fabian hast du es zu verdanken, dass ich dir jetzt schon überreichen kann, was eigentlich für meinen Nachlass vorgesehen war.»

Carl übergibt Marina ein Paket, das Alixe mit Glasherzen dekoriert hat. Sie reißt es auf.

«Eine externe Festplatte! Carl, das wollte ich schon lange haben!»

Marina will ihm um den Hals fallen, doch Carl mahnt sie mit einer Handbewegung, sitzen zu bleiben.

«Darauf sind sämtliche Fotos von den Reisen abgespeichert, die ich mit deiner Mutter und mit euch beiden unternommen habe. Die Bilder sollen dich an unsere kleine Familie erinnern und dich motivieren, weiterhin die Welt auszukundschaften, solange die Weltlage das unbekümmerte Reisen noch zulässt.»

Marina wischt sich mit der Stoffserviette die Tränen aus dem Gesicht.

«Ach, Carl, wie wunderbar», sie umarmt Carl.

«Auch dir vielen Dank, Fabian. Das muss eine aufwendige Arbeit gewesen sein. Und dir, Alixe, für das Fest. Alixe?»

Marina bemerkt Alixe' Abwesenheit. Sie hat den Tisch vor ein paar Minuten verlassen.

Fabian liegt mit geschlossenen Augen auf Myshörna. So nennt Alixe ihr Sofa, obwohl es eigentlich Nockeby heißt. Myshörna ist neben Skål das einzige schwedische Wort, das sich Alixe merken kann und bedeutet Kuschelecke. Oft macht das Sofa seinem Namen alle Ehre, jetzt aber ist die Stimmung alles andere als kuschelig.

«Mach die Augen auf, ich sehe, dass du wach bist. Deine Augenlider zucken», sagt Alixe vom Flur aus. Sie ist frisch geduscht und angezogen. Bereit für den Tag.

Fabian richtet sich langsam auf. «Oh Mann, mein Kopf!»

«Und mein Kopf erst!», faucht Alixe, «ich habe kaum geschlafen!»

Fabian tätschelt die freie Sitzfläche: «Jetzt setz dich erst mal.»

Alixe will sich nicht setzen. Und schon gar nicht so dicht neben Fabian. Als sie spät nachts nach Hause kamen, hat sie ihn auf das Sofa verwiesen. Dort könne er in aller Ruhe von Marina träumen und nebenbei seinen Rausch ausschlafen. Doch Fabian hat weder von Marina geträumt noch fühlt er sich ausgeschlafen. Sein Schädel brummt, sein Herz ist schwer.

«Alixe, bitte, was kann ich denn dafür, dass sie mit mir flirtet? Ist wohl einfach ihre Art. Außerdem ist sie nicht mein Typ.»

«Ihr Männer könnt nie etwas dafür! Du bist ein feiger Hund. Hättest ihr ja sagen können, dass sie nervt.»

«Sie hat nicht genervt, es war ein schöner Abend. Auch deiner Mutter hat es gefallen. Nur du hattest schlechte Laune. Alixe, ich habe dich vermisst in der Nacht. Dich! Nicht Marina! Ist doch lächerlich. Jetzt komm schon!»

«Ich muss jetzt los, aufräumen bei Carl. Wir haben vereinbart, dass ich täglich bei ihm helfe, solange deine neue Flamme dort ist.»

Als Fabian etwas sagen will, ist Alixe schon weg. Der Knall der Haustür hallt noch nach.

«Oh, Alixe, schon da?», Carl schaut auf seine Armbanduhr, als könnte er sehen, wo die Zeiger stehen. Er steht im Garten und versucht, das Geschirr vom Abend zu stapeln.

«Carl, lass mich das machen, oder willst du, dass ich wieder arbeitslos werde?»

Alixe nimmt ihm die Teller ab.

«Du hast mit mir mehr Arbeit vor dir, als dir lieb ist.»

Sie schaut ihn fragend an, geht aber nicht auf seine Bemerkung ein: «Wo ist Marina?»

«In ihrem Zimmer, nehme ich an.»

Ihr Zimmer ist der Raum, den Alixe bis vor wenigen Tagen nicht betreten durfte. Diese geheimnisvolle Kammer im ersten Stock neben Carls Schlafzimmer, deren Tür stets geschlossen war. Als Alixe die Türe einmal öffnen wollte, hat sie Carl fast schon mit Gewalt davon abgehalten.

Alixe stellt sich Marinas Zimmer vor, als diese in einem hellblauen Sarong in den Garten spaziert.

«Schon wieder hier? Herrlich, dieser Tag!», sagt sie zu Alixe.

«Wäre da bloß nicht dieser Traktor in meinem Kopf. Habt ihr gut geschlafen, du und dein süßer Junge?»

Vom Eingang zur dunklen Hotelbar aus hält Fabian Ausschau nach dem Mann aus der Zeitung. Er schaut sich um und entdeckt den Mann am anderen Ende des Raums. Er sitzt an einem kleinen Tisch.

«Ich freue mich, dass es geklappt hat», sagt Fabian, während er Platz nimmt.

Wie schon an der Generalversammlung trägt der Mann einen dunklen Anzug und einen Dreitagebart.

«Die Freude ist ganz meinerseits, es ist außergewöhnlich, dass sich Leute in Ihrem Alter für dieses Thema interessieren.»

Fabian beginnt zu erzählen. Er berichtet ausführlich von Carl und seinen eigenen Ängsten, von seinen Recherchen im Internet und seinem Unverständnis für das Ganze.

«Wissen Sie, Carl betont, ein erfülltes Leben geführt zu haben. Und jetzt will er auf einmal sterben. Das geht für mich nicht auf.»

Der Mann aus der Zeitung beugt sich zu Fabian hinüber.

«Genau dies haben meine Kinder, die nur wenige Jahre älter als Sie sein dürften, auch gesagt, als ich sie zum ersten Mal mit dem allfälligen Freitod von mir konfrontiert habe. Inzwischen denken sie wie ich darüber. Sie haben ihre Einstellung selbstverständlich von sich aus geändert.»

Er fragt Fabian, ob Carl den Entschluss überhastet, quasi über Nacht, gefasst habe.

«In dem Fall müssen Sie sich den Kopf nicht zerbrechen, dann ist es nur eine Laune, die wieder vergeht. Andernfalls ...»

Fabian fällt dem Mann ins Wort: «Nein, er ist ein überlegter Mensch. Er behauptet, er trage den Gedanken seit drei Jahren mit sich herum und habe anfangs lange gehadert. Jetzt aber sei er überzeugt davon.»

«Haben Sie meinen ungekürzten Antrag an die Sterbehilfeorganisation, den ich Ihnen gemailt habe, gelesen?»

«Ja, trotzdem ...»

«Trotzdem was?»

«Sie schreiben, es sei ein eigenverantwortlicher und würdevoller Weg, der Mut, Kraft und Durchhaltevermögen erfordere. Und dass man sich mental vorbereiten müsse. Aber muss man das nicht bei jedem Freitod? Ist dieser Weg überhaupt ein Freitod? Und warum sagt man nicht Selbstmord?»

Der Mann gießt sich Schwarztee aus der Kanne nach, drückt den Zitronenschnitz langsam mit einem silbernen Gerät in der Tasse aus und spricht dann mit ruhiger Stimme zu Fabian:

«Alles der Reihe nach, junger Mann.»

Fabian fühlt sich wie ein Grundschüler.

Der Mann erzählt, was er für den Fall einer Verschlimmerung seiner Krankheit geplant hatte: «Hätten die Ärzte keine Chance auf Heilung gesehen, was zum Glück dann nicht der Fall war, hätte ich mein Leben selber beendet. Für mich kam damals nur ein Freitod mithilfe einer Sterbehilfeorganisation in Frage. Die Organisation war mir vertraut, ich unterstützte sie, seit es sie gibt. Die Idee, Menschen selber über ihr Leben und auch über ihren Tod bestimmen zu lassen, entsprach mir schon immer.»

Er nimmt die Tasse und trinkt einen Schluck. Dann stellt er sie zurück auf den Tisch und lehnt sich zu Fabian. Er spricht jetzt leiser als davor.

«Also habe ich eine Patientenverfügung gemacht für den Fall, dass ich nicht mehr urteilsfähig bin, und darin festgehalten, welche Gesundheitsversorgung ich ablehne. Es fiel mir leicht, anzugeben, dass ich keinerlei lebenserhaltende Maßnahmen wünsche. Mühe bereitete mir jedoch die persönliche Werteerklärung, die ebenfalls verlangt wird.»

«Was ist das?», fragt Fabian.

«Man soll seine persönliche Einstellung zum Leben und zum Sterben formulieren. Das war nicht leicht für mich.»

Der Mann fordert Fabian mit einem Blick auf, erneut nachzuhaken, sollte er nicht folgen können. Fabian kann folgen.

Dann fährt er fort: «Ich überlegte lange und fing an meine Werte niederzuschreiben. Während ich dies tat, merkte ich, dass sich ein Tod durch die Einnahme eines Sterbemittels doch nicht mit meinen Vorstellungen deckt. Obwohl man den Entscheid, dieses Mittel einzunehmen, selbstbestimmt fällt, gibt man die Selbstbestimmung aus der Hand. Und zwar zum Zeitpunkt, da man das Mittel einnimmt. So jedenfalls sehe ich das. Und Ihr Herr Carl wohl auch.»

Ich höre, wie Carl im Wohnzimmer mit jemandem spricht, und eile aus der Küche herbei.

«Guten Tag, könnten Sie mich bitte mit der Regionalbank verbinden?», sagt er in den Telefonhörer.

Breitbeinig und mit den Händen in den Hüften stehe ich vor ihm.

«Carl, bist du allein aufgestanden? Stell dir vor, du wärst gestürzt! So ruf mich doch!»

«Psst, Alixe, ich muss ein wichtiges Gespräch führen. Ja, guten Tag, könnte ich bitte Herrn Smith sprechen?»

Er legt die Hand auf die Hörmuschel und wendet sich mir zu: «Die drei Schritte vom Sessel zum Stuhl schaff ich noch ohne Hilfe. Herr Smith, guten Tag. Wie geht es Ihnen?»

Ich höre, wie Herr Smith ausführlich antwortet, verstehe aber nicht, was er sagt.

«Auch gut, so weit. Es ist bloß so, Herr Smith, ich möchte mich von Ihnen verabschieden. Ich esse und trinke seit vier Tagen nicht mehr. Wissen Sie, meine Zeit ist gekommen.»

1952

Ferrari ist die dominierende Marke der Rennsaison. Rosa schwärmt oft von diesen Flitzern. Sie will sich ein italienisches Auto kaufen, sobald sie genug Geld verdient hat. Einen Fiat oder einen Alfa Romeo. Als Carl in der Allgemeinen liest, dass das nächste Autorennen in ihrer Nähe ausgetragen wird, kauft er zwei Karten. Er versucht, Rosa so oft wie möglich zu überraschen. Er will dies immer so beibehalten. Und er will sie lieben und ehren, bis einer von beiden den anderen allein zurücklassen muss – und darüber hinaus. Nun stehen sie im Zuschauerbereich am Straßenrand und schauen zu, wie die Rennautos ihre Runden drehen.

«Welch schöne Überraschung!», sagt Rosa und umarmt Carl.

Er ist einfach nur glücklich, mit ihr zusammen zu sein. Seine Freude wird jedoch getrübt, als sich der Sohn des Staatssekretärs nähert. Es ist nicht das erste Mal, dass der Kerl ihnen über den Weg läuft und sich auf Rosa stürzt. Es passiert in letzter Zeit oft, zu oft, findet Carl. Der Sohn des Staatssekretärs ging einige Klassen unter ihm zur Schule. Carl hält ihn für einen blasierten Schönling, der von der Macht seines Vaters profitiert und selber nichts auf die Reihe bringt.

«Rosa, wie schön, dich hier zu sehen.»

Der Sohn des Staatssekretärs ignoriert Carl und unterhält sich mit Rosa. Er habe gewettet und dafür tief in die Tasche gegriffen, protzt er. Er werde gewinnen und die Rennstrecke als reicher Mann verlassen.

«Du weißt ja, wie das ist, Rosa: Glück im Spiel, Pech in der Liebe. Wobei sich das jederzeit wenden kann.»

Er grinst Carl an und dreht sich wieder zu Rosa.

Carl ist die Situation höchst unangenehm. So sehr, dass ihm lauter unanständige Wörter in den Sinn kommen. Er schweigt und entfernt sich dann von den beiden. Als er mit zwei Coca-Cola zurückkommt, steht Rosa allein da.

«Und, habe ich etwas verpasst?», fragt Carl.

Sie schaut ihn erschrocken an: «Nein, nein, was denn?»

«Liegt Ferrari noch immer in Führung?»

«Ach, das. Ich weiß es nicht.»

Die Zirkuswagen-Bar wird in diesen Tagen schließen. Die Saisonbewilligung läuft aus und es ist ohnehin bald zu kalt, um länger draußen zu sein. Alixe und Fabian sitzen in dicken Jacken an ihrem Tisch und beobachten schweigend die Gäste, die gekommen sind, um Abschied von ihrer Sommerresidenz zu nehmen. Fabian hat Alixe vor einigen Tagen glaubwürdig versichert, keinerlei Interesse an weiteren Flirts mit Marina zu hegen. Seither schwindet Alixe' Eifersucht von Tag zu Tag. Und wenn sie beim Gedanken an «dein süßer Junge» aufflackert, lenkt sie sich mit heimlichen Fantasien ab. Dann stellt sie sich vor, wie ihr Leben wäre, wenn sie sich seinerzeit nicht von ihrem griechischen Freund getrennt hätte. Es wäre ein Leben voller Vertrauen, eine beständige Zweisamkeit, die Kraft und Sicherheit gibt und keinen Raum für Ängste und andere düsteren Gefühle lässt. Bloß: Wäre der Grieche deshalb der Richtige? Oder ist es ein anderer? Fabian? Und wenn er der Richtige ist, warum kann ich ihm dann nicht trauen?

Es gibt eine kleine Bühne und eine Band spielt Gipsy-Sound. Der Fluss fließt in sanftem Blau vor sich hin. Es riecht nach Herbst. Ein Frachtschiff fährt vorbei. Die kleinen Boote liegen an ihren Bojen, manche stehen bereits in ihrem Winterquartier in der Werft.

«Fabian, was ist los?», fragt Alixe, nachdem sie länger geschwiegen haben.

«Was soll sein, Alixe, mir ist bloß ein bisschen kalt.»

«Das meine ich nicht, du verhältst dich in letzter Zeit merkwürdig, so anders. Enge ich dich ein?»

Ich verhalte mich nicht nur anders, ich bin auch woanders. Ich pendle zwischen Liebe und Tod. Und beides verschweige ich dir. Wie oft habe ich früher behauptet zu lieben, obwohl ich nicht wusste, wie das geht? Und jetzt?

Jetzt habe ich Angst, die Wahrheit zu sagen. Habe Angst vor Zurückweisung. Angst, du könntest denken, ich sage das alles nur, um dich zu besänftigen. Den Tod kannte ich nur vom Hörensagen. Jetzt kreisen meine Gedanken um ihn, als müsste ich selber bald sterben.

Alixe schaut Fabian ungeduldig an. Er sieht sich gezwungen, etwas zu sagen.

«Du engst mich überhaupt nicht ein. Es sind vielmehr die neuen Kunden, die mir zu schaffen machen. Es sind leider nicht alle wie Carl. Wie geht es ihm überhaupt?»

«Gut, er ist glücklich, dass Marina noch da ist. Und er will uns bald einladen. Ist es das, was dir Sorgen macht? Fürchtest du dich vor einer weiteren Begegnung mit Marina?»

Fabian packt Alixe an den Schultern. Soll ich ihr sagen, dass ihr Job bei Carl bald der einer Sterbebegleiterin sein wird? Nein, ich kann noch nicht, ich muss mehr über das Thema erfahren, ich muss sie überzeugen, dass diese Hilfeleistung wertvoll ist. Ich darf Alixe deswegen nicht verlieren!

«Alixe! Das meinst du nicht ernst, oder? Ich will nichts von Marina! Und wenn du es mir nicht glaubst, dann lass uns jetzt hinfahren. Wir sprechen mit ihr darüber und die Sache ist gegessen, klar?»

Sie stößt ihn von sich weg.

«Und ob ich das ernst meine! War ja sowieso klar, dass es so weit kommen würde.»

Sie steht auf und will gehen. Fabian hält sie zurück.

«Alixe, ich bin verliebt. Und zwar in dich. Und wenn es nach mir ginge, wären wir ein richtiges Paar. Ich wünschte, du würdest uns als solches sehen.»

«Richtiges Paar! Willst du etwa ein Reihenhäuschen mieten, dir einen Labrador und einen SUV zulegen und samstags den Rasen mähen, wenn es nicht gerade Bindfäden regnet?»

«Siehst du, deshalb halte ich mich mit Gefühlsäußerungen zurück. Ich will dich nicht verlieren, Alixe. Du bist die Einzige.»

Alixe nimmt die Treppe feucht auf, als Marina ihr von oben zuruft: «Alixe, kommst du mal?»
Sie stellt den Mopp ans Geländer und geht hinauf zu Marinas Zimmer. Dort verschlägt es ihr den Atem. Dutzende Tuben mit Ölfarben sind auf dem Boden ausgebreitet. Sie liegen zwischen bemalten Fetzen Papier, Spraydosen, Stiften. Aus manchen Tuben läuft Farbe. Nasse Pinsel stehen in einer Tasse auf der Kommode. Alixe sieht, wie ein Pinsel auf den Teppich tropft. Wenn Carl dieses Chaos sehen könnte, würde er auf der Stelle tot umfallen, denkt Alixe.
«Hast du das gemalt?»

Vor dem Fenster steht eine Staffelei. Alixe betrachtet das Bild, das darauf steht.

«Klar! Gefällt es dir?», fragt Marina.

Alixe geht näher an die Staffelei heran und begutachtet das wilde Bild mit den vielen Menschen genau. Die Personen sitzen an einem langen Tisch und essen.

«Sind etwa wir das?», fragt sie.

Sie fühlt sich etwas schäbig, als Haushälterin in Plastikhandschuhen neben einer begabten Künstlerin zu stehen.

«Erkennst du uns nicht? Schau, das bist du und das ist deine Mutter. Sogar den Holzstock deiner Oma habe ich gemalt, siehst du? Den Fleck auf ihrer Bluse hab ich aber ausgelassen.»

Marina lehnt sich mit verschränkten Armen an die gegenüberliegende Wand. Die Perlenkette, die sie trägt, passt nicht zum Übergewand.

«Fabians Fotos haben mir als Vorlage gedient», sagt sie, er habe sie ihr gemailt. «Und schwups, war es da, unser persönliches Abendmahl.»

Sie zündet sich eine Zigarette an. Alixe sucht den Raum nach einem Aschenbecher ab. Sie sieht keinen. Sie fragt sich, wie viele E-Mails die beiden unter dem Vorwand des Fotoaustausches geschrieben haben. Und ob es beim E-Mail-Schreiben geblieben ist.

«Abendmahl?», fragt sie dann.

Carl hatte ihr gegenüber erwähnt, dass seine Beziehung zu Gott der einer flüchtigen Bekanntschaft entspreche und er die Kirchensteuer nicht mehr zahle, seit dies nicht mehr obligatorisch ist. Und jetzt kommt seine Quasi-Tochter daher und malt Carl als Jesus.

«Das hat keine tiefere Bedeutung, aber es sieht doch wie das Abendmahl aus. Und damit wir alle ein bisschen Jesus sind, hab ich jedem von uns einen Heiligenschein gemalt. Ist das nicht wahnsinnig witzig?»

Marina lacht und hört nicht mehr auf. Alixe ist beruhigt, dass sich das Jesus-Sein auf mehrere Schultern verteilt und Carl nicht die alleinige Verantwortung tragen muss.

«Doch, ist originell. Und was machst du mit dem Bild?», fragt sie.

«Ich schenke es Carl zu seinem 94. Geburtstag. Er wird es nicht sehen können, aber etwas Farbe tut diesem Haus gut! Alixe, könntest du das Bild für mich einpacken und verstecken? An Carls Geburtstag werde ich nicht da sein. Ich bin dann in Amsterdam, ich habe eine Performance mit Schafen.»

«Mit echten?»

«Natürlich! Du weißt ja, wie der Mensch ist. Er akzeptiert nur die Extreme. Lebendige Schafe in Galerien sind extrem. Wer weiß, wie lange noch.»

Wieder dieses Lachen.

Die Asche der Zigarette liegt inzwischen auf dem Teppich und der Stummel schwimmt im Glas, aus dem Marina eben noch Wasser getrunken hat. Sie nimmt einen

Pinsel von der Kommode und drückt ihn oben rechts auf die Leinwand, um ihn dann langsam nach unten zu ziehen.

«Ich mache jetzt noch den Feinschliff. Und dann versteckst du das Bild, ja?»

Diesmal stellt Alixe die alten Landkarten, die analogen Fotoapparate und die Terracotta-Vasen von Carl in die vorderste Reihe. Die Werkzeuge ihrer Großeltern hat sie hinten platziert. Fabian hat Schallplatten mitgebracht, die er seit Jahren nicht mehr gehört hat. Und sein Bruder hat ein paar Modellautos zur Verfügung gestellt. Der Tisch gibt was her. Dennoch interessieren sich die Flohmarkt-Besucher mehr für die Kiste mit den Kunstbüchern am Nachbarstand.

«Schau doch, ob dir ein Buch gefällt», sagt Alixe zu Fabian, «du kennst dich doch aus mit Kunst?»

«Oh ja, es geht nichts über die Kubisten.»

«Du kannst aber auch andere Kunst beurteilen, nehme ich an.»

«Was heißt beurteilen? Kunst ist Geschmackssache.»

Alixe erzählt ihm von Marinas Bild.

«Es ist hektisch, aber es gefällt mir. Ich glaube, sie hat Talent. Schaust du es dir an, bevor ich es einpacke? Deine Meinung interessiert mich. Es heißt übrigens Abendmahl 2.0.»

Fabian legt Carls alten Fotoapparat, den er gerade inspizierte, zurück an seinen Platz.

«Abendmahl? Warum das denn?»

«Marina findet das originell. Ist es ja auch. Ohne deine Hilfe hätte sie das Bild übrigens nicht malen können, meinte sie.»

«Was soll das heißen?»

In der Hoffnung, nicht länger über das heilige Bankett und Marina reden zu müssen, geht Fabian zum Nachbarstand und bückt sich über die Kiste.

Abendmahl! Das ist morbid, frech und unanständig, denkt er. Er blättert in einem Buch über William Turner.

Alixe fragt unvermittelt: «Was habt ihr euch denn so geschrieben, als du die Fotos geschickt hast?»

Fabian legt Turner weg.

«Sie schrieb, ich hätte Talent. Ich hätte Fotograf werden sollen, findet sie.»

«Eine kreolische Spezialität, das war mein Lieblingsessen als Kind», klärt Marina ihre Gäste auf. Sie hat Fischcurry zubereitet.

Alixe und Fabian loben ihre Kochkünste. Carl schweigt und kaut langsam.

«Magst du es nicht mehr, Carl?», fragt Marina.

«Oh doch, schmeckt wunderbar, ich hab bloß Angst, dass mir eine Gräte im Hals stecken bleibt.»

«Carl hat selber kochen wollen, sagt Marina, «aber er sieht ja kaum mehr etwas, darum habe heute ich Hand angelegt. Soll ich dir die Gräten entfernen, soweit ich kann?»

Ohne eine Antwort abzuwarten, schiebt sie Carls Teller zu sich und seziert die Fischstücke.

«Bedauerlicherweise stand mir nur die Currymischung aus dem Supermarkt zur Verfügung, früher hattest du doch immer Currypaste im Haus, nicht wahr, Carl? Und Ingwer hatte ich auch keinen. Ich habe ihn schlicht vergessen einzukaufen. So, die Gräten sind weg.»

Als Fabian nach dem Hauptgang draußen die zweite Zigarette in Folge raucht, taucht plötzlich Carl neben ihm auf. Die beiden sind allein im Garten.

«Seit deine Arbeit bei mir beendet ist, sehe ich dich ja nie mehr allein.»

Fabian ahnt, worauf er zu sprechen kommen will.

«Wenn du es Alixe nicht bald sagst, tue ich es. Ich habe in wenigen Wochen Geburtstag. Du weißt, wo ich diesen Tag erleben möchte. Irgendwo im Jenseits, aber keinesfalls hier.»

Fabian verspricht, es Alixe bald zu sagen und sie davon zu überzeugen, das Richtige zu tun.

«Aber lass mir noch ein paar Tage Zeit bitte.»

Carl tätschelt Fabians Schulter und verlässt die Dunkelheit in Richtung Esszimmer.

Marina ist gerade dabei, ein Schlagerlied vorzutragen: «Dsching, Dsching, Dschingis Khan, he, Reiter, ho, Leute, he, Reiter, immer weiter ...», singt sie aus voller Brust und gefällt sich in der Rolle.

Zuvor hatte sie Alixe eingeladen, ihr bei der Schaf-Performance zu assistieren.

«Und jetzt sing du! Du könntest doch einen richtigen Job gebrauchen!»

«Ich hab einen richtigen Job», kontert Alixe. «Den wunderbarsten, den es gibt, nicht wahr, Carl? Und erst noch einen sicheren. Eine Haushälterin feuert man nicht, das ist Ehrensache.»

Carl setzt sich wieder hin. Auch Fabian kommt zurück.

«Du hingegen bist auf den Goodwill deiner Schäfchen angewiesen, was tust du, wenn sie rebellieren und ausbüxen? Dann ist fertig mit Arbeit!», sagt Alixe zu Marina.

Bis auf Fabian lachen alle. Da ist wieder dieser Kloss in seinem Magen, er fühlt sich schwerer an denn je. Am liebsten würde er Alixe überreden, sich mit Marina zu einem Künstlerduo zusammenzuschließen und die Flucht zu ergreifen. Aber er will nicht, dass Alixe das Land verlässt, nicht, ohne ihn mitzunehmen.

«Mögt ihr Jazz?», fragt Marina unvermittelt.

Fabian mag Jazz nicht, ist aber froh um das neue Gesprächsthema.

1952

Rosa sitzt in ihrem Zimmer und studiert die Karte von England. Sie ist beruhigt, dass Oxford eher im Süden liegt und nicht allzu weit von London entfernt ist. Die Vorstellung, bald an der drittältesten Universität Europas zu studieren und Teil der Elite zu sein, berauscht sie. Wenn da bloß Carl und die Gefühle für ihn nicht wären. Auch den Sohn des Staatssekretärs mag sie, seinen Humor und die Lockerheit, die er an den Tag legt. Schmetterlinge im Bauch beschert er ihr jedoch keine. Bei Carl ist das anders, er löst auch nach über einem Jahr noch wahre Schmetterlingsinvasionen in ihr aus. Rosa ist aufgeregt, wenn sie an die Möglichkeiten denkt, die sich ihr bieten, und verzweifelt beim Gedanken an Carl. Sie faltet die Karte zusammen und will sich schlafen legen, als es an der Tür klopft.

«Darf ich eintreten?»

«Ja», sagt Rosa.

Der Vater setzt sich auf den Stuhl vor dem Sekretär und entdeckt den Atlas, der auf der Ablage liegt.

«Du hast dich also schon vorbereitet? Braves Mädchen. Du wirst deine Entscheidung nicht bereuen, Rosa, da bin ich mir sicher. Der Sohn des Staatssekretärs ist mit Sicherheit ein wunderbarer Ehemann.»

Rosa schweigt.

Der Vater spricht weiter: «Sobald du in England bist, vergisst du diesen Biologen, glaub mir.»

Fabians Bruder steht in seiner Garage und werkelt am Volvo herum. Das ist der Deal: Stevie hält das Auto instand, Fabian zahlt die Versicherung. Gleich holt Fabian den Wagen ab, um mit Alixe und Marina zum Jazz-Festival am See zu fahren. Marina hat die beiden zu einem gemeinsamen Wochenende überredet. Alixe war es zunächst nicht ganz wohl bei der Vorstellung, in dieser Konstellation zu verreisen. Doch Carl freute sich so sehr, dass Marina in ihrer eigentlichen Heimatstadt neue Kontakte geknüpft hat, dass Alixe nicht Nein sagen konnte. Insgeheim hofft sie, dass Marina bleibt und Carl seine letzten Jahre nicht allein im großen Haus verbringen muss. Vor Jahren gestaltete Marina die Zimmer im Hotel am See. Seither logieren sie und ihre Begleiter dort kostenlos. Jeder Raum stellt ein anderes Land dar. Fabian hätte gern im England-Zimmer mit den Beatles, die im Kopfstand über die Londoner Abbey Road gehen, geschlafen. Er verbindet die Band mit Leichtigkeit. Und das Gefühl von Leichtigkeit ist das, was ihm derzeit am meisten fehlt. Es waren noch Togo und Italien frei. Marina hat sich für Italien entschieden und Fabian versichert, dass sie sich in Togo wohl fühlen werden. Die Wände in Italien bestehen aus Plexiglas-Vitrinen mit Stiefeln aus zwei Jahrhunderten, was Alixe mäßig fantasievoll findet. Sie hat Fabian gesagt, sie fände Togo viel besser.

Stevie erschrickt, als plötzlich Fabian neben ihm steht und zum Handschlag ausholt.

«Na, alles klar?»

«Sicher, Bruder! Schau nur, wie er glänzt.»

Fabian nickt zufrieden.

Stevie verschweigt ihm, dass er vergessen hat, neue Scheibenwischer zu montieren.

«Gute Reise. Und schau zu, dass das kein Durcheinander gibt mit zwei Frauen.»

«Diese Zeiten sind endgültig vorbei, Stevie. Bye.»

Derweil verabschiedet sich Marina von Carl und verspricht ihm, nach dem Wochenende am See nochmals bei ihm vorbeizuschauen.

«Bestimmt, Marina?»

«Klar, Carl, warum zweifelst du? Und selbst, wenn ich direkt nach Amsterdam fahren würde – an Weihnachten in gut drei Monaten sehen wir uns ja wieder.»

Sie hört den Volvo hupen, nimmt ihre Reisetasche und küsst Carl auf die Wange.

«Ciao, Papa Carl – und pass gut auf dich auf.»

1952

Carl hatte spontan die Idee, ins Kino zu gehen. Rosa wollte den Abend eigentlich nutzen, um das unangenehme Gespräch hinter sich zu bringen, das sie seit Wochen belastet. Jetzt ist sie froh, es noch einmal hinauszögern zu können. Doch sie beschließt, dass dies das letzte Mal sein würde. Sie waren sich rasch einig, dass sie sich «High Noon» ansehen wollen. Der neue Western wird überall gelobt. Und Gary Cooper ist immer ein Gang ins Kino wert. Sie sitzen eng umschlungen und in unbequemer Position in den flauschigen Sitzen. Rosa ist in Gedanken woanders. Sie bekommt nichts mit vom einsamen Kampf Coopers gegen die Gangsterbande. Carl scheint die Geschichte spannend zu finden, was Rosa beruhigt. So kann sie unbemerkt abschweifen. Ist es richtig, was ich tun werde? Zu welchem Preis? Und was wird aus Carl? Als der Film zu Ende geht, schaut Rosa erstmals bewusst auf die Leinwand. Tote Männer liegen auf der Straße eines staubigen Dorfes. Gary Cooper und Grace Kelly stehen neben den Leichen und umarmen sich leidenschaftlich. Das wunderschöne und offenbar glückliche Paar steigt in eine Kutsche und fährt davon. Das ganze Dorf schaut ihnen nach.

Im Saal geht das Licht an und Carl sagt: «Rosa, warum weinst du denn? Es ist doch bloß ein Film.»

Die Goldberg-Variationen schallen durch den Raum. Sie durchbrechen für einen Moment die Stille. Seit Marina verreist ist und Alixe und Fabian mitgenommen hat, ist bei Carl die Einsamkeit zurückgekehrt. Seine Tage dauern jetzt wieder länger, Sekunden werden zu kleinen Ewigkeiten. Er sitzt auf seinem Sessel und hört dem Klavier zu. Es ist richtig, was ich tun werde, sagt er zu sich. Seine Augen erkennen praktisch nichts mehr. Vor ihrer Abreise hatte Alixe Brot, Käse und Gemüse vorbeigebracht. Das Brot und den Käse hat Carl gegessen, das Gemüse liegt unberührt im Kühlschrank. Schälen und schneiden, würzen und dünsten – damit hat er abgeschlossen. Nach dem Aufstehen hat er sich wie jeden Tag gewaschen, ein frisches Hemd und heute wieder einmal die graue Stoffhose angezogen. Er weiß, wo die Hose liegt und wie sich ihr Stoff anfühlt. Er will die Selbstachtung nicht verlieren und Herr seiner selbst bleiben, doch er spürt, dass ihm dies nicht mehr lange gelingen wird. Die Nerven geben langsam den Geist auf, das Gefühl in den Beinen und Händen schwindet, die Augen erkennen kaum mehr etwas. Ich bin alt und nutzlos. Das Einzige, was noch tadellos funktioniert, ist mein Hirn. Aber was bringt mir das? Unbeantwortete Fragen werden auf ewig unbeantwortet bleiben. Außer vielleicht die eine, letzte Frage: Es ist richtig, was ich tun werde. Es ist der einzige Weg, wenn ich nicht als Pflegefall unter Pflegefällen enden möchte. Dafür bin ich einfach nicht geschaffen.

Abstrakte Elefanten beobachten von der Wand aus, wie Alixe und Fabian nackt auf dem Bett im Togo-Zimmer liegen. Vor wenigen Minuten sahen die Elefanten dem Paar noch beim Liebesspiel zu. Fabian ist in Gedanken beim lebensmüden Carl, während Alixe etwas auf den Hotelblock kritzelt. Plötzlich sagt sie:

«Wow, das war tatsächlich ein multipler Orgasmus! Afrika hat es in sich.»

Fabian lächelt. Wie lange werden wir noch glücklich sein? Wann werde ich es ihr sagen müssen? Es ist noch zu früh.

Sie skizziert, was sie noch von Marinas Abendmahl-Gemälde vor sich sieht. Marina hatte Fabian nach dem Jazz-Konzert ein Handyfoto des Bildes gezeigt und ihn um ein Urteil gebeten. Er könne aufgrund eines Fotos keine fundierte Kritik äußern, Kunstwerke müsse man im Original sehen, sagte er, deshalb gäbe es ja auch Museen. Marina zeigte sich beeindruckt, als ob Fabian ein ernstzunehmender Kunstkenner wäre, was Alixe wiederum zur Weißglut trieb. Sie ist überzeugt, dass Marina Fabian anhimmelt, egal, was dieser sagt. Bis auf diesen kleinen Zwischenfall verlief der Abend friedlich. Ein Konzert, ein Drink, und dann ein «Gute Nacht».

Alixe mag nicht warten, bis Fabian das richtige Bild sieht. Sie möchte jetzt eine Meinung zum Abendmahl mit Carl hören.

Als sie die Heiligenscheine zeichnen will, klingelt das Handy. Mutter.

«Das verheißt nichts Gutes», sagt Alixe.

Fabian will sie beruhigen.

«Es ist ja nur eine Skizze, das Original werde ich früh genug sehen.»

«Nicht das Bild, meine Mutter! Wenn sie so spät anruft, ist etwas passiert. Mama?»

Alixe zeichnet weiter und die Mutter legt los.

«Alixe, ich bin so froh, dich zu erreichen.»

Sag ich doch, es ist etwas passiert, denkt Alixe. Sie fragt: «Ist etwas mit Oma? Oder mit dir?»

«Nein, alles gut. Oma erkennt zwar ihre einstigen Hilfsköche nicht mehr, wenn sie sie im Heim besuchen, aber darum geht es nicht.»

«Mama, ich bin beschäftigt und außerdem im Urlaub, was ist los?»

«Im Urlaub? Dein Vater hat mir geschrieben. Er hat uns sein Beileid für Opas Tod ausgesprochen.»

Alixe legt den Kugelschreiber nieder.

«Oh, wie aufmerksam! Hat es neun Monate gedauert, bis die Botschaft nach Griechenland durchgedrungen ist?»

«Du weißt ja, wie er ist.»

«Nein, Mama, das weiß ich nicht! Ich habe ihn seit über dreißig Jahren nicht gesehen!»

«Umso unglaublicher ist, was er schreibt. Alixe, er kondoliert uns und kündigt an, uns noch diesen Herbst zu besuchen. Er kehre zurück, da er in Griechenland mit seiner Geschäftsidee nicht weiterkomme.»

«Einer Geschäftsidee? Er ist Hilfskoch! Wie rührend. Und in der Not kam ihm in den Sinn, dass er eine Tochter hat!»

«Alixe! Jetzt sei nicht so! Die Stelle damals bei Oma in der Klinikküche war wirklich nicht das Gelbe vom Ei. Außerdem habe ich den Eindruck, er habe uns tatsächlich kondolieren wollen. Er schreibt, er lese seit Monaten das E-Paper der Allgemeinen, um sich über die hiesigen Entwicklungen zu informieren und die Stelleninserate zu studieren. Dabei habe er zufällig die Todesanzeige gesehen.»

«Mama! Die ist im Januar erschienen! Es ist Oktober! Er hätte längst kondolieren können, wenn es ihm darum ginge.»

Fabian fordert Alixe mit einem treuherzigen Blick auf, die Ruhe zu bewahren. Dann küsst er sanft ihre Beine, was sie jedoch nicht vom Toben abhält.

«Also echt! Mama!»

«Alixe, vielleicht musste er nach den richtigen Worten suchen, es sind nicht alle so schnell wie du.»

«Was soll das heißen, schnell? Ich bin nicht schnell. Ich bin, was die Geschwindigkeit betrifft, durchschnittlich.»

«Wie dem auch sei, dein Vater wird uns besuchen. Ich dachte, wir könnten ein Essen bei Herrn Carl veranstalten, alle zusammen? Dann lernt er deine ganze Familie und nicht nur den weiblichen Teil kennen.»

«Mama!»

«Warum nicht? Er ist dein Freund und Arbeitgeber und zudem einsam.»

«Wir werden sehen. Jetzt muss ich weiterzeichnen.»

«Wirst du jetzt etwa Künstlerin, wie diese Marina?»

«Künstlerin kann man nicht werden. Das ist man. Und ich bin es nicht. Insofern: Nein, Mama.»

«Das beruhigt mich. Bei Carl verlernst du wenigstens nicht ganz, was es heißt, Krankenschwester zu sein.»

«Er ist kein Pflegefall!»

«Noch nicht, Alixe. Wo bist du überhaupt?»

Nach dem Gespräch steht ihr der Sinn nicht mehr nach Zeichnen. Sie legt den Block zur Seite und geht ins Bad. Fabian ist erleichtert, dass Alixe nicht seine Post als Malunterlage genommen hat, die er in der Eile in seine Tasche gepackt hat. Erst im Hotel bemerkte er, dass auf einem Umschlag das Logo der Sterbehilfeorganisation prangt. Darin befindet sich das Austrittsformular, das er angefordert hat.

1952

Rosa ist weg. Sie lebt jetzt in England mit einem anderen Mann. Mit dem Mann, den Carl für einen Taugenichts hält. Carl sitzt allein in der Wohnung, die mit Rosa immer so gemütlich und warm war, wie in einem Nest oder einer Höhle. Er spürt die Trauer in jeder Faser seines Körpers. Trauer und Schmerz lassen keine anderen Gefühle zu. Carl fühlt sich fremd in seinen eigenen vier Wänden. Rosas Nachthemd liegt noch auf dem Sessel. Es ist alles, was sie dagelassen hat. Das Nachthemd und den Schwur, den Sohn des Staatssekretärs nie so zu lieben wie ihn. Dieser Schwur hält Carl lebendig.

Seit Stunden sitzt er auf dem Sessel und starrt. An die Wand, auf den Boden, an die Decke. Vor ihm liegt eine alte Ausgabe des Life-Magazines. Er hatte das Heft vor zwei Jahren wegen einer Reportage über Riesenschildkröten gekauft. Seither liegt es auf dem Nierentisch und verstaubt. Er nimmt es in die Hand und blättert darin. Die Riesenschildkröten interessieren ihn nicht mehr, seit seine Doktorarbeit über das Thema zu einem Bestseller geworden ist. Zum ersten Mal blättert er durch das Heft. Er landet bei einer Fotoreportage, die Bilder von Verliebten in Paris zeigen. Eine Szene erinnert Carl an Rosa und sich. Vor dem Rathaus küssen sich ein Mann und eine Frau leidenschaftlich, während Passanten und Autos an ihnen vorbeiströmen. Die Frau hat dieselben gewellten Haare wie Rosa und trägt einen ähnlichen Mantel. Ich fahre nach Paris, beschließt Carl. Er holt das Geld, das ihm sein Vater zum 30. Geburtstag geschenkt hat, nimmt Mantel und Hut und geht aus dem Haus.

Er hat Glück. Eine Stunde, nachdem er am Bahnhof die Fahrkarte gekauft und Geld gewechselt hat, fährt ein Nachtzug. Während der Fahrt schläft Carl. Er erwacht nur kurz, als ihn der Schaffner mitten in der Nacht nach der Fahrkarte fragt. Als Carl am Gare de l'Est aus dem Zug steigt, ist die Sonne bereits aufgegangen. In einem Bistro am Bahnhof isst er ein Croissant mit viel Butter. Carl ist zum ersten Mal in Paris. Eigentlich wollte er mit Rosa hinfahren, um ihr dort einen Heiratsantrag zu machen. Stundenlang spaziert er durch die Stadt. Vorbei am Arc de Triomphe, durch Montmartre, der Seine entlang. Er besichtigt Notre-Dame und den Eiffelturm und landet nach einigen Kaffeepausen irgendwann vor einer Galerie. Die bunten Bilder im Schaufenster gefallen ihm. Er hat das Gefühl, sie würden ihn sogar fröhlich stimmen. Er geht hinein und schaut sich Sam Francis' erste Einzelausstellung an. Carl hat zuvor noch nie von der «Galérie du Dragon» gehört und auch der amerikanische Künstler war ihm unbekannt. Nach zwei Stunden verlässt er die Galerie mit einem Gemälde unter dem Arm. Der Galerist wollte ihm das Bild zunächst nicht mitgeben, da die Ausstellung noch zwei Tage laufe. Doch Carl konnte ihn überzeugen, eine Ausnahme zu machen.

Das restliche Geld reicht nicht, um eine Nacht in Paris zu bleiben. Er geht zum Gare de l'Est und steigt in den letzten Zug. Auf der Heimreise träumt er, dass sie sich in den Straßen von Paris leidenschaftlich küssen, nachdem Rosa seine Frage mit Ja beantwortet hat.

Die letzten Tage

Das Laub überdeckt den ganzen Rasen. Ich nehme haufenweise Blätter auf und stopfe sie in eine Kunststofftonne. Carl hat mich vor seinem Mittagsschlaf gebeten, im Garten Ordnung zu machen. Die Sonne scheint und es ist wärmer als sonst im Oktober. Ich trage nur ein T-Shirt. Es kommt mir vor, als wäre es Frühling. Als würde alles erwachen und das Leben wieder beginnen. Als ob das auch mein Leben betrifft. Darf ich so etwas denken, jetzt, in dieser Situation? Je mehr sich Carl vom Leben verabschiedet, desto stärker nehme ich am Leben teil. Zufrieden sei er, sagt er, rundum zufrieden. Und ich schäme mich dafür, ein solches Gefühl lange nicht mehr gespürt zu haben. Missmut war in den vergangenen Jahren fester Bestanteil meines Wesens. Warum eigentlich? Es ging mir nie wirklich schlecht. Ich war bis auf kleine Gebresten stets gesund. Ein Blinder öffnet mir die Augen, ein Sterbender weist mir den Weg zum Leben.

Am Morgen kam die Mitarbeiterzeitschrift, die Carl auch fast dreißig Jahre nach seiner Pensionierung noch bekommt, mit der Post. Als ich sie ihm hochbringen wollte, saß er auf dem Klo. Ich hörte durch die Tür, wie er pinkelte. Er wundere sich selber, dass er am fünften Tag des Fastens noch Flüssigkeit ausscheidet. Es amüsiere ihn, sagte er, als wir gemeinsam hinunter ins Wohnzimmer gingen. Er wollte, dass ich ihm aus der Mitarbeiterzeitschrift vorlese. Vor allem die Seiten mit den Gratulationen interessierten ihn.

«Früher war es eine Sensation, wenn jemand 95 Jahre alt wurde und auch Neunzigjährige gab es kaum. Und jetzt, Alixe, füllen die 95-Jährigen eine halbe Seite.»

Die Lebenserwartung einer Frau liege in unseren Breitengraden nach neusten Berechnungen bei 85 Jahren und auch Männer würden im Schnitt über achtzig Jahre alt. Seine eigene Lebenserwartung habe bei seiner Geburt noch bei 63 Jahren gelegen.

«Du siehst, Alixe, du hast noch einen langen Weg vor dir. Mach was draus, das Leben ist schön.»

Der Garten ist aufgeräumt und ich sitze auf der Rattanliege. Bald wird Carl erwachen, die halbe Schlaftablette hält meist nur drei bis vier Stunden. Ich bin sicher, dass er auch diesmal aufwacht. Er ist ein Phänomen, dieser Mann. Seine Hausärztin hatte mir ja gesagt, es würde wahrscheinlich länger dauern als nur ein paar Tage. Bis auf seine Augenerkrankung sei Carl ein gesunder Mann. Er sei ein bisschen zu dünn und wegen einer fortschreitenden, aber nicht lebensbedrohlichen Erkrankung der peripheren Nerven nicht mehr ganz sicher auf den Beinen, doch er habe das Herz eines Sechzigjährigen. Und darum ginge es ja schließlich, um das Herz, hatte sie gesagt. Carl hielt das für keine gute Nachricht. Seit er beschlossen habe, sich vom Leben zu verabschieden, hoffe er auf einen Herzstillstand. Ich freue mich, Carl den Garten zu zeigen. Er wird ihn zwar nicht in seiner ganzen Pracht sehen können, sich aber freuen, dass der Rasen von den Blättern befreit ist. Wie lange wird Carl noch gehen können, wann wird sein Körper zu schwach dafür? Und wann gibt er ganz auf?

Ich stehe auf und gehe in den ersten Stock. Carl liegt im Bett und schläft. Seine Angst vor Atemproblemen war bis jetzt unbegründet. Auch Schmerzen hatte er bisher keine. Die Morphin-Pflaster liegen in der blauen Plastiktasche, sollte es doch noch so weit kommen. Ich hoffe, ich werde Mutter die Schachtel mit den Pflastern ungeöffnet zurückgeben können.

Zwei Wochen zuvor

Zum Konzert der Jazz-Sängerin aus Miami bringt Marina einen Mann mit, den sie am Vorabend an der Hotelbar kennengelernt hat. Er ist ein Hüne von einem Kerl und spricht nur spanisch. Sie sitzen zu viert in einer Reihe. Alixe ist zwischen Fabian und dem Hünen platziert. Die Sängerin klingt wie Nina Simone. Ihre Stimme elektrisiert Alixe. Ihr Körper pocht. Der Hühne trägt einen dunklen Bart und ein enges Hemd. Er riecht streng. Alixe stellt sich vor, wie es wäre, wenn er ihr im Dunkeln unter den Rock fassen würde. Könnte sie weiterhin leise atmen? Sie schielt zur Seite und sieht, wie der Hüne Marinas Nacken berührt und nach der Perlenkette greift. Die Fantasien in ihrem Kopf geraten durcheinander. Sie spürt noch den ewigen Orgasmus vom Vorabend oder bildet es sich zumindest ein. Ob sie nach einem Abenteuer mit einem fremden Mann die Gewissheit hätte, dass Fabian der Richtige ist? Als wollte er ihre Fragen beantworten, nimmt Fabian Alixe' Hand und legt sie in seinen Schoss. Sie lehnt sich an ihn und lauscht der Musik. Der Hühne küsst Marina und Alixe fühlt sich leicht wie selten.

«Lust auf ein Bier?», fragt Marina in die Runde, als das Konzert nach drei Zugaben zu Ende ist.

Die vier gehen an die Bar. Alixe und der Hühne trinken Gin, die anderen Bier. Marina offenbart Alixe und Fabian, dass sie allein zurückfahren müssen.

«Ich habe vom Festivalleiter einen Auftrag erhalten. Ich soll jedes Konzert malen. Ist das nicht verrückt?»

«Doch! Aber du warst ja gar nicht an allen Konzerten», sagt Alixe.

«Dafür gibt es Videos und Fantasie! Du hast doch auch deine Fantasien, nicht wahr?»

Alixe errötet.

«Und was ist mit Amsterdam und den Schafen?»

«Ich werde pünktlich zur Vernissage dort sein. Alles andere besorgt meine Assistentin. Man muss Prioritäten setzen.»

1958

Der Staatssekretär ist seit sechs Jahren Rosas Schwiegervater. Rosa ist froh, ihn nicht oft sehen zu müssen. Sie hat die Familie ihres Mannes nie wirklich ins Herz schließen können. Zu Weihnachten besucht die Familie das Paar in England, zu Ostern ist es umgekehrt. Und wenn der Staatssekretär beruflich in der Gegend zu tun hat, schaut er ebenfalls vorbei. Sonst hält sich der Kontakt in Grenzen. Rosa hat sich in Oxford eingelebt und viele Bekanntschaften gemacht. Eine besonders enge Freundschaft pflegt sie zu ihrem Professor und zu seinem Assistenten. Sie hat sich gewünscht, die beiden zu ihrem sechsten Hochzeitstag am heutigen 9. Juli ins beste Lokal der Stadt auszuführen. Ihr Mann hat eingelenkt, obwohl ihn Gespräche über Kindermedizin und Entwicklungshilfe in britischen Kolonialgebieten nur bedingt interessieren. Er redet lieber über sein Wirtschaftsstudium, obwohl er noch nicht besonders viel von Wirtschaft versteht. Eigentlich interessiert er sich nur für Aviatik. Vor einem Monat hat er bei der Eröffnung des Flughafens Gatwick Königin Elisabeth getroffen. Gerne würde er von seiner Begegnung mit der Königin, die den Flughafen eröffnete, erzählen, doch das Risiko ist ihm zu groß, nach der wirtschaftlichen Bedeutung des Airports gefragt zu werden.

«Wir Briten haben eine Verantwortung für diese Menschen. Außerdem ist es spannend, in eine fremde Kultur einzutauchen.»

Der Assistent erzählt von der Kinderklinik, die er mit seinem Team und mit Hilfe Einheimischer auf den Seychellen aufbauen wird.

Rosa hört gebannt zu.

«Sobald ich mit dem Studium fertig bin, komme ich nach und helfe euch!», sagt sie.

Ihr Mann legt das Besteck nieder, atmet durch und lacht laut.

«Alles, was recht ist, Rosa! Sobald wir unsere Studien beendet haben, kauft uns Vater ein Haus in London und du eröffnest eine eigene Praxis.»

Rosa schnaubt.

«Oh, Papa kauft ein Haus für uns! Wie schön! Und die Hausfrau darf nebenbei eine Praxis führen!»

Sie wendet sich von ihm ab und zündet sich eine Zigarette an. Sie bläst den Rauch in die Luft und sagt zu ihrem Mann: «Offenbar ist dir entgangen, dass seit Anfang dieses Monats ein Gesetz gilt, wonach Frauen einen Beruf auch ohne Zustimmung ihres Ehemannes ausüben dürfen. In Deutschland ist das nun jedenfalls so.»

Sie richtet den Blick demonstrativ auf den Assistenten. Ihm ist die Situation unangenehm, er rückt seine Serviette auf den Knien zurecht.

Alle schweigen, bis der Professor fragt: «Kennen Sie das hausgemachte Skyllabub? Einfach köstlich!»

Rosa und der Sohn des Staatssekretärs schütteln den Kopf und der Assistent ergänzt: «Es war das Lieblingsdessert von Königin Victoria, unsere Kaiserin von Indien mochte ganz offensichtlich Zitrusfrüchte und Sahne. Das kann nur Gutes verheißen!»

Alixe liegt in einem dunkelroten Kleid auf dem Sofa. Sie hat Pizza mit Büffelmozzarella gemacht und eine Flasche von Carls argentinischem Wein geöffnet. Als sie neulich bei ihm war, hat er ihr eine Kiste geschenkt und gesagt, sie müsse keinen neuen mehr besorgen. Sie freut sich auf den Abend mit Fabian. Nachdem sie die Pizza in den Ofen geschoben hatte, ging sie in den Keller und holte den Fernseher in die Wohnung. Fabian hatte sie oft gefragt, ob es nicht an der Zeit wäre, wieder ein bisschen Aktualität zu konsumieren und auch mal einen Film zu schauen.

Die Tagesschau hat soeben begonnen und Fabian ist noch immer nicht da.

Wo bist du? Die Pizza wird kalt oder hart oder beides

, schreibt Alixe.

Fabian liest die Mitteilung im Treppenhaus und antwortet:

Bei dir, Liebste.

Er öffnet die Tür, Alixe springt auf.

Sie umarmen sich im Flur und Fabian sagt nach einer Weile: «Jetzt ist die Pizza kalt oder hart oder beides.»

Die Pizza ist knusprig, der Wein wie immer fruchtig und fast ein bisschen zu würzig für Alixe' Geschmack. Die Tagesschau berichtet über Krieg, Terror, Flucht. Dann sagt die Sprecherin:

«Und nun zum Nachbarland: Das Parlament beschließt definitiv ein Verbot gewerbsmäßiger Sterbehilfe.»

Fabian stellt den Fernseher lauter. «Das kann doch nicht wahr sein!»

Alixe nimmt ihm die Fernbedienung aus der Hand.

«Ich kann dieses Thema nicht mehr hören! Fabian, wirklich, die Sterberei habe ich mit der Klinik hinter mir gelassen. Ich will nichts mehr damit zu tun haben. Lass uns was Fröhliches schauen.»

«Warte, nur kurz.»

Fabian nimmt ihr die Fernbedienung wieder weg.

«Warum interessierst du dich plötzlich für so etwas?», fragt Alixe.

Fabian fühlt sich ertappt, legt die Fernbedienung auf den Tisch und zieht Alixe zu sich heran. Sie streift das Kleid ab und wirft es auf den Boden.

Der Tagesschaubeitrag über Sterbehilfe geht Alixe nicht mehr aus dem Kopf. Was, wenn Oma mal so weit ist? Sie ist so still in letzter Zeit. Alixe hat schon länger das Gefühl, sie wolle nicht mehr leben. Meist sitzt sie im Flur am Fenster und starrt stumm in den Garten hinaus. Alixe beschließt, sie zu besuchen.

Im Pflegeheim teilt ihr ein Mitarbeiter mit, die Großmutter sitze am Ende des Flurs. Alixe ist froh, sie in Gesellschaft eines anderen Bewohners vorzufinden. Die Großmutter sitzt in einem Sessel neben einem Mann im Rollstuhl. Zwischen ihnen wäre genug Platz für eine weitere Person. Schweigend starren sie in den Garten. Alixe holt einen Hocker und setzt sich neben die Großmutter. Erst jetzt merkt sie, dass Besuch da ist.

«Schau, Oma, ich habe dir Fotos von Marinas Geburtstagsfest ausgedruckt», sagt sie.

Die Großmutter lächelt und schaut Alixe an. Die Fotos beachtet sie nicht.

«Das ist aber lange her.»

«Na ja, ein paar Wochen nur. Ich hatte viel zu tun in letzter Zeit, du weißt ja, ich arbeite jetzt bei Carl.»

«Ist das dein Freund?»

«Nein, Oma, Fabian ist mein Freund, der junge Mann, der die Fotos gemacht hat. Schau her.»

Alixe zeigt der Großmutter ein Bild nach dem anderen. Carl, der seine Rede für Marina hält und ihr die Festplatte übergibt. Ihre Mutter, die sich eine Speckschnecke in den Mund schiebt, eine ganze auf einmal. Marina, die ratlos die Bluse der Großmutter betrachtet. Die Großmutter, die empört zu Marina schaut. Der Fleck auf der Bluse. Marina, wie sie doziert. Ein Selfie von Alixe und Fabian. Alixe, die

Wasser nachschenkt. Alixe am Sprechen. Alixe am Aufräumen. Fabian, der für das Foto posiert. Und dann wieder Marina. Die Großmutter lächelt, sagt aber nichts zu den Bildern.

«Fabian und ich waren mit ihr am Jazz-Festival am See», erzählt Alixe, weil ihr gerade nichts anderes einfällt.

«Wer ist Fabian?»

«Oma, also echt!»

Sie zeigt ihr nochmals das Selfie von Fabian und ihr, die anderen Fotos liegen in ihrem Schoss. Der Mann im Rollstuhl späht schon länger zu den Frauen hinüber. Sein Blick verharrt auf den Fotos.

Er sagt: «Haben Sie während des Trinkens gegeifert?»

Alixe fragt: «Wer, ich?»

«Nein, die Alte.»

Die Großmutter unterbricht den Mann mit einer abschätzigen Geste und sagt zu Alixe: «Hör nicht auf den alten Bock, Alixe, er redet dummes Zeug.»

1964

Es ist Donnerstag, der 10. Dezember. Alfred Nobel ist auf den Tag seit 68 Jahren tot. Doch sein Name ist bekannter, als er zu Lebzeiten war. Carl steht vor dem Stockholmer Rathaus und friert. Er mag den Norden im dunklen Winter nicht. Selten lieferte der Nobelpreis so viele Schlagzeilen wie dieses Jahr. Jean-Paul Sartre ist der erste Schriftsteller seines Landes und der zweite Mensch überhaupt, der den Preis nach der Bekanntgabe im Oktober ablehnte. Die Zeitungen druckten auch heute wieder Interviews mit dem Philosophen. An diesem Abend überreicht zudem der norwegische König dem Menschenrechtler Martin Luther King in Oslo den Friedensnobelpreis. Die Journalisten haben so viel Stoff, dass sie gar nicht wissen, mit welcher Schlagzeile sie aufmachen sollen. Carl ist aber nicht wegen der größten Ohrfeige, die das Nobelpreis-Komitee bisher erhalten hat, hier. Und auch nicht, weil das Komitee seit der Ernennung Martin Luther Kings als Friedenspreisträger überschwänglicher denn je gefeiert wird. Carl ist angereist, um eine Forscherin für ihre Arbeit zur Struktur des Vitamins B12 zu ehren. Die Biochemikerin Dorothy Crowfoot Hodgkin ist die dritte Frau, die den Chemie-Nobelpreis bekommt, und Carl hält allein schon diese Tatsache für bemerkenswert. Es ist ihm nicht wohl in der Schlange mit den 1300 Menschen, die wie er auf den Einlass warten. Im Gegensatz zu ihm sind die meisten der Kälte entsprechend in Wollmäntel und -schals gehüllt. Carl hat erst vor zwei Tagen erfahren, dass er nach Stockholm reisen wird. Eigentlich hätte sein Vorgesetzter den Preis überreichen sollen. Er ist aber krank geworden und hat Carl gebeten, an seiner Stelle die Firma zu repräsentieren.

«Sie können das gut, Carl, Sie sind eloquent, charmant und gebildet wie kaum ein anderer unserer Branche», hatte der Chef zu ihm gesagt.

«Nehmen Sie doch Ihre Freundin mit, sofern Sie eine haben. Sonst wird es höchste Zeit. Sie sind nicht mehr der Jüngste.»

Nach Tokio, New York und Madrid ist es Carls vierte Geschäftsreise ins Ausland in diesem Jahr. Wieder ist er ohne Begleitung angereist. Seit Rosa vor zwölf Jahren nach England gegangen ist, hatte er keine Frau mehr gehabt. Platz für eine Familie hätte er ja in der großen Wohnung, die er bewohnt. Er lebt aber lieber allein als mit der falschen Frau.

Ein schwedisches Fernsehteam befragt die Gäste. Es will wissen, was sie vom Friedensnobelpreisträger halten. Als einer der Größten in der Schlange fällt Carl auf und so wundert es ihn nicht, dass auch er um ein Statement gebeten wird. «Ich freue mich über die Wahl Martin Luther Kings, bin aber keineswegs betrübt, nicht zum erlauchten Kreis der Feiernden in Oslo zu gehören. Dort ist es vermutlich noch kälter. Und immerhin werden hier die Preise aller anderen Kategorien vergeben», sagt er. Das Fernsehteam schwenkt die Kamera weg von Carl hin zu einer Gruppe von Menschenrechtlern, die mit Transparenten Martin Luther King und seinen Traum feiern.

Carl unterhält sich mit einem südamerikanischen Biologen und dessen Frau über Tillandsien, als im Saal um Aufmerksamkeit für die Medizin-Nobelpreisträger gebeten wird. Ein Professor aus Oxford hält die Laudatio für die beiden Forscher, die den Mechanismus des Stoffwechsels von Cholesterin und Fettsäuren entdeckt haben. Carls Blick folgt den Scheinwerferlichtern, die auf den langen Tisch mit den Gästen aus dem Bereich der Medizin schwenken. Bei einer Person verharrt er. Er sieht eine Frau mit gewellten Haaren, auffallend weit auseinanderliegenden Augen und vollem Mund. Er sieht Rosa. Seine Rosa. Sie ist schöner denn je.

Die Laudatio des Professors besteht für Carl nur noch aus unzusammenhängenden Worten, der Saal dreht sich wie ein Karussell und gleichzeitig hält die Welt still.
Er steht auf und geht hinaus. Es ist ihm, als wäre Lava in ihm, Lava, die bereit zum Ausbruch ist. Als stünde eine Naturkatastrophe kurz bevor. Er will gehen, fort vom Rathaus, in der Kälte durch die Straßen Stockholms laufen. Doch er kann nicht, er darf nicht. Bald werden die Scheinwerfer auf seinen Tisch gerichtet sein. Er wird applaudieren und die Preisträgerin ehren müssen. Er muss wieder hineingehen. Er muss Rosa sehen.

Das südamerikanische Ehepaar lächelt, als Carl zurückkehrt.

«Sie kommen gerade richtig, der Professor aus Oxford hat sich eben wieder an seinen Platz begeben, als Nächstes wird unsere wunderbare Dorothy Crowfoot Hodgkin geehrt», sagt seine Tischnachbarin mit Blick in Richtung der langen Tafel, an der Rosa sitzt und nun auch wieder jener Professor, der eben noch auf der Bühne über Cholesterin referierte. Carl nickt. Er ist froh, dass er selber keine Rede halten muss, sondern Goldmedaille und Urkunde schweigend übergeben kann.

Während die Laudatio auf die Biochemikerin gehalten wird und diese schließlich selber auf die Bühne gebeten wird, sitzt Carl steif auf seinem Platz und tut, als würde er zuhören. In Wahrheit bekommt er kein Wort mit und klatscht einfach mit, wenn es die anderen tun. Die Scheinwerfer beleuchten seinen Tisch. Der Sprecher bittet nun auch ihn auf die Bühne. Während er aufsteht, fragt er sich, ob Rosa ihn erst jetzt entdeckt. Und falls ja, ob es ihr nur annährend so zumute ist wie ihm. Vor der Bühne drückt ihm eine junge Dame die Goldmedaille und die Urkunde in die Hand. Carl betritt die Bühne in leichten Schritten, verneigt sich vor der Preisträgerin und überreicht ihr die Auszeichnungen.

Der Kellner schenkt Wein nach, Carl trinkt das Glas in einem Zug leer. Er hat die Kontrolle über seinen Konsum verloren. Betrunken ist er nicht, ist er nie, doch ist ihm der Alkohol ein wenig zu Kopf gestiegen. Das südamerikanische Paar ist schon seit einiger Zeit am Tanzen und Carl unterhält sich mit einem der Chefs der Konkurrenzfirma. Er versucht, nicht zu Rosas Tisch zu schauen, und hofft, sie möge den Saal nicht vor ihm verlassen.

Als die Band das nächste Stück anstimmt, steht Carl abrupt auf und sagt zu seinem Gesprächspartner:

«Entschuldigen Sie mich bitte.»

Wie in Trance geht er zum Tisch, an dem Rosa sitzt, und berührt ihre Schulter.

«Darf ich bitten?», fragt er.

Rosa flüstert dem Mann neben ihr etwas ins Ohr. Der Mann ist weder der Sohn des Staatssekretärs noch der Professor. Dann steht sie auf und geht mit Carl zur Tanzfläche. Die Sängerin haucht «I was dancing with my darling to the Tennessee Waltz».

Rosa und Carl tanzen, als wäre sie eine Studentin und er ein Doktorand mit einer Vorliebe für Schildkröten.

Es ist dunkel und es regnet Bindfäden. Fabians Nase berührt beinahe die Frontscheibe, da der Scheibenwischer bald den Geist aufgibt. Fabian ist hochkonzentriert, es ist viel los auf der Straße. Die Tankanzeige zeigt leer an. Auf dem Rücksitz liegt ein zerknittertes Jazz-Festival-Poster. Ein Lippenstift rollt zwischen Fabians Füssen hin und her. Punk schallt aus dem Radio. Fabian hält an der Tankstelle, legt den Lippenstift in die Ablage, steigt aus und tankt voll. In zehn Minuten muss er im Hospiz sein. Er stellt sich den Ort wie einen Friedhof mit Lebendigen vor. Friedhöfe mit Toten sind ihm vertrauter. Die Frau Direktorin hat nur widerwillig zu einem Gespräch eingelenkt. Ob sie meint, ich sei ein Spitzel der Sterbepolizei? Oder ein Perverser? Bevor Fabian hineingeht, kramt er sein Sturmfeuerzeug aus der Jacke und zündet sich eine Zigarette an. Er raucht sie hektisch und nur bis zur Hälfte. Der Ausdruck «Gang nach Canossa» kommt ihm in den Sinn. Passt zwar nicht ganz, ich will ja nichts verhindern, obwohl ich das gerne täte. Aber ich kann nicht verhindern, dass Carl stirbt.

«Bitte eintreten», steht an der Tür. Ohne zu klingeln, geht Fabian hinein. Im Flur steht eine weibliche Bronzefigur. Wird wohl die Schutzpatronin der Toten sein. Fabian will sich zum Schild beugen, um zu erfahren, wer ihn willkommen heißt, als eine große Frau mit langem schwarzen Haar auf ihn zukommt.

Sie sagt: «Da sind Sie ja!»

Fabian schüttelt der Frau Direktorin die Hand und lässt sich von ihr in das Sitzungszimmer führen.

«Kaffee?»

«Gern.»

«Schießen Sie los!», sagt sie mit einer kratzigen Stimme.

Nach kurzem Zögern sprudelt es nur so aus Fabian heraus. Er erzählt der Frau Direktorin die ganze Geschichte, selbst von ihren Treffen am Fluss berichtet er ihr. Nach zwanzig Minuten beendet Fabian seine Ausführungen.

«Beeindruckend, aber was kann ich für Sie tun?», fragt die Frau. Sie wirkt leicht gelangweilt.

«Erzählen Sie mir, was Sie machen, wenn Ihre Patienten nicht mehr leben wollen.»

Die Frau Direktorin seufzt: «Junger Mann, wir sind ein Haus des Lebens! Wir bereiten die Menschen nicht auf den Tod vor, sondern zeigen ihnen die Kunst des Lebens.»

Klar, über die Hälfte der Menschen, die sie betreuen würden, sterbe. Schließlich wohnten hier keine gesunden Menschen.

«Doch während sie bei uns sind, steht das Leben im Zentrum.»

Fabian ist verwirrt. Er dachte, man trete in ein Hospiz ein, um ein schmerzloses Ende herbeizuführen. Und nun merkt er, dass die schwerkranken Menschen hier sind, um ihre verbleibende Zeit so erträglich wie möglich zu verbringen. Sie wollen leben. Nicht wie Carl.

«Will denn gar niemand sterben hier?», fragt Fabian. «Wirklich keiner?»

Die Frau Direktorin steht auf und geht einmal schweigend um den Sitzungstisch herum. Dann sagt sie: «Doch. Manche sind so schwach, dass sie tatsächlich gehen wollen. Sie wählen ihren Zeitpunkt aber selber.»

«Und dann hören sie auf zu essen und zu trinken, oder wie? Und Sie lassen das zu?»

Die Frau Direktorin dreht nochmals eine Runde, bleibt stehen, stützt sich auf dem Tisch ab und schaut Fabian in die Augen: «Oft braucht es keine solchen Maßnahmen. Es sind andere Umstände, die uns Probleme machen. Die Angehörigen, sie sind oft uneinsichtig.»

Fabian runzelt die Stirn. Die Frau Direktorin setzt sich und legt ihre Hand auf Fabians.

«Die Angehörigen hindern die Menschen am Sterben, indem sie ihre Liebsten nicht gehen lassen wollen. Darüber müssten sie mal nachdenken, junger Mann. Lassen Sie Ihren Carl gehen.»

«Und jetzt – lächeln!»

Alixe befolgt die Anweisung und lacht in den Spiegel.

«Und, zufrieden?», fragt die Dentalhygienikerin.

«Na ja, die Zähne werden langsam gelb, ist wohl eine Alterserscheinung.»

«Na hören Sie mal! Sie könnten für Elmex und Colgate gleichzeitig werben, so weiß strahlen Ihre Zähne.»

Die Dentalhygienikerin legt den Spiegel zur Seite und Alixe erhebt sich vom Stuhl.

Als sie an der Theke bezahlen will, steht die Mutter da: «Schon erledigt, du bist im Moment ja nicht auf Rosen gebettet, mein Kind.»

Alixe schämt sich, dass die Mutter sie vor den Praxisangestellten als armen Schlucker hingestellt, bedankt sich aber mit einem Kuss auf die Wange.

«Und jetzt, wohin des Weges?», fragt die Mutter.

«Ins Warenhaus. Carl hat bald Geburtstag. Ich möchte ihn mit einem Essen überraschen und ihm zudem etwas schenken, worüber er sich freut. Was nicht einfach sein dürfte, er hat ja schon alles.»

«Mag er Hörbücher? Lesen kann er ja nicht mehr.»

Die Frauen stehen im Warenhaus in der Bücherabteilung und schauen sich die Hörbücher an. Alixe weiß genau, welche Bücher Carl hat. Sie weiß auch, dass er kein einziges Hörbuch besitzt. Neulich wollte sie ihm eines bringen, doch er lehnte dankend ab. Das sei nicht mehr nötig, sagte er.

Alixe ist überzeugt, dass sich Carl trotzdem freut, und kauft «Die Vermessung der Welt». Für Fabian sucht sie ein gebundenes Buch aus: «Paris – die kubistischen Jahre».

«Du bist glücklich mit Fabian, nicht wahr, mein Schatz?», fragt die Mutter.

«Was ist schon Glück? Ich formuliere es lieber so: Ich war schon unglücklicher. Und ja, es ist schön mit ihm.»

Die beiden Frauen gehen ins Café im fünften Stock und holen an der Theke Tee und Kuchen.

«Alixe, und wie sieht es jobmässig aus? Du kannst ja nicht ewig als Haushälterin arbeiten», sagt die Mutter, während ein Stück Kuchen von der Gabel auf ihren Teller fällt. Sie schiebt es zurück auf die Gabel.

«Warum nicht? Es ist eine schöne Arbeit. Carl bereichert mich. Er hat ein wunderbares Leben hinter sich und er weiß wahnsinnig viel über Musik, Kunst und über die Vergangenheit. Stell dir vor, er hat als elfjähriger Junge erstmals eine Rede von Hitler live im Radio gehört, so alt ist er schon. Er hielt ihn von Anfang an für einen Idioten.»

Alixe erzählt der Mutter, dass auch Carl der Meinung sei, sie könne nicht ewig Haushälterin bleiben. Er habe ihr sogar schon konkrete Vorschläge für Weiterbildungen unterbreitet. Auch Fabian unterstütze die Idee, in einem anderen Beruf neu anzufangen und nochmals zur Schule zu gehen.

«Langsam freunde ich mich mit dem Gedanken an, etwas Neues zu tun. Bis spätestens Ende Jahr muss ich mich entscheiden. Das dauert ja noch ein bisschen und ich kann in Ruhe weiter bei Carl haushalten. Und dann, Mama, wirst du staunen, welchen Weg ich einschlagen werde.»

Alixe grinst.

Die Mutter hat das Stück Kuchen aufgegessen, Alixe stochert noch in ihrem herum.

«Alixe, ich muss dir noch etwas sagen.»

«Ist was mit Oma? Hat sie Alzheimer?»

«Nein, Alixe, du warst ja neulich bei ihr, sie hat sich gefreut, sie ist ja bloß dement, wie so viele in ihrem Alter. Nein, es geht um deinen Vater. Er kommt in drei Tagen.»

Alixe schiebt den Teller weg, stützt sich mit den Ellbogen auf dem Tisch ab und macht ein gequältes Zahnarzt-Lächeln.

«Meine Zähne sind außergewöhnlich gelb für mein Alter, findest du nicht?»

Die letzten Tage

Die abendliche Prozedur mit den Wattenstäbchen ist vorbei. Trotz Befeuchtung spricht Carl, wie wenn Haferbrei in seinem Mund kleben würde.

«Willst du einen Eiswürfel lutschen, um wenigstens ein bisschen Flüssigkeit zu erhalten?»

«Was habe ich davon? Dann würde ich lieber ein Glas Saft trinken, das schmeckt wenigstens gut.»

«Möchtest du Orangensaft? Ich bringe dir welchen.»

«Alixe, wir sind zum Sterben hier.»

«Du, Carl, nicht wir beide. Und wenn es so weitergeht mit unserer trauten Zweisamkeit, werde ich noch zur personifizierten Lebensfreude.»

«Das ist gut, das ist nebst dem Sterben mein zweites Ziel.»

Carl liegt auf dem Sofa. Er trägt seinen gestreiften Bademantel und eine Sonnenbrille. Im Radio werden die drei Nobelpreisträger für Chemie bekanntgegeben.

«Schade», sagt Carl.

«Was ist schade? Klingt doch spannend, was die Kerle geleistet haben. DNA-Forschung ist doch wichtig, oder?»

«Dass wieder keine Frau unter den Preisträgern ist. Das ist das sechste Jahr in Folge. Das war anders, damals.»

«Wann, damals?»

«1964, mit Rosa.»

Carl erzählt, wie er Rosa in Stockholm begegnet ist, nachdem er sie zwölf Jahre lang nicht gesehen hatte. Er trug zum ersten und letzten Mal in seinem Leben einen Frack – einen geliehenen, der zu weit war.

«Doch das war nicht der Grund, weshalb sie nicht bei mir geblieben ist», sagt er und lacht verschmitzt.

Er erzählt, dass Rosa mit ihrem ehemaligen Professor und dessen Assistenten an der Preisverleihung war.

«Der Professor hielt die Laudatio auf den Medizin-Nobelpreisträger und seine einstige Studentin Dorothy Crowfoot Hodgkin erhielt den Preis für Chemie. Und stell dir vor: Ich habe ihr den Preis überreicht, aber das nur nebenbei. Um nicht allein hingehen zu müssen, ließ sich Rosas ehemaliger Professor von seinen Freunden begleiten. Er war es, der die beiden jungen Mediziner zusammengebracht hatte. Rosa und der Assistent waren ein Paar. Die beiden lebten damals auf den Seychellen, wo sie eine Klinik für Kinder leiteten. Ich freute mich, zu hören, dass Rosa ihr Studium beendet hatte. Doch es machte mich traurig, zu erfahren, dass sie zum zweiten Mal verheiratet war. Ich hatte all die Jahre insgeheim gehofft, sie möge zu mir zurückkehren, wenn die Ehe mit dem Sohn des Staatssekretärs zerbricht.»

«Warum wusstest du, dass die Ehe scheitern würde?»

Carl erzählt mir vom tränenreichen Abschied 1952. Wie Rosa geschworen hatte, ihren Zukünftigen nie so sehr zu lieben wie ihn.

«Ich wusste, dass sie ihn nicht liebte, und war beruhigt. Aber offenbar galt der Schwur nur für die erste Ehe und die zweite war davon ausgeschlossen.»

Er nimmt eine halbe Schlaftablette aus dem Schälchen und bittet mich, die Rollos herunterzulassen.

«Hat Marina eigentlich mal angerufen, Alixe? Sie wollte sich noch verabschieden.»

«Nein, Carl, sie ist wohl immer noch am See.»

«Gut, dann sehe ich sie vielleicht ja noch, bevor sie nach Holland weiterreist.»

Er schließt die Augen.

Eine Woche zuvor

Fabian sitzt in seinem Büro und aktualisiert die Website der Organisation «www.humoristleben.org». In drei Tagen trifft sich die Welt des therapeutischen Humors zu einem Symposium in der Stadt. Fabian betreut die Seite seit Jahren, doch es ist das erste Mal, dass er sich für den Inhalt interessiert. Besonders ein Gast weckt seine Neugierde. Ein Lach-Yoga-Trainer, der gleichzeitig Sterbebegleiter ist, will dem Publikum beweisen, dass Lachen und Sterben ein Bündnis der Glückseligkeit sind. Fabian stellt sich einen alten Mann mit einem Raben auf der Schulter oder einer Harfe im Arm vor, eine Mischung aus Hexenmeister und Troubadour. Trotz seiner Skepsis will er das Symposium besuchen. Nun muss er sich beeilen, sonst sagt es Carl Alixe selber, und Fabian verliert die Kontrolle über das Geschehen. Er will es ihr selber sagen. Und zwar überzeugend. Noch fühlt er sich aber nicht imstande dazu. Er nimmt das Handy und ruft Carl an.

«Ich bin es, Fabian. Bist du allein?»

«Ich bin fast immer allein. Alixe ist eben gegangen, falls du das wissen wolltest.»

«Carl, ich sage es ihr in drei Tagen. Versprochen. Vorher muss ich aber noch etwas erledigen.»

«Was musst du denn erledigen, Fabian? Wäre es nicht besser, ich würde Alixe selber darum bitten? Wir kennen uns inzwischen gut.»

«Nein, Carl, dafür ist es zu spät. Ich sage es ihr noch Ende dieser Woche, allerspätestens am Montag. Versprochen.»

«Gut. Denn ich habe für Dienstag einen Termin für uns beide bei meiner Hausärztin vereinbart. Sie wird Alixe beruhigen und allfällige medizinische Fragen klären.»

Fabian fühlt sich wie ein gehetztes Tier. Er googelt den Namen des Lach-Yoga-Sterbebegleiters. Sein Name taucht nur auf www.humoristleben.org auf. Sonst: Fehlanzeige. Das kann doch nur bedeuten, dass er ein Scharlatan ist, denkt er. Er meldet sich dennoch zum Symposium an und sucht im Internet nach einem Sachbuch zum Sterbefasten. Das einzige, das er finden kann, lädt er auf sein Handy. Lieber würde er es als normales Buch bestellen, doch das Risiko, Alixe könnte es entdecken, ist ihm zu groß.

1967

Monatelang hat sich Carl auf die Expedition vorbereitet. Nun ist es endlich so weit. Er sitzt mit einem der renommiertesten Botaniker der Gegenwart in einem Café in Peru. Sie unterhalten sich über frühere Reisen. Der Botaniker lebte viele Jahre in Peru und auch Carl kennt die Gegend gut. Sie interessieren sich beide für die heimischen Ananasgewächsen. Schon etliche Arten wurden nach dem Botaniker benannt, was Carl beeindruckt. Es ist aber nicht das Renommee des Mannes, das ihn fasziniert, sondern seine unermüdliche Suche nach Unentdecktem. Diese Neugierde verbindet die Männer. Zusammen wollen sie nun an Felswänden eine immergrüne Tillandsien-Art suchen, die sich als Pflanze für Terrarien eignet. Mit seinen 46 Jahren ist Carl noch immer ein Prachtkerl. Er hat volles Haar und kein einziges ist grau, er ist schlank und kerngesund. Seine Arbeit hatte ihn die letzten Jahre in etliche Länder auf der ganzen Welt geführt, Peru war jedoch nie Ziel einer Dienstreise gewesen. Seit sechs Jahren war er nicht mehr im Land. Es ist das einzige Café hier mit einem Fernseher. Den ganzen Tag läuft Fußball, egal, ob jemand zuschaut oder nicht. Jetzt kleben die Gäste am Bildschirm. Die Fußballnationalmannschaft verliert gerade ein Freundschaftsspiel gegen Uruguay, was den Botaniker und Carl als Einzige hier kalt lässt. Sie trinken Pisco und genießen den milden, aber nicht heißen Juli-Abend. Beide sind froh, der drückenden mitteleuropäischen Hitze entflohen zu sein.

Fast 15 000 Kilometer östlich sitzt Rosa in einer Kapelle auf den Seychellen und weint. Das ganze Dorf wohnt dem Trauergottesdienst für Rosas Ehemann bei, dem Leiter der

Kinderklinik. Zusammen mit Rosa hat er jahrelang dafür gesorgt, Kinder von ihren Krankheiten zu heilen. Selber hat er es nicht geschafft. Zu spät wurde bei ihm die Infektionskrankheit Leptospirose diagnostiziert. Er glaubte, eine Grippe eingefangen zu haben. Auch einer Bindehautentzündung schenkte er keine große Beachtung. Als dann seine Nieren versagten und kurz darauf auch die Leber, half keine Behandlung mehr. Nach der Messe wollen die Dorfbewohner wissen, ob Rosa nach England zurückkehren und die Klinik geschlossen wird. Alle zerren an ihr herum, umarmen sie und weinen mit ihr. Die Kinder singen im Chor kreolische Lieder. Es gibt Fischcurry. Der Pfarrer persönlich setzt sich an die Orgel. Auf Rosas Wunsch spielt er Chopins Trauermarsch. Die englische Fahne weht vor der Kapelle.

Rosa beteuert: «Ich führe unser Werk fort.»

Die Menschen jubeln, manche knien vor dem Sarg. Rosa weint und lacht zugleich.

«Carl, Fabian holt mich heute ab und wir gehen essen. Komm doch mit.»

Carl schüttelt den Kopf.

«Nein, Alixe, ich gehe nicht mehr aus dem Haus.»

«Was heißt das, nicht mehr? Nie mehr?»

Alixe lacht.

«Ach, Carl, komm schon!»

Sie räumt das alte Gemüse aus dem Kühlschrank und wirft es in den Müll. Es klingelt.

«Ich gehe», sagt sie.

An der Haustür fordert sie Fabian mit einer Handbewegung auf, er soll rasch in den Keller gehen und Marinas Gemälde anschauen.

«Sonst siehst du es erst am Geburtstag», flüstert sie ihm zu.

Das Bild gefällt Alixe so gut, dass sie es am liebsten bei sich zu Hause aufhängen würde – was sie allerdings nie zugeben würde.

Fabian begrüßt Carl und gibt dann vor, auf die Toilette zu müssen. Er kommt sich blöd vor, da ihn das Bild eigentlich gar nicht interessiert.

«Wir können zum Aperitif zusammen ein Glas Weißwein trinken und ihr geht dann essen», sagt Carl.

Alixe schnaubt.

«Du bist so stur!» Carl ignoriert ihre Worte und holt eine Flasche Wein aus der Küche. Alixe nimmt sie ihm aus der Hand.

«Ich mach das. Geh du schon mal ins Wohnzimmer.»

Als Fabian die Kellertreppe hochkommt, fragt sie: «Na?»

«Nicht schlecht, bisschen wild und bisschen viel Heiligenscheine. Aber Carl freut sich bestimmt. Wann gibst du es ihm?»

«An seinem Geburtstag, das sagte ich ja.»

Sie sitzen im Wohnzimmer und trinken den Wein. Carl betont mehrmals, wie schön es für einen alten Mann wie ihn sei, mit jungen Leuten wie ihnen befreundet zu sein. Fabian würde ihn am liebsten an den Schultern packen, ihn schütteln und anschreien:

«Warum willst du dann sterben?»

Als sich Fabian und Alixe langsam auf den Weg ins Restaurant machen wollen, bittet Alixe Carl nochmals, sie zu begleiten. Er lehnt erneut ab.

«Ein Abend zu zweit tut euch gut, wir nannten das früher Tête-à-Tête oder Rendezvous», sagt Carl und lächelt verschmitzt.

«Solange ihr nicht unter demselben Dach wohnt, ist es ja nicht selbstverständlich, sich täglich zu sehen.»

Kaum sitzt sie im Volvo, bemerkt Alixe den Lippenstift in der Ablage. Sie nimmt ihn in die Hand und streckt in Fabian hin.

«Der gehört wohl Marina», sagt Fabian ruhig. «Oder dir?»

Alixe zieht den Deckel ab, wischt mit einem Taschentuch die oberste Schicht ab und malt sich die Lippen an.

«Und, gefällt dir diese Farbe?»

«Soweit ich das bei diesen Lichtverhältnissen beurteilen kann, gefällt mir deine Farbe besser.»

«Du meinst ‹Magnolia›. Wärst du ein bisschen aufmerksamer, wüsstest du, dass ich manchmal auch ‹Koralle› trage, allerdings nur im Sommer.»

Fabian lehnt sich zu ihr hinüber und gibt ihr einen Kuss auf die Wange.

«Ich schau dir eben lieber in die Augen, Liebste.»

«Wer hätte das gedacht?», sagt Alixe mehr zu sich selber als zu Fabian.

«Wie meinst du das?», Fabian fühlt sich angesprochen.

«Das mit uns. Eigentlich war ich ja nur auf der Suche nach einem Kerl fürs Bett. Dann kamst du und hast alles durcheinandergebracht.»

«Offenbar habe ich dir aber nicht gefallen.»

«Was soll das heißen? Ich sag ja, du hast alles durcheinander gebracht!»

«Bis zum ersten Sex dauerte es eine ganze Weile.»

«Ich bin eben kein leichtes Mädchen. Im Gegensatz zu all den Weibern auf Tinder, die du vor mir getroffen hast. Ich will es gar nicht wissen!»

Fabian lacht, Alixe boxt gegen seine Schulter.

Er hält am Straßenrand und küsst sie ungeachtet der Huperei hinter ihnen.

Der neue Klingelton «Erwachen» macht seinem Namen alle Ehre.

Alixe nimmt genervt ab.

«Mama, es ist acht Uhr!»

«Schläfst du etwa noch?»

«Ja, es wurde spät gestern. Was ist los?»

«Dein Vater hat angerufen, er kommt morgen zum Kaffee und fände es schön, wenn du dabei wärst. Ich habe ihm gesagt, dass du zurzeit flexibel bist.»

Alixe richtet sich auf. Sie drückt die Bettdecke an die Brust, das Handy klemmt zwischen Ohr und Schulter.

«Was soll das heißen, flexibel? Und was meint der eigentlich? Mama, ich kenn den Mann ja nicht mal!»

«Sag das nicht, Alixe. Du kennst ihn sehr wohl, hast ihn bloß ziemlich lange nicht gesehen.»

«Zu lange für einen Vater, zu lange, Mama. Morgen kann ich nicht. Ich geh einkaufen für Carl, sein Kühlschrank ist leer.»

«Alixe, es ist doch nur für einen Kaffee. Er möchte uns Tickets schenken für eine Veranstaltung am Wochenende. Ich habe dann Dienst. Aber vielleicht kannst du ja mit Fabian hingehen.»

«Eine Veranstaltung? Was für eine Veranstaltung um Himmels willen? Mama!»

«Ich habe nicht ganz verstanden, worum es da geht, ist aber bestimmt lustig. Vielleicht kommst du ja morgen doch rasch vorbei. Carl hält es bestimmt eine Stunde ohne dich aus.»

«Darum geht es nicht, Mama! So, und jetzt steh ich auf. Ich muss die Anmeldung für meine Ausbildung zur Post bringen.»

«Und du gibst mir nicht mal einen Hinweis, in welche Richtung es gehen soll?»

Carl hat Besuch. Sein Rechtsberater ist zum ersten Mal bei ihm zu Hause.

«Ich danke Ihnen, dass Sie den Weg auf sich genommen haben. Ich möchte das Haus nicht mehr verlassen, zumal ich inzwischen praktisch nichts mehr sehen kann. Wahrscheinlich habe ich genug gesehen in meinem Leben. Setzen Sie sich.»

Der Advokat nimmt auf dem Sofa Platz, legt seine Ledermappe auf den Nierentisch und sagt: «Das ist doch selbstverständlich, es ist ja nicht weit.»

«Wäre es möglich, mein Testament zu ändern?», fragt Carl. «In den vergangenen Monaten hat sich einiges getan in meinem Leben.»

«Natürlich ist das möglich, das ist eine reine Formsache. Aber warum muss es so schnell gehen?»

Der sonst stets zu einem Späßchen aufgelegte Advokat ist still, als Carl von seinen Sterbeplänen erzählt.

Er atmet erst wieder richtig durch, als Carl das Thema wechselt und fragt: «Darf ich Ihnen einen Whisky anbieten? Ich habe noch einen Single Malt. Ein feiner Tropfen aus Irland, in Sherryfässern gereift.»

Der Advokat nickt.

Carl geht zur Hausbar beim Flügel und ertastet die Flasche. Dann drückt er sie dem Advokat in die Hand und stellt ein Glas auf den Tisch.

«Schenken sie sich bitte selber ein, ich bin nicht mehr so treffsicher.»

Der Advokat tut, worum ihn Carl bittet, und trinkt das Glas leer.

«Ich habe ja schon viel erlebt, aber so etwas – das ist schon aufwühlend, selbst für einen abgebrühten alten Hasen wie mich. Darf ich Ihr Telefon benutzen?»

Eine Testamentsänderung ist Routine für ihn. Doch bei der Sache mit der Sterbebegleitung muss er sich absprechen. Ist es tatsächlich so, dass die Person, die Carl beim Sterben begleitet, keine juristischen Folgen befürchten muss? Der Advokat berät sich mit einem Kollegen aus der Kanzlei. Nach einem kurzen Telefongespräch kehrt er zu Carl zurück.

«Sie benutzen Fahrenheit von Christian Dior, nicht wahr?», fragt Carl.

Der Advokat schaut ihn verdutzt an.

«Ich glaube schon, meine Frau kauft die Parfüms. Ich vertraue ihrem Geschmack. Es ist, wie ich Ihnen gesagt habe: Das Strafgesetz sieht vor, nur Personen zu bestrafen, die aus selbstsüchtigen Gründen Hilfe leisten beim, na ja, Sie wissen schon.»

Carl lacht.

«Sprechen Sie es ruhig aus! Ich setze mich seit drei Jahren damit auseinander, für mich haftet dem Begriff nichts Grausames an, im Gegenteil! Meine Sterbebegleiterin muss also kein juristisches Nachspiel fürchten?»

«Nein», sagt der Advokat.

«Zumal Sie ja nicht vorhaben, ihr vom neuen Testament zu erzählen, nicht wahr?»

1968

Carl wollte die Straßenbahn nehmen, doch die steht still. Hunderte Jugendliche sitzen auf den Geleisen und protestieren gegen die angekündigte Erhöhung der Fahrpreise. Carl ist früh genug dran, um auch zu Fuß pünktlich zu sein. Er bahnt sich einen Weg durch die friedlichen Demonstranten. Als ihm eine junge Frau ein Flugblatt entgegenstreckt, nimmt er dieses entgegen und bedankt sich bei ihr. Er ist nervös und am liebsten würde er den Abend auslassen. Es widerstrebt ihm, im Mittelpunkt zu stehen. Nie zuvor hat er das altehrwürdige Haus ohne die Absicht betreten, ein Konzert zu besuchen. Jahrzehntelang war das klassizistische Bauwerk das Zentrum für Liebhaber klassischer Musik. Die großen Orchester Europas spielten hier, berühmte Solisten erfreuten das Publikum. Erst seit wenigen Jahren wird der Raum auch für andere Anlässe angemietet.

Carl sitzt zum ersten Mal in der vordersten Reihe. Er sitzt zwischen den Abteilungsleitern seiner Firma, die mit ihren eleganten Ehefrauen gekommen sind. Es ist still im Saal. Der Vorgesetzte betritt die Bühne. Er verneigt sich am Sprecherpult. Das Publikum applaudiert. Als er wieder aufrichtig dasteht, verkündet er:

«Es ist nur eine Frage der Zeit, bis die Firma internationaler Leader ist. Mit Carl habe ich den bestmöglichen Nachfolger auserkoren, um dieses Ziel zu erreichen. Verehrtes Publikum, Bescheidenheit ist gewiss eine große Tugend, man kann es aber auch übertreiben damit.»

Carl sitzt steif auf seinem Platz.

Der Vorgesetzte richtet das Wort nun direkt an ihn: «Sie beschäftigen sich als Forscher mit exotischen Pflanzen und sind federführend bei der Entwicklung wichtiger Medikamente. Auch als Privatmann können Sie im Pflanzenbereich große Erfolge vorweisen.»

Nach einer Kunstpause fährt er fort: «Durch Sie erfuhr ich, dass man die Welt auf vielerlei Weise einteilen kann – etwa in Länder mit und ohne Tillandsien.»

Das Publikum lacht, Carl lächelt.

«Wenn Sie eine Art an ihrem Originalstandort suchen gehen, finden Sie diese garantiert – und zwar auch bei vagen Angaben in Gebieten von mehreren hundert Quadratkilometern Größe und in Gelände mit unterschiedlichster Vegetation. Und wenn Sie dennoch mal nichts finden, kann man mit gutem Gewissen sagen: Pflanze am Standort ausgestorben. Sie mögen sich fragen, verehrtes Publikum, was das mit Bescheidenheit zu tun hat. Ich sage es Ihnen: Im Gegensatz zu mir überlässt mein Nachfolger die Erstbeschreibung einer entdeckten Art und deren Benennung großzügig anderen ...»

Die Menge applaudiert und Carl hofft, dass es mit der Huldigung bald vorbei ist.

Doch sein Vorgesetzter macht mit einem Thema weiter, das nach Carl längst verjährt sein sollte.

«Sie wären wohl nie an Ihrem jetzigen Posten angekommen», sagt der Vorgesetzte, «hätte Ihr Interesse einst nicht den Riesenschildkröten gegolten. Ihre Doktorarbeit über das Höchstalter der Aldabra-Schildkröte hat für viel Aufsehen in der Biologen-Welt gesorgt.»

Carl denkt an Rosa und daran, wie sie die Rohfassung seiner Arbeit durchgelesen hatte. An Rosa, wie sie sagte, dass sich der Text wie ein Krimi liest. Der Gedanke an die gemeinsame Zeit versetzt ihm einen Stich ins Herz.

Der Vorgesetzte hebt ein vergilbtes Taschenbuch vom Sprecherpult auf und schwenkt es vor den Anwesenden.

«Dieses Buch, meine Damen und Herren, war von 1952 bis 1955 ein Bestseller. Ein Sachbuch über das Höchstalter einer Schildkröte! Das muss man erst einmal schaffen!»

Rosa und Carl haben nie herausgefunden, dass sie an jenem Tag im Jahr 1968 beide mit Riesenschildkröten zu tun hatten. Rosa hat bereits im Bett gelegen, als Carl offiziell zum Firmenchef geworden ist. Sie ging im Kopf ihren Tag durch. Sie hatte ein Atoll besucht, auf dem ein Schwarm Aldabra-Schildkröten in der Bucht in der Sonne lag. Den ganzen Tag über dachte sie an Carl und erinnerte sich an die Zeit mit ihm. Wie sie glücklich gewesen waren, damals, unendlich verliebt. Sie dachte an Carls kleine Wohnung, in der es immer warm wie in einem Nest gewesen war. Oft schrieb er bis tief in die Nacht an seiner Arbeit und sie schlief beim Rattern der Schreibmaschine ein. Eines Tages ratterte es nicht mehr. Carl hatte seinen Text fertig geschrieben und sie bot ihm an, ihn zu lesen. Rosa erinnerte sich daran, wie sie sogleich begeistert gewesen war. «Wenn mich jemand nach meinem Lieblingstier fragte, sagte ich bisher immer, Elefant. Es fiel mir einfach nichts Besseres ein. Ab jetzt werde ich Schildkröte zur Antwort geben», hatte sie zu Carl gesagt.

Der Ausflug hatte Rosa aufgewühlt. Da waren die Riesenschildkröten, die sie stets an Carl denken ließen. Und da war der neue Arzt, dem sie in diese Welt der Naturschönheiten und der Abgeschiedenheit zeigte und der ihr auch als Mann gefiel. Rosa hatte ihn eingestellt, um die Klinik zu leiten. Ein Jahr lang hatte sie die Arbeit ihres verstorbenen Ehemannes selbst fortgeführt, doch gleichzeitig das ganze Haus zu leiten und Ärztin zu sein, wurde ihr zu viel. Der Arzt kam mit seiner Familie aus Kenia. Einen weiteren Engländer einzustellen hielt Rosa in der aufgeheizten politischen Situation für keine gute Idee. Die Einheimischen strebten nach Unabhängigkeit von der britischen Krone, der politische Kampf erreichte täglich einen neuen Höhepunkt. Auch ihre Mitarbeiter schlossen sich den beiden neuen Parteien an, die einzig und allein gegründet worden waren, um sich für die Unabhängigkeit einzusetzen.

In Rosas Nachttischschublade lagen all die Briefchen, die ihr Carl seinerzeit in die Tasche gesteckt hatte, bevor sie zur Universität ging. Eines nahm sie seit dem Tod ihres zweiten Mannes jeden Abend aus der Schublade und liest es, um sanft einschlafen zu können.

«Du bist mir alles, meine Blume – für immer, Carl.»

Fabian küsst Alixe vom Hals bis zu den Lenden, während sie sein strähniges Haar streichelt. Als er ihr den Slip auszieht und sich seine Boxershorts abstreift, sagt sie:

«Wie hat das Carl neulich gemeint, als er sagte, solange wir nicht unter demselben Dach leben, sei alles noch speziell?»

Fabian stützt sich auf der Matratze auf und sagt: «Ich habe das nicht so verstanden, ich glaube, es ist auch dann noch speziell, wenn man zusammenlebt.»

Alixe schwingt die Beine vom Bett und wippt auf der Bettkante. Am Knöchel baumelt der Slip. Sie schaut Fabian verstohlen an.

«Und warum leben wir nicht zusammen?»

«Möchtest du das? Das wäre wunderschön, mein Herz.»

«Dann lass uns eine Wohnung suchen.»

Fabian küsst sie auf den Mund.

«Gleich», sagt er. Und spürt, wie sein Körper nicht nur der Lust wegen vibriert.

Nachdem sie sich geliebt haben, stellen sie sich die Wohnung vor, die sie gern hätten. Eine große Terrasse muss sie haben und eine Badewanne. Aber bitte keine Spannteppiche und Wände, die mit Mischtechnik bemalt wurden, meint Alixe. Sie stellen sich vor, wie sie Alixe' Myshörna und Fabians Bett kombinieren, einen alten Holztisch kaufen und Marina ihnen ein Bild malt. Alixe kann es kaum erwarten, am Morgen im Internet die Immobilienseiten anzuschauen. Und Fabian schlägt vor, mit dem Geld, das sie durch das Zusammenziehen sparen, die Welt zu bereisen. Nach einer Weile des gemeinsamen Daliegens schläft sie in seinen Armen ein. Er liegt wach da und regt sich nicht. Nach einer Stunde schleicht er sich aus dem Bett, geht ins Wohnzimmer und beginnt das Buch über Sterbefasten zu lesen.

Was er liest, ist um viele Dimensionen grösser als das kleine Handydisplay. Er liest, dass man beim Sterbefasten Unterstützung benötigt, dass man Planung und einen starken Willen braucht. Das hat er inzwischen selber gemerkt.

Etwa vierzig Prozent derjenigen, die sich für diesen Weg entscheiden, haben Krebs. Weitere dreißig Prozent haben eine andere schwere Krankheit. Carl gehört zu den restlichen dreißig Prozent und damit zu den sehr alten Menschen, die unter Behinderungen wie Blindheit oder stark eingeschränkter Beweglichkeit leiden. Er liest das Fallbeispiel einer Frau, die Aufnahme von Nahrung und Flüssigkeit verweigerte und in einer Klinik starb. Einige Tage vor ihrem Tod bildeten sich schmerzhafte Blasen in ihrem Mund. Die Ursache war mangelnde Mundpflege. Dem Pflegeteam fiel es schwer, für jemanden zu sorgen, der ohne einen nachvollziehbaren Grund sterben will. Die Frau hatte weder Krebs noch eine andere unheilbare Krankheit. Fabian liest, dass viele dieser Patienten Morphium erhalten und dann allenfalls verwirrt sind. Er stellt sich Alixe mit dem verwirrten Carl allein in seinem Haus vor, wie sie überfordert ist, die Situation aber allein meistern will. Er stellt sich vor, dass Carl böse wird, weil er merkt, dass er verwirrt ist. Wie er Alixe anschreit, sie zurückschreit, ein Chaos herrscht. Fabian wird es übel bei der Vorstellung. Er schließt das digitale Buch und geht ins Bett.

Am Morgen holt Alixe nun auch den Laptop aus dem Keller. Sie setzt sich an den Küchentisch und schaltet den Computer an. Fabian ist bereits aus dem Haus gegangen und Alixe studiert in Ruhe die Wohnungsinserate. Er ist noch nicht einmal beim ersten Kunden angekommen, als ihn Alixe anruft.

«Fabian, ich habe eine tolle Wohnung gesehen! Soll ich einen Besichtigungstermin vereinbaren?»

Sie zählt ihm die Vorzüge der Wohnung auf und Fabian freut sich, dass sie es ernst meint mit dem Zusammenziehen.

Bevor sie duschen geht, holt sie die Post. In den Rechnungen und der Werbung steckt ein Umschlag mit Mutters Handschrift. Darin liegen Tickets für die Veranstaltung, bei der ihr Vater kocht, und eine Karte.

«Er würde sich freuen, dich zu sehen, mein Kind. Mit liebem Gruß, Mama.»

Die letzten Tage

Marina war gerade dabei, das letzte Jazz-Konzert-Bild fertigzustellen, als ich sie erreichte. Ich habe ihr nahegelegt, in diesen Tagen Carl zu besuchen. Sie merkte, dass etwas nicht stimmt, und bat mich, schon am Telefon zu verraten, was los sei. Ich riet ihr nur, auf dem Weg nach Amsterdam bei Carl Halt zu machen, da sie ihn sonst vielleicht nie wieder sehen würde. Sie brach in Tränen aus und versprach, am nächsten Morgen vorbeizukommen.

Carl kann kaum mehr gehen und seine Zunge wird immer schwerer. Trotz geschwächter Verfassung will er seine graue Hose und ein weißes Hemd anziehen.

«Ich kann Marina nicht im Bademantel empfangen», sagt er.

«Und wie sind meine Haare?»

«Du siehst gut aus, Carl, erstaunlich gut für einen alten Mann, der seit über fünf Tagen nicht mehr isst und trinkt.»

Mit frischem Pfefferminztee und Buttergebäck sitzen wir im Wohnzimmer und warten. Es ist acht Uhr. Kann sein, dass Marina erst um elf Uhr kommt. Sie sagte, sie komme am Vormittag. Carl nickt immer wieder ein, obwohl er die halbe Schlaftablette ausnahmsweise ausließ. Als es klingelt, wacht er auf.

«Geh, Alixe, öffne die Tür. Wir machen alles, wie wir es besprochen haben.»

«Mach dir keine Sorgen. Alles wird gut.»

Marina steht in einem knallroten Mantel und passendem Lippenstift vor mir und umarmt mich.

«Wo ist er? Wie geht es ihm? Hat er Krebs?»

Ich führe sie ins Wohnzimmer. Carl sitzt auf dem Sessel, als wäre alles in bester Ordnung und Marina eine von vielen Gästen.

«Marina, wie schön, dass du es geschafft hast.»

Er streckt die Arme nach ihr aus, sie kniet auf den Boden und küsst Carl.

«Ich habe keinen Krebs, Liebes, zumindest wüsste ich nichts davon. Doch ich bin müde und möchte einschlafen. Ich will zu deiner Mutter.»

Marina weint.

Ich weiß nicht, wie ich mich verhalten soll. Zum ersten Mal in diesen Tagen bin ich verunsichert. Ich verlasse den Raum und lasse die beiden für eine halbe Stunde allein.

Als ich zurückkomme, sagt Marina, sie habe die Situation akzeptiert. Sie merke, dass ihr gar nichts anderes übrigbleibe. Carl habe sie langsam, aber in deutlichen Worten aufgeklärt. Carl unterbricht sie:

«Ja, Alixe, ich habe Marina gesagt, was ich dir ständig sage: Meine Frau und meine Freunde sind tot. Ich bin alt und fast blind, kann nicht mehr lesen und bin auch sonst für nichts mehr zu gebrauchen. Mein bisheriges Leben hat mich erfüllt. Jetzt will ich gehen.»

«Hast du dir einmal vorgestellt, wie es im Jenseits sein könnte?», wendet sich nun Marina an ihn.

«Vielleicht habe ich mir als kleiner Junge Gedanken darüber gemacht, ich kann mich aber beim besten Willen nicht daran erinnern. Alixe, könntest du mir bitte ein Wattenstäbchen bringen und den Spray?»

Ich hole das Stäbchen und befeuchte Carls Mund. Dann drücke ich ihm den Wasserzerstäuber in die Hand. Seit zwei Tagen geht es nicht mehr ohne den Spray. Carls Mund wäre zu pappig, um sprechen zu können. Er hält ihn in den Mund und drückt ab.

«Diese Tropfen wirken Wunder», sagt er.

Jetzt weint Marina wieder.

«Kannst du nicht einen winzigen Schluck Wasser trinken? Das würde doch nichts ändern!»

Carl verneint. Er ziehe seinen Plan durch.

«Diese Methode überzeugt mich mehr, als ich mir das vorgestellt habe. Wobei es schon ziemlich lange dauert, dieses Sterben. Ich bin zäh wie eine Katze.»

Marina bittet mich, das Bild aus dem Keller zu holen.

«Kannst du erkennen, was ich gemalt habe, Carl?»

«Leider nicht, ich bin aber überzeugt, dass es wunderschön ist.»

Marina beschreibt ihm ihr Gemälde und bemerkt:

«Vielleicht ist der Titel etwas makaber.»

«Aber warum denn? Marina, was wir hier tun, ist ein Abendmahl, allerdings mit Tee», sage ich.

Wir lachen.

Carl bittet mich, den Sam Francis abzunehmen und Marinas Bild im Eingangsbereich aufzuhängen.

«Ich weiß, wie sehr dir der Sam Francis gefällt, Marina. Als Kind bist du oft auf dem Perserteppich gesessen und hast ihn dir angeschaut. Nimm ihn mit nach Amsterdam.»

Marina weint, lacht, umarmt und küsst Carl. «Ich weiß nicht …»

Er sagt: «Pssst!»

Ich bin die Einzige, die Kekse isst. Trotz der ungewöhnlichen Situation bin ich guter Dinge. Marina kostet jeden Augenblick mit Carl aus, es ist ein schöner Abschied, ein unfassbarer auch. Meine Laune ändert sich jedoch schlagartig, als Carl fragt:

«Alixe, welchen Tag haben wir heute eigentlich?»

«Mittwoch, Carl.»

«Früher war mittwochs Fabian bei mir.»

Beim Namen Fabian durchfährt mich ein Blitz. Zudem bemerke ich, dass ich falsch liege, es ist erst Dienstag. Ich bin seit sechs Tagen hier und habe kein Zeitgefühl mehr.

«Wie läuft es eigentlich mit Fabian und dir?», fragt Marina.

Ich lasse die Frage im Raum stehen.

Fünf Tage zuvor

Alixe drückte Fabian einen schnellen Abschiedskuss auf den Mund – und weg war sie.

«Ich gehe mit meiner ehemaligen Arbeitskollegin Kaffee trinken», hatte sie gesagt. Die Kollegin habe inzwischen auch genug von der Onkologie, wisse aber nicht, was sie sonst tun könnte. Und sowieso sei wieder einmal Zeit für Frauengetratsche.

«Worüber tratscht ihr denn so?», hatte Fabian gefragt, obwohl es ihn in dem Moment nicht wirklich interessierte.

Er war im Zeitdruck wegen dieses Lach-Yogas, durfte sich aber nichts anmerken lassen. Alixe wäre misstrauisch geworden, hätte er behauptet, pünktlich seinen Bruder abholen zu wollen. Sie weiß, dass die Oldtimer-Ersatzteilbörse das ganze Wochenende dauert und erst um zehn Uhr öffnet. Es war erst neun Uhr gewesen.

Inzwischen ist es 9.30 Uhr und Alixe ist weg. Jetzt kann sich Fabian endlich auf dem Weg zum Symposium für therapeutischen Humor machen und sich den Lach-Yoga-Trainer anhören, über den er im Netz nichts erfahren konnte. Er stellt sich auf einen Zyniker ein, der einer Schar Kranker erklärt, weshalb man ein guter Mensch ist, wenn man anderen beim Sterben hilft. Er wird behaupten, Sterbende würden besser ableben, wenn man auf den letzten Metern die nötige Dosis Humor an den Tag lege. Und um das zu hören, belüge ich meine Freundin. Fabian fühlt sich schäbig und hofft gleichzeitig, dass es in den kommenden Tagen nicht regnen wird. Der Volvo braucht dringend neue Scheibenwischer, das war nicht gelogen. Alles andere schon. Am Montag will er Alixe die Wahrheit sagen. Für

Montagmorgen hat er noch ein Treffen mit einem katholischen Theologen vereinbart. Der Mann ist neuerdings Professor für Spiritual Care an der Theologischen Fakultät. Er begleitet Menschen bei ihrer Suche nach Lebenssinn. In Interviews spricht er von spirituellen Formen der Sterbebegleitung. Weder Alixe noch Carl dürften dafür zu erwärmen sein, denkt Fabian. Dennoch ist es sicher nicht falsch, auch einen Pfarrer zu treffen, bevor er mit Alixe über Carl spricht. Danach wird er ihr bei einer Lasagne offenbaren, dass sie bald Carls Sterbebegleiterin sein wird. Bereits am Dienstag wird sie ihn zu seiner Hausärztin begleiten müssen. Es führt kein Weg daran vorbei, er muss es Alixe sagen.

Dutzende Menschen warten auf Einlass. Fabian war seit dem Konzert und der szenischen Lesung von Klaus Maria Brandauer nicht mehr hier. Er ist der Ansicht, in einem Haus wie diesem sollten nur Konzerte stattfinden dürfen. Und keine therapeutischen Symposien. Vor ihm steht einer, den er aus dem Fernsehen kennt. Ein weiß gekleideter, groß gewachsener Mann mit Locken. Er war einmal ein Frauenschwarm gewesen. Die Illustrierten berichteten früher ständig über seine Affären mit den schönsten Frauen des Landes. Jetzt ist er hier. Allein. Neben Fabian und dem Lockenkopf warten drei hagere Damen darauf, in die Halle eintreten zu dürfen. Sie tragen Seidentücher, bunte Ledertaschen und langes, ungefärbtes Haar. Fabian ist überzeugt, dass sie Schwestern sind und statt Parfüm Räucherstäbchen verwenden. Es sind auch unscheinbare Gestalten da, Männer in Anzügen mit Frauen ohne Seidentücher an ihrer Seite. Ob die alle schwer krank sind? Oder gern lachen?

Die Dame am Empfang weist Fabian den Weg zum Saal. Über der Bühne hängt eine große Leinwand. Ein Film zeigt vorbeiziehende Wolken. Fabian bemerkt sofort, dass es höchstens eine halbe Minute dauert, bis wieder die gleichen Wolkenkombinationen zu sehen sind. Aus den Boxen erklingt Meditationsmusik mit Schamanentrommeln und Klangschalen. Fabian entdeckt eine Gruppe Parlamentarier. Es sind jene Politiker, die kürzlich vergeblich dafür kämpften, dass jedes Pflegeheim Sterbehilfe ermöglichen muss. Es sind Vertreter aller Parteien da. Die Besucher halten Bambus-Teller mit Häppchen in den Händen. Viele stehen, einige sitzen auf Klappstühlen, die kreuz und quer im Saal verteilt herumstehen. Es bilden sich Gruppen. Nur wenige Besucher sitzen allein und verloren da. Fabian gehört zu den Verlorenen, was ihm recht ist. Ein Kellner streckt ihm eine Schale mit Fingerfood hin.

«Bedienen Sie sich», sagt er.

Fabian greift nach einem Feta-Spieß mit Gurke.

Der Moderator betritt die Bühne und es wird still. Er lächelt, nimmt das Mikrofon vom Stativ und sagt: «Schön, dass Sie so zahlreich gekommen sind! Sie werden es nicht bereuen.»

Nach einer etwas zu lange geratenen Lächelpause kündigt der Moderator den Yogi an: «Dieser Mann hat einen weiten Weg auf sich genommen, um uns zu zeigen, wie eng verknüpft Sterbebegleitung und Humor sind – oder sein sollten. In seiner Heimat hat er bereits große Erfolge gefeiert, nun will er diese hier bei uns fortsetzen. Ein herzliches Willkommen bitteschön!»

Applaus.

Während ein gebräunter Adonis mit weißem Haar die Bühne betritt, spürt Fabian eine Hand auf seiner Schulter. Er riecht einen vertrauten Mandelduft. Er riecht Alixe.

«Hier findest du bestimmt einen Scheibenwischer», sagt sie.

Fabians Herz steht still.

1969

Während die Pille die Baby-Boomer-Phase in den Industrienationen schon vor einiger Zeit beendet hat, bleibt die Geburtenrate in den weniger entwickelten Ländern konstant. Entsprechend hält sich die Anzahl Patienten in Rosas Klinik seit Jahren die Waage. Nach wie vor gibt es in der Klinik keine Gebärabteilung, da eine solche zusätzliche Dienstleistung die Kapazitäten bei Weitem übersteigen würde. Rosa hat trotzdem darauf bestanden, ihr Baby in der eigenen Klinik zu gebären. Es gibt Mitarbeiter, die bei früheren Anstellungen Geburten begleitet haben, und Rosa fühlt sich gut aufgehoben. Die Geburt geht ohne Komplikationen über die Bühne. Noch bevor die Krankenschwester das Mädchen in Rosas Arme legen kann, fragen alle nach dessen Namen.

«Marina», sagt Rosa, «so hieß Hildegard Knef in einem Film, den ich als junge Frau im Kino gesehen habe.»

Die Frauen küssen die kleine Marina und klatschen, obwohl ihnen der Name Janea lieber gewesen wäre. Wer ein uneheliches Kind «Gott versöhnt» nennt, darf von Gott auch erwarten, dass er sich versöhnt.

Die letzten Tage

Der Champagnerkorken saust in den Garten.

«Auf Papa Carl!», sagt Marina.

«Ja, auf Carl!»

Wir setzen uns auf die Rattanliege und trinken. Bevor er schlafen ging, hatte uns Carl gebeten, den Champagner zu öffnen.

«So bald wird sich keine Gelegenheit mehr bieten», hatte er gesagt.

Der Abschied zwischen Marina und ihm war gar nicht so traurig. Sie haben zusammen gelacht, als würden sie sich bald wiedersehen.

«Sag mal, wer ist eigentlich dein biologischer Vater?»

Die Frage ist mir herausgerutscht. Der Champagner lockert meine Zunge schon nach wenigen Schlucken.

«Ein kenianischer Arzt. Er leitete die Klinik auf den Seychellen. Als ich drei Jahre alt war, verließ meine Mutter mit mir die Inseln und kehrte zurück nach Europa – ohne diesen Mann, der hatte bereits eine andere Familie, bevor ich zur Welt kam. Meine Mutter war nur ein Abenteuer für ihn.»

Ich schweige. Die Geschichte ist mir vertraut. Ein Mann, der es nicht auf die Reihe kriegt, ein anständiger Vater zu sein – aus welchen Gründen auch immer. Ich denke an meinen Vater. Immerhin kann ich mich dumpf an ihn erinnern. Und er will mich sehen.

«Deine Mutter war eine tolle Frau, Marina, und eine schöne.»

Marina reagiert nicht auf meine Worte. Sie zündet sich eine Zigarette an und schenkt zuerst sich, dann mir Champagner nach.

«Hat sie sehr gelitten? Ich war damals so sehr mit mir und den Kunstbanausen in den Pyrenäen beschäftigt, dass ich es nicht rechtzeitig schaffte», fragt sie nach einer Weile.

«Sie ist sanft eingeschlafen. Und sie hat bis am Schluss gelacht. Mir hat sie ein Leben mit vielen Hürden und Umwegen prophezeit. Inzwischen weiß ich, dass sie damit richtig lag.»

Carl hat mir nie erzählt, wie Rosa zu ihm zurückgekommen ist.

«Marina, warum habt ihr die Seychellen verlassen? War es wegen Carl?»

Sie stellt das Glas auf den Boden und legt sich auf die Liege.

«Darf ich meine Beine auf deine Oberschenkel legen?»

Sie tut es, ohne eine Antwort abzuwarten. Mir ist es recht.

«Wir waren Kolonialisten. Die Einheimischen mochten meine Mutter zwar und waren froh um die Klinik. Aber wir gehörten da nicht hin», sagt Marina.

«Die Seychellen verwalteten sich bereits seit zwei Jahren selber, als wir gingen. Vier Jahre später folgte die Unabhängigkeit. Die Klinik gehörte von da an meinem Vater, meinem biologischen Vater.»

Bevor ich dazu komme, nachzuhaken, spricht Marina weiter:

«Ich glaube, der wahre Grund für unsere Rückkehr war Carl. Meine Mutter hat ihn ihr Leben lang geliebt.»

Bevor Marina geht, schaut sie nochmals nach Carl. Er schläft tief. Sie weckt ihn nicht. Auf der Ablage hinter seinem Kopf liegen der Nasenspray, die Taschentücher, der Kamm, die Sonnenbrille und der Wasserzerstäuber. Sanft küsst Marina Carl auf die Stirn und streichelt seine Wange, ohne ihn wirklich zu berühren. Sie flüstert ihm etwas zu. Über ihre Wangen fließen Tränen.

Fünf Tage zuvor

Fabian spürt noch Alixe' Hand auf seiner Schulter, obwohl diese nicht mehr dort liegt.

«Was tust du hier? Weshalb lügst du mich an?», fragt Alixe. «Warum um alles in der Welt gehst du heimlich an ein Lachseminar, bin ich dir etwa zu ernst?»

Fabian weiß nicht, was er sagen soll, so überrascht ist er, hier Alixe zu begegnen.

«Was tust du denn hier?», fragt er zurück. «Warum sitzt du nicht mit deiner ehemaligen Arbeitskollegin im Café? Schaffe ich es nicht, deine Melancholie zu vertreiben?»

Alixe dreht den Kopf in Richtung Buffet, wo der Koch mit den Feta-Spießen steht, und wendet sich gleich wieder Fabian zu.

«Der Typ mit dem Essen dort ist mein Vater!»

Fabian ist heiß und kalt. Er fühlt sich wie vor einer Grippe – oder mittendrin.

«Dein Vater? Warum sagst du mir nicht, dass er hier ist? Alixe, wir sind ein Paar! Wir ziehen bald zusammen!»

Fabian schaut zum Buffet und denkt an den leeren Fleck an der Wand in Alixe' Schlafzimmer. Dort hing mal ein Foto, das Alixe und ihren Vater zeigte, und Fabian fragt sich seit Monaten, wie der Mann wohl ausgesehen haben mag. Jetzt weiß er es. Alixe' Vater sieht Costa Cordalis in keinster Art und Weise ähnlich. Eher gleicht er ein bisschen Anthony Quinn als Alexis Sorbas.

Noch bevor der Lach-Yoga-Trainer hätte anfangen können, über die fröhlichen Seiten des Sterbens zu referieren, verlassen Alixe und Fabian das Gebäude. Sie gehen in eine Kneipe und bestellen Kaffee.

«Hättest du dich nicht doch lieber von deinem Vater verabschieden wollen?», fragt Fabian.

«Gegenfrage: Was hast du am Symposium gemacht?»

«Ich ...», Fabian stockt.

«Ja, ich höre?»

«Carl. Er will sterben.»

Alixe schiebt den Stuhl zurück. Sie steht auf, setzt sich wieder, fährt sich mit den Händen durch die Haare.

«Carl will sterben? Warum? Er ist doch kerngesund! Fabian, was ist hier eigentlich los?»

Fabian erzählt Alixe, wie er wochenlang heimlich recherchiert und versucht hat, diesem Sterbefasten etwas Positives abzugewinnen. Er beteuert, Carl ins Gewissen geredet zu haben. Alixe sei die falsche Person, um ihn zu begleiten, und der Plan ohnehin sinnlos.

«Ich wollte ihn überzeugen, dass das Leben lebenswert ist. Insbesondere seines. Da hat er mir zugestimmt. Gerade weil ihn sein Leben erfüllt habe, wolle er es beenden, bevor er nicht mehr selbstständig handeln könne. Seine Augen, Alixe! Er ist nahezu blind!»

Alixe steht wieder auf.

«Ich weiß, dass er nahezu blind ist! Ich bin seine Haushälterin! Und ich arbeite gern für ihn. Er gibt meinem Leben einen Sinn. Warum will er mir das antun? Und warum hilfst du ihm dabei?»

Fabian will antworten, doch Alixe unterbricht ihn: «Weil du ein Feigling bist.»

Sie legt einen Schein auf den Tisch, nimmt ihre Tasche und verlässt die Kneipe.

1971

Innerhalb der ersten drei Jahre als Geschäftsführer schafft es Carl, die Chemiefirma weltweit zur Nummer eins zu machen. Der Konzern kauft einige Betriebe aus den USA und am Hauptsitz entstehen neue biochemische Abteilungen. Carl hat sein Steckenpferd, die Biologie, nie aus den Augen gelassen und wird nun mit internationalem Erfolg belohnt. Der Verwaltungsrat wollte ihm bedeutend mehr Lohn geben, doch Carl lehnte ab. Seine Ersparnisse reichen aus, um sich den lang gehegten Traum vom Eigenheim zu erfüllen. Er wünscht sich einen großzügigen Garten und ein Treibhaus für seine Tillandsien. Das geeignete Grundstück hat er schon gefunden. Sein Architekt ist nicht abgeneigt, ein Objekt zu bauen, das auf von Carls selbst gezeichneten Plänen basiert. Carl darf an allen Sitzungen teilnehmen und allfällige Einwände kundtun – selbst wenn diese als Laieneinwände abgeschmettert werden. Er weiß, dass er im Grunde keine Ahnung von Architektur hat, und respektiert die Arbeit der Profis. Doch er hat eine genaue Vorstellung von seinem zukünftigen Refugium. Wenn der Architekt aber erklärt, weshalb eine bestimmte Baukonstruktion ungeeignet sei, lässt sich Carl rasch überzeugen. Auch bei technischen Funktionsabläufen mischt er sich nicht ein. Hauptsache, die Fassade kann aus Holz und Beton konstruiert werden, die Fenster sind groß und der Garten noch viel grösser. Fast täglich besucht Carl die Baustelle. Er lernt viel über Materialien und Bauvorgänge. Und zu Ostern schenkt er jedem einzelnen Arbeiter einen Schokoladehasen in bunt verpackter Folie. Er schreibt auf ein Kärtchen, das Geschenk habe einen rein kulinarischen Hintergrund und nicht etwa einen aufersteherischen. Carl hofft, an Ostern in einem Jahr bereits Champagner zu den Hasen servieren und im eigenen Garten Eier verstecken zu können – für wen auch immer.

Fünf Tage zuvor

Fabian versucht es bereits zum zehnten Mal, und Alixe geht wieder nicht ans Telefon. Als er sie zum elften Mal anruft, kommt direkt die Mailbox. Auch auf seine SMS-Nachrichten reagiert sie nicht. Was soll er tun? Er ist verzweifelt. Nachdem Alixe überstürzt das Café verlassen hatte, war er zwei Stunden im samstäglichen Stadtgetümmel umhergeirrt. Jetzt ist er auf dem Heimweg. Im Treppenhaus schreibt er eine weitere Mitteilung:

Alixe, mein Engel, lass uns reden, bitte.

Auch wenn er ständig auf die Häkchen starrt – sie bleiben hellgrau und werden einfach nicht blau. Fabian schiebt das Handy in die Jeanstasche und schließt die Wohnungstür auf. Während er sich mit dem linken Fuß den Lederschuh vom rechten Fuß abstreift, entdeckt er ein Paket auf der Kommode. Er muss es in der Eile am Morgen übersehen haben. Er öffnet das Kärtchen, das daran hängt, und liest: «Ich liebe dich».

Er liest die drei Wörter wieder und wieder. Einen Schuh trägt er noch am Fuß. Gesagt hatte sie ihm diesen Satz noch nie. Und bis heute auch nicht geschrieben. Ausgerechnet heute! Er streichelt über das Kärtchen, zieht den Schuh und die Jacke aus und legt sich dann mit dem Paket auf das Bett.

Er umarmt das Paket, ohne es zu öffnen, und sagt:

«Alixe, meine Alixe.»

Dann drückt er das Gesicht tief in ihr Kissen.

Carl will gerade schlafen gehen, als das Telefon klingelt.
«Ich bin es, Alixe. Ich komme morgen früh vorbei, ist das gut?»

«Aber natürlich, ich freue mich. Wenn du frühstücken willst, musst du etwas mitbringen, ich habe das Brot gegessen, das du mir gestern gebracht hast.»

«Ich will nicht essen, ich will reden.»

«Ach so», sagt Carl. «Gut, dann lass uns reden. Schlaf gut, Alixe, und grüß mir Fabian.»

Sie legt auf, ohne sich zu verabschieden, und wirft den Laptop an. Als sie ihn wieder herunterfährt, bricht schon der Tag an. Sie weiß jetzt mehr über Sterbefasten, als ihr lieb ist. Bevor sie sich hinlegt, liest sie Fabians Mitteilungen. Und löscht den Chat.

1972

An diesem 1. Juni übergibt Carl seine Mietwohnung am Fluss dem Eigentümer. Dieser hat nichts zu bemängeln und lobt Carl, er sei ein angenehmer Mieter gewesen. Meistens würden Leute wie er dann selber Hausbesitzer, was er bedaure. Und nun sitzt Carl im Wohnzimmer seines eigenen Hauses und weiß nicht, womit er anfangen soll. Dutzende Kisten stapeln sich zwischen Regalen und Schränken. Es riecht nach frischer Farbe, der Boden ist teilweise noch abgedeckt. Erst der Sessel und der Nierentisch stehen an ihrem Platz. Carl kramt das Radio aus einer Kiste. Er möchte sich während des Einrichtens über das Weltgeschehen informieren, so, wie er es jeden Abend tut. In einer halben Stunde beginnen die Hauptnachrichten, bis dahin läuft Unterhaltungsmusik. Während der Hit «Après toi» der 19-jährigen Griechin Vicky Leandros gespielt wird, steht Carl am Panoramafenster und betrachtet den alten Baumbestand auf seinem Grundstück. Er betrachtet das Stück Wiese, auf der in wenigen Tagen das Treibhaus gebaut wird, und beschließt, wo er den Teich ausgraben und seine erste Magnolie setzen wird. Der Gedanke an quakende Frösche in der warmen Jahreszeit erheitert ihn. Er erinnert sich an den kalten Abend im März zurück, als er allein vor dem Fernseher in seiner Wohnung saß und im Halbschlaf den Eurovision Song Contest schaute. Vicky Leandros gewann den Wettbewerb für Luxemburg. Seither ist der Song überall zu hören. Carl wendet sich vom Fenster ab und macht sich daran, die Schachtel, in der das Radio lag, weiter auszuräumen. Er packt etliche Kameras und Filmrollen aus und legt sie auf den Tisch. Mitten im Lied erklingt plötzlich die Stimme des Moderators:

«Wir unterbrechen das Programm für eine wichtige Nachricht.»

Carl dreht das Radio lauter und setzt sich.

«Andreas Baader von der Roten Armee Fraktion und weitere Mitglieder der Terrororganisation wurden heute in Frankfurt am Main gestellt. Bei der Verhaftung kam es zu einem Schusswechsel, bei dem Andreas Baader am Gesäß getroffen wurde. Weitere Informationen zu den Verhaftungen hören Sie in den Abendnachrichten.»

«Gott sei Dank», murmelt Carl und macht sich wieder an die Arbeit.

Während er versucht, Ordnung in das Chaos zu bringen, schießen ihm die Bilder der panischen Menschenmenge durch den Kopf. Es sind noch keine zwei Wochen vergangen, seit Carl durch das Gewächshaus des botanischen Gartens in Hamburg schlenderte und Tillandsien studierte. Er war wegen eines Meetings mit einem Chemieunternehmen in die Stadt gekommen und hatte vor dem Rückflug noch genug Zeit. Plötzlich hörte er in unmittelbarer Nähe Sirenen von Polizei- und Krankenautos. Das Sirenengeheul schien lauter zu werden und näher zu kommen. Carl und die anderen Besucher verließen den botanischen Garten, um nachzuschauen, was los ist. Draußen strömten Dutzende Polizisten in Vollmontur in Richtung Axel-Springer-Hochhaus. Carl stellte sich zu einer Gruppe von Gaffern und fragte in die Runde, ob jemand wisse, was passiert sei. Bomben, mehrere Bomben, hieß es. Der Anschlag habe wohl dem «Bild»-Verleger Axel Springer gegolten und gehe ziemlich sicher auf das Konto der Terrorgruppe RAF.

Nach dem Unterbruch durch die Sondermeldung wird Vicky Leandros' Lied nochmals von Anfang an gespielt.

Diesmal singt Carl mit. «Tu t'en vas, l'amour a pour toi le sourire d'une autre», singt er und denkt an Rosa. Carl empfindet wie die Sängerin. Selbst wenn er wollte, gelingt es ihm nicht, es ihr übelzunehmen.

Als es an der Tür klingelt, verstummt er. Er hört den Klingelton zum ersten Mal und mag ihn nicht. Zu schrill. Carl beschließt, den Ton ändern zu lassen, sofern das möglich ist. Wer das wohl sein wird? Bestimmt die Nachbarn. Und ich kann nicht mal einen Drink anbieten.

Es sind nicht die Nachbarn.

Rosa steht vor ihm, mit einem kleinen Mädchen an der Hand.

Vier Tage zuvor

Fabian hat kaum geschlafen. In der Hoffnung, dass Alixe sich meldet, starrt er ständig auf das Display. Wenigstens hat sie meine Nachrichten inzwischen gelesen, aber warum antwortet sie nicht? Vielleicht bin ich tatsächlich ein Feigling, aber auch darüber kann man sprechen. Er nimmt das Paket und das Kärtchen und geht aus dem Haus. Es ist Sonntag und angenehm warm. Die Bäume sind bereits kahl. Fabian stapft durch das braune Laub. Er mag das Rascheln der Blätter. Vor dem botanischen Garten hält er inne. Soll ich wirklich hineingehen? Mich unter all die Familien und die alten Leute mischen? Er geht durch das Eingangstor und erkundigt sich am Empfang, wo die Tillandsien zu finden seien. Auf dem Weg sieht er ein paar Jugendliche, wie sie auf Klappstühlen vor einem Baum sitzen und ihn abzeichnen. Dann doch lieber richtige Kunst, denkt er, und geht weiter zu den Tillandsien. Auf der Tafel vor den Pflanzen steht Carls Name. Der botanische Garten bedankt sich bei ihm für die Schenkung. Fabian setzt sich auf eine Parkbank neben den Pflanzen und öffnet das Paket. «Paris – die kubistischen Jahre», was für eine wunderschönes Buch! Er könnte weinen. Alixe, wo bist du? Tust du es, erfüllst du Carls Wunsch? Er schaut nach, ob sie sich inzwischen gemeldet hat. Doch es sind keine neuen Nachrichten eingegangen. Die letzte E-Mail, die er erhalten hat, stammt vom katholischen Pfarrer, mit dem er am nächsten Tag verabredet ist. Er hat den Termin nochmals bestätigt. Fabian antwortet, inzwischen hätten sich die Umstände geändert, das Treffen sei nicht mehr nötig.

Die letzten Tage

Ich bin froh, dass Marina weg ist und ich wieder mit Carl allein bin. Ich wollte ihm das Hörbuch abspielen, das ich eigentlich für seinen Geburtstag gekauft hatte, doch er zog es vor, die Goldberg-Variationen zu hören. Er sei jedoch zu erschöpft, um nochmals aufzustehen und ins Wohnzimmer zu kommen. Also habe ich den mobilen CD-Player aus der Tasche geholt und ihm Bach's Werk in sein Zimmer gezaubert. Der CD-Player war neben dem Wasserzerstäuber das Einzige, was ich aus der Tasche gebraucht habe. Und ich denke, daran wird sich kaum etwas ändern. Der Wasserzerstäuber ist seit zwei Tagen in Gebrauch und allenfalls werde ich die Morphin-Pflaster auspacken müssen. Carl hat schon einige Male danach gefragt, bisher konnte ich es aber noch abwenden. Er atmet gleichmäßig und hat keine Schmerzen. Es gehe ihm sogar gut, sagt er. Zu unserer Überraschung kam noch ein wenig Urin, als ich vorher mit ihm zur Toilette ging. Es war wohl der letzte Rest. Der Nachttopf und die Einlagen werden kaum mehr zum Einsatz kommen. Carl schläft tief, trotz der Musik. Ich mache den CD-Player aus und gehe ins Wohnzimmer. Höre ich mir halt «Die Vermessung der Welt» an. Ich stehe am Panoramafenster und betrachte den dunklen Garten. Bisher habe ich kein Wort mitbekommen von dem, was der Erzähler liest. Ich denke an Marina und daran, dass sie Carl ziemlich sicher nie wieder sehen wird. Sie ist eine mutige Frau, die schon in jungen Jahren getan hat, wonach ihr der Sinn stand. Ich glaube, dass sie deshalb so zufrieden ist, so unbeschwert und leicht, weil sie auf sich hört.

Vier Tage zuvor

Carl empfängt Alixe im Bademantel. Das hat er noch nie getan. Sonst heißt er sie jeweils in Stoffhosen und Hemd willkommen. Die Haare aber hat er auch heute gerichtet. Und es sieht ganz danach aus, als ob er frisch rasiert wäre, was in seiner Situation kein einfaches Unterfangen gewesen sein dürfte. Aber fingerfertig ist er. Und auch ein bisschen eitel.

«Möchtest du was trinken?», fragt er, als sie in der Küche sind.

«Nein, Carl, ich will nichts trinken. Und du, wie ich höre, bald auch nicht mehr.»

Carl setzt sich an den Küchentisch, legt seine Hände in den Schoss und atmet laut aus.

«Das ist korrekt, Alixe. Du weißt es also. Endlich.»

Alixe steht auf, geht zur Kaffeemaschine und stellt sie an.

«Und sonst hast du nichts dazu zu sagen?»

Nach einem langen Gespräch bringt Alixe Verständnis für Carls Sterbewunsch auf. Die Hoffnung, ihn wider Erwarten umstimmen zu können, hat sie aber noch nicht aufgegeben:

«Anderseits könnte es schlimmer sein, Carl. Du könntest einsam sein, vollkommen auf dich gestellt. Das bist du aber nicht! Ich komme ja regelmäßig vorbei – und das erst noch gern», sagt sie.

Er nickt. Und entgegnet dann ruhig: «Ja, Alixe, aber du gehst auch wieder. Und selbst wenn du hier wohnen würdest: Ich will sterben.»

Alixe schweigt. Und denkt über alles nach, was sie eben besprochen haben. Etwas stört sie gewaltig. Es ist der Begriff Schweinereien.

«Ausgerechnet du wählst dieses Wort! Das sind Körperausscheidungen, Carl. Urin, Speichel, Exkremente ...»

Carl unterbricht sie: «Du hast ja recht, Alixe. Ich versuche bloß, das Ganze mit Humor zu sehen.»

Alixe steht auf und geht zum Geschirrspüler. Sie stellt die Tasse in die Schublade und fragt:

«Carl, warum wählst du ausgerechnet diesen Weg? Erst vergangene Woche habe ich für dich den Jahresbeitrag für die Sterbehilfeorganisation einbezahlt. Du bist seit Jahrzehnten Mitglied. Warum eigentlich, wenn du das Angebot nicht nutzen willst?»

Carl erklärt Alixe, dass er der Organisation einst beigetreten sei, um diese erstens zu unterstützen, und um sich zweitens für den Fall einer unheilbaren Krankheit abzusichern.

«Weißt du, Alixe, Sterbefasten kann man nicht als junger Mensch. Das geht nur, wenn man so alt ist wie ich und keine Durst- und Hungergefühle mehr verspürt. Ich esse und trinke nur, weil ich muss.»

Außerdem wolle er selbstbestimmt handeln – bis zum letzten Atemzug. Er habe sein Leben lang selber bestimmt. Warum sollte er seinen Tod dem Schicksal überlassen?

Sie reden eine Weile weiter, auch über den verkalkten Duschkopf und das kaputte Garagenfenster, und dann sagt Alixe plötzlich:

«Ich mache es. Aber nur, weil ich dir viel zu verdanken habe. Und weil ich nichts zu verlieren habe», sagt sie dann.

Carl ist überrascht und zugleich verstört: «Was soll das heißen, Alixe? Du hast so viele Pläne geschmiedet, die Ausbildung, die Reisen, die Wohnung mit Fabian.»

In knappen Worten teilt sie Carl mit, sie habe abgeschlossen mit Fabian.

«Er hat mich belogen. Streng genommen hast auch du mich belogen. Aber dir verzeihe ich. Du befindest dich in einem Ausnahmezustand. Wann beginnen wir mit unserem humoristischen Projekt?»

Drei Tage zuvor

Bei seinem Arbeitgeber hat Fabian einen Arzttermin erfunden, um den katholischen Pfarrer aufzusuchen. Er verlässt das Büro pünktlich. Nach allem, was passiert ist, will er Carl sehen. Die Arztlüge kommt ihm da gelegen. Anstatt zum Pfarrer geht Fabian zu Carl.

«Fabian, es tut mir leid, dass sich Alixe meinetwegen von dir abwendet. Du musst jetzt geduldig sein.»

Fabian steht am Küchenfenster und raucht. Carl hat ihm ausnahmsweise erlaubt, im Haus zu rauchen. Als Entschädigung sozusagen.

«Geduld? Du hast Nerven!»

Carl informiert Fabian, dass sich Alixe in drei Tagen bei ihm einquartieren wird. Er sagt ihm, dass er sich damit abfinden müsse, in den nächsten Tagen oder gar Wochen nichts von ihr zu hören.

«Du brauchst Geduld, Fabian. Ich habe zwanzig Jahre auf Rosas Rückkehr gewartet. Eines Abends stand sie plötzlich vor meiner Tür. Und sie blieb.»

Carl zeigt in Richtung Haustür und lächelt selig.

Nachdem Fabian die Zigarette fertig geraucht und den Stummel aus dem Fenster in den Garten geworfen hat, setzt er sich zu Carl. Er nimmt Knabbergebäck aus der Schale und schiebt es auf dem Tisch hin und her, bis es zerbröselt.

«Ich bin dir nicht böse, Carl, ich denke nur, vielleicht wäre es besser gewesen, du hättest es ihr selber gesagt.»

Carl erinnert Fabian daran, dass das ursprünglich auch so vorgesehen war.

«Du hast jedoch darauf bestanden, dich zuerst zu informieren und es ihr dann schonend beizubringen. Mir hättest du das nicht zugetraut, Fabian.»

Fabian schweigt.

Nach einer Weile durchbricht Carl die unerträgliche Stille mit einer Frage, die Fabian irritiert: «Wann hattest du eigentlich zum letzten Mal Urlaub?»

Fabian schiebt die Gebäckkrümel zur Seite und zählt an seinen Fingern laut die Monate ab.

«Vor vier Monaten war ich ein paar Tage in Kopenhagen. Doch seit ich Alixe kenne, bin ich hier. Sie wollte bisher nicht mit mir verreisen. Warum fragst du?»

«Dann nimm dir doch frei, du hast bestimmt noch viele Urlaubstage, nicht wahr? Zieh doch gleich alle auf einmal ein.»

Fabian schaut Carl an, als würde er ihn für übergeschnappt halten.

«Carl, ich bin hier, um mich von dir zu verabschieden und du kommst mir mit Urlaub!»

1977

Marina sitzt auf dem Rasen vor der alten Inka-Stadt und spreizt Mittel- und Zeigefinger zu einem Victory-Zeichen. Rosa drückt auf den Kamera-Auslöser. Es ist Marinas achter Geburtstag. Zur Feier des Tages sind sie mit dem Zug nach Machu Picchu gereist. Am Vortag hatten sie sich im nahe gelegenen Städtchen an die Höhe gewöhnt.

«Und, gefällt es dir hier oben?», fragt Carl.

Marina strahlt.

«Es ist klasse! Ich verstehe nur nicht, dass hier niemand lebt.»

Für die Peru-Reise mit seinen zwei Liebsten hat Carl vier Wochen Urlaub genommen. Er versprach seinem Stellvertreter, sich jeden dritten Tag telefonisch zu melden. Das erste Telefonat wäre nicht nötig gewesen: Der Stellvertreter versicherte Carl, in der Heimat sei alles in Ordnung. Carl will sich trotzdem jeden dritten Tag melden, auch wenn es oft schwierig ist, ein Telefon zu finden. Die drei sind am Anfang ihrer Reise. Sie wollen so viel wie möglich sehen und Marina will Lamas streicheln.

«Schaut her, ein Kondor», sagt Carl.

Ein schwarzer Geier schwebt vor ihnen über dem Tal.

«Der sucht nach seiner Beute.»

«Was fressen die, doch nicht etwa Lamas?», will Marina wissen.

Carl setzt sich zu ihr auf den Rasen.

«Du wirst es nicht glauben, aber dieser Vogel frisst Tiere, die viel grösser sind als er selber. Kühe, Bergziegen oder Schafe.»

Marina staunt.

«Und die wehren sich nicht?»

«Er tötet seine Beute, bevor er sie frisst.»

Rosa fotografiert eine Filmrolle nach der anderen durch.

«Mindestens ein gutes Bild wird wohl dabei sein», sagt sie und lacht.

«Das nehmen wir dann, rahmen es ein und hängen es im Schlafzimmer auf!»

Zwei Tage zuvor

Nach dem Besuch bei Carls Hausärztin fährt Alixe zum Pflegeheim. Während der Gespräche über Carls Todeswunsch hat sie oft an ihre Großmutter gedacht. Alixe steigt aus dem Lift und sieht, wie der Mann im Rollstuhl ausnahmsweise ohne die Großmutter am Fenster sitzt. Sie geht zu ihm hin, um ein bisschen zu plaudern. Doch bevor sie den Mund aufmachen kann, gibt er ihr mit einer Handgeste zu verstehen, dass er allein sein möchte. Alixe ist erleichtert, denn was hätte sie auch reden sollen mit diesem fremden, alten Mann? Sie geht zum Zimmer der Großmutter. Als sie anklopfen will, stürzt ihre Mutter aus dem Raum. Alixe erschrickt, hektische Bewegungen sind hier selten.

«Mama! Hast du frei?»

«Alixe? Schwester! Kommen Sie bitte her, meine Mutter ist hingefallen. Es sieht nicht gut aus.»

Eine Schwester eilt herbei, fasst die Patientin kurz an und sagt: «Das wird der Oberschenkelhals sein.»

Sie bestätigt, was die Mutter schon vorher wusste. Es ist meistens der Oberschenkelhals.

Drei Stunden und eine Fahrt mit der Ambulanz später sitzen Alixe und ihre Mutter im Café der Klinik. Alixe ist seit der Kündigung nicht mehr hier gewesen. Der Geruch beelendet sie noch genauso wie die latschigen Canapés in der Vitrine und der wässrige Kaffee, für den sie nun den vollen Preis bezahlen muss.

«Glaubst du, es kommt zu Komplikationen?», fragt sie.

«Ich weiß es nicht. Diese Operationen verlaufen meistens gut, aber Oma ist nicht mehr die Jüngste. Da fällt mir ein: Warum warst du nicht an der Veranstaltung deines Vaters? Er war sehr traurig.»

«Ich war ja da, Mama. Und ich wollte ihn auch ansprechen, aber es ist etwas dazwischen gekommen.»

Sie werden vom Arzt unterbrochen, der die beiden im Café sucht. Die Operation sei gut verlaufen, wolle er ihnen sagen.

«Aber Ihnen muss ich ja nicht erklären, was alles noch passieren kann», sagt er.

Die Mutter nickt und bittet ihn, sie anzurufen, sobald die Großmutter erwacht.

«Wir gehen solange zum Italiener um die Ecke.»

Der Arzt tätschelt die Schulter der Mutter, verabschiedet sich und schlendert davon.

Nach ein paar Gläsern Wein fragt die Mutter: «Was ist dazwischen gekommen? Was war wichtiger als die Begegnung mit deinem Vater?»

Alixe beißt sich auf die Lippen, schenkt Wein nach und trinkt das Glas aus. Dann erzählt sie der Mutter die ganze Geschichte. Von Fabians Recherchen, ihrer Trennung und dem Pakt mit Carl.

«Jesses», sagt die Mutter.

«Und was ist mit dem Abendessen, mit dem du Carl an seinem Geburtstag überraschen wolltest?»

Marina hat in den vergangenen vier Wochen mehr Lamas gestreichelt, als andere Menschen während ihres ganzen Lebens Katzen kraulen. Sie trägt stolz ein T-Shirt mit einem Lama-Print und weigert sich, einen Pullover darüber anzuziehen.

«Dann sieht man das Lama ja gar nicht mehr!», brüllt sie.

Rosa mahnt: «Im Flugzeug ist es kühl, mein Schatz, und eine Erkältung können wir jetzt nicht gebrauchen.»

Murrend zieht sich Marina den Pullover über.

«Dann zieh du dir aber Handschuhe an, sonst erkälten sich deine Hände und dein Ring wird ganz eisig», sagt sie mürrisch. Während Rosa den Ring an ihrer linken Hand bewundert, streicht sie mit der rechten Hand über Marinas gekraustes Haar. Carl hatte den Fingerring in Lima anfertigen lassen. «Rosa & Carl, para siempre», steht in der Innenseite.

Die beiden warten am Check-in und Carl sucht derweil nach einer europäischen Zeitung.

«Schau, meine Blume, sie haben hier sogar die Allgemeine», sagt er, als er zurückkommt.

Er faltet die Zeitung auseinander und liest die Headline: «RAF-Terrorist Andreas Baader hat sich in seiner Zelle erschossen».

«Nun ist dieses Kapitel also beendet. Gut so», sagt er zu Rosa.

Die beiden ahnen nicht, was sich in diesem Moment im fernen Frankreich zuträgt: Im Kofferraum eines grünen Audis 100 GL entdeckt die Elsässer Polizei die Leiche von Hanns Martin Schleyer. Mitglieder der zweiten RAF-Generation haben den Arbeitgeberpräsidenten umgebracht. Dieser Mord ist der blutige Höhepunkt des «Deutschen Herbstes».

Einen Tag zuvor

Es ist ein trüber Oktobermorgen und Alixe ist überfordert. Bald fährt sie zu Carl und bleibt dort, bis er stirbt. Seine Hausärztin hat ihr gesagt, bei Carls Zustand ginge es vermutlich ein bis zwei Wochen, bis sein Herz stehen bleibe. Genau könne sie es mangels Erfahrung aber nicht sagen. Außerdem hat sie Alixe geraten, ein Morphin-Präparat in Griffnähe zu haben. Für den Fall, dass Carl Atemnot oder starke Schmerzen bekomme. Die Ärztin ist aber nicht bereit gewesen, das Medikament zu verschreiben. Zu gefährlich sei es für ihre Zulassung, eine Grauzone, in die sie sich nicht begeben wolle.

«Diese sogenannte Ethik ist manchmal stumpfsinnig», hat Carl geantwortet.

Die Hausärztin hat ihrem Bedauern mit einem leichten Schulterzucken Ausdruck verliehen.

Alixe hat nicht locker gelassen: «Das Schlafmittel verschreiben Sie ihm ja auch – und zwar seit Jahren. Weshalb das Morphin nicht? Wenn es lindernd eingesetzt wird, wirkt es nicht lebensverkürzend. Ich hab das auf der Onkologie tausend Mal gemacht. Ich bin Krankenschwester!»

Die Hausärztin hat sich nicht umstimmen lassen.

Alixe hat lange gebraucht, ihre Mutter zu überzeugen. Schließlich hat sie eingewilligt und eine Schachtel Morphin-Pflaster organisiert. Wie sie das geschafft hat, weiß Alixe nicht. Sie hat die Mutter nicht danach gefragt. Vor einer Stunde kam sie nach ihrer Nachtschicht vorbei und brachte ihr die Pflaster. Wortlos hat sie Alixe das Päckchen übergeben und sie gefragt:

«Willst du das wirklich tun?»

Alixe hat nur entgegnet: «Es geht hier nicht um meinen Willen.»

Vor ihr stehen eine Reise- und eine Ikea-Tasche. Die Reisetasche ist für ihre eigenen Habseligkeiten bestimmt, in der anderen befinden sich die Notfall-Utensilien, die sie für Carl zusammenstellt hat. Daneben stehen die eBay-Kisten mit den übrig gebliebenen Flohmarktsachen. Alixe fotografiert ein paar Dinge, um sie ins Netz zu stellen, sollte ihr bei Carl einmal langweilig werden. Das Telefon vibriert ununterbrochen. Schon vor Tagen hat sie es auf lautlos gestellt. Gern hätte sie nebst dem Ton auch die Vibration abgestellt, doch sie muss jederzeit mit einem Anruf aus der Klinik rechnen. Der Großmutter geht es schlecht. Es ist jedoch nie die Klinik, die anruft, sondern immer Fabian. Alixe könnte das Gerät an die Wand knallen, entscheidet sich aber für eine andere Lösung:

«Was ist denn los?», brüllt sie in den Hörer.

Fabian erschrickt. Es ist das erste Mal seit ihrem Gespräch in der Kneipe, dass er Alixe' Stimme hört.

«Alixe, ich vermisse dich. Ich kann nicht leben ohne dich. Bitte verzeih mir.»

Er bedankt sich für das Buch über die Kubisten in Paris und für die Karte.

«Die Karte, Alixe, die Worte darauf. Das ändert sich doch nicht so schnell.»

Alixe brüllt: «Was meinst du eigentlich, wie es mir geht? Ich gehe morgen zu einem guten Freund, um ihm beim Sterben zuzusehen! Und du hast den Nerv, einen auf Troubadour zu machen, du feiger Egoist!»

Nachdem Alixe wütend aufgelegt hat, kauert sich Fabian nieder und denkt an Carl. Carl und ich, wir haben uns am Sonntag zum ersten Mal umarmt. Es war auch das letzte Mal.

Fabian bleibt noch eine ganze Weile in dieser Position.

Alixe' Tasche ist inzwischen gepackt, die Wohnung ist geputzt, der Kühlschrank ausgeräumt. Sie hat nichts vor, am letzten Abend vor Carls letzten Tagen. Sie beschließt, die Großmutter zu besuchen. Sie geht dem Fluss entlang zur Klinik und bekommt plötzlich kalte Füße. Carl hat ihr zwar versichert, dass sie sich keine Sorgen wegen eines juristischen Nachspiels machen müsse, doch irgendwie ist ihr der Gedanke an allfällige Konsequenzen trotzdem unangenehm. Das Wort «unterlassene Hilfeleistung» schießt ihr durch den Kopf. Sie versucht, an etwas anderes zu denken. Wo vor einigen Wochen noch der Zirkuswagen stand, ist jetzt weit und breit nur Kies. Alixe hält kurz an und holt tief Luft. Worauf lasse ich mich bloß ein? Außerhalb der Klinik habe ich noch nie jemanden in den Tod begleitet. Hinzu kommt, dass Carl eigentlich noch topfit wäre. Was, wenn es Probleme gibt? Da ist nichts, auf das ich zurückgreifen könnte. Ich muss es wohl einfach laufen lassen.

Alixe steht vor dem Krankenzimmer der Großmutter und klopft an die Tür. Niemand reagiert. Sie geht hinein. Das Bett fehlt, niemand ist im Zimmer. Im Flur fragt sie eine Schwester nach dem behandelnden Arzt. Er sei auf Visite, sie solle aber bitte Platz nehmen. Wenig später kommt der Arzt auf Alixe zu. Er senkt den Kopf:

«Es tut mir leid, Ihnen mitteilen zu müssen, dass Ihre Großmutter vor einer halben Stunde verstorben ist. Sie hatte eine Lungenembolie.»

Der Arzt gibt Alixe die Hand. Langsam und ohne sich umzuschauen, geht sie zum Ausgang. Draußen setzt sie sich auf eine Bank und ruft ihre Mutter an.

«Alixe, ich habe bis jetzt geschlafen, du weißt ja, Nachtschicht. Hast du es dir anders überlegt wegen Carl?»

Alixe schluchzt in den Hörer.

Carl hat keine Kraft mehr, aufzustehen.

«Ich bleibe im Bett. Wo sollte ich sonst hingehen?», sagt er.

Ich schiebe den gepolsterten Stuhl vor Rosas Schminktisch neben das Bett und setze mich zu Carl.

«Gestern habe ich mir ‹Die Vermessung der Welt› angehört. Die Geschichte würde dir gefallen. Alexander von Humboldt ist auf Expedition in Südamerika unterwegs, während Carl Friedrich Gauß ...»

Carl unterbricht mich.

«Ich kenne die Handlung, Alixe. Als das Buch auf den Markt kam, habe ich sämtliche Kritiken darüber gelesen.»

Sein Mund ist so trocken, dass er nicht weitersprechen kann. Ich nehme den Wasserzerstäuber von der Ablage und bitte ihn, den Mund zu öffnen. Carl scheint die feinen Tropfen auf seiner Zunge zu genießen.

«Soll ich dich rasieren, Carl?»

«Du hast mich doch erst gestern rasiert, bevor Marina kam. Das war doch gestern?»

«Ja, aber früher hast du dich auch täglich rasiert. Wir wollen ja nicht schlampig werden, oder?»

«Na gut, wenn es sein muss. Und die Haare?»

Ich hole Rasierschaum, Pinsel und Klinge und mache mich an die Arbeit. Am Schluss kämme ich Carls Haare. Draußen wird es langsam dunkel. Außerdem nieselt es und Nebel hängt über dem Garten.

«Wie fühlst du dich jetzt?»

«Es geht mir ausgezeichnet.»

«Und du hast überhaupt keinen Hunger?»

«Gelüste hin und wieder, aber nur auf Bier oder Saft.»

Ich habe Carl nie Bier trinken gesehen. Aber offenbar war er früher einmal ein Biertrinker. Es gibt so vieles, das ich nicht weiß über ihn und sein Leben. Und so vieles, das ich gern wüsste. Ich werde Marina eine Menge Fragen stellen, wenn wir dann zusammen das Haus räumen. Noch will ich aber nicht daran denken, noch lebt Carl. Und das erstaunlich gut am siebten Tag des Fastens.

«Alixe, könntest du der Nachwelt sagen, dass sie keine Angst haben muss?»

«Wovor, Carl, wovor soll die Nachwelt keine Angst haben?»

«Vor dem Sterben auf diese Weise. Es tut mir nichts weh, ich kann normal atmen und ich leide nicht unter dem Flüssigkeitsentzug.»

Ich weiß aus meiner Recherche, dass das Sterbefasten längst nicht bei allen so reibungslos verläuft wie bei Carl, spreche es aber nicht an.

«Gibt es gar nichts, wovor die Nachwelt Angst haben muss?»

«Oh doch, meine Liebe. Vor der Welt. Die Gewissheit, eine Welt wie diese zu hinterlassen, ist das einzige schlechte Gefühl in mir.»

«Aber Carl, du hast den Zweiten Weltkrieg erlebt und beinahe auch den Ersten. Du hast Nazis und Terroristen kommen und gehen sehen und ...»

Carl unterbricht mich.

«Ja, der Krieg war grausam. Die Welt ist unberechenbarer geworden, als sie es damals war, und die heutigen Probleme scheinen unlösbar zu sein. So verdreckt wie jetzt war die Welt noch nie, jedenfalls kann ich mich nicht daran erinnern.»

Er schließt die Augen und sagt nach einer Weile: «Es braucht radikale Pazifisten wie dich.»

Fabian hat Carls Rat befolgt und sich einen Monat Urlaub genommen. Andernfalls hätte er sich krank melden müssen, so mies wie es ihm geht. Seit dem Telefongespräch mit Alixe vor einer Woche kann er nicht mehr klar denken. Den letzten Arbeitstag hat er mit Müh und Not hinter sich gebracht. Eigentlich hätte er noch zwei Tage länger arbeiten müssen, doch der Chef war so freundlich, ihm die beiden Tage zu schenken. Er solle sich erholen, aber allerspätestens zur Hochsaison in der Adventszeit zurück sein, hat er gesagt. Fabian weiß, dass Alixe seit bald einer Woche bei Carl ist, er hat aber keine Ahnung, wie es den beiden geht und ob Carl überhaupt noch lebt. Seit sie ihn beim letzten Telefonat beschimpft hat, schreibt ihr Fabian keine Mitteilungen mehr und ruft sie auch nicht mehr an. Vergeblich hofft er auf ein Zeichen von ihr. Sein Bruder hat ihn überredet, mit ihm zum Achtzigerjahre-Abend im Club zu gehen. «Mittwochs sind die Weiber dort besonders heiß», sagte Stevie. Fabian ist weder nach Frauen noch nach Gesellschaft zumute, doch Ablenkung kann nicht schaden. Sie stehen an der Bar und trinken Bier, als Fabians Bruder sagt:

«Schau, die Blondine mit den schmalen Lippen, mit der hattest du doch mal was.»

Fabian will nichts davon wissen.

«Hör auf, ich hab echt andere Sorgen im Moment.»

Das Bier bekommt ihm nicht. Er bestellt Gin mit Himbeergeschmack.

Als Kylie Minogues «I Should Be So Lucky» erklingt, stürmen die Mittdreißiger auf die Tanzfläche und schütteln sich ihre Seelen aus dem Leib.

«Schräg, dieser Sound. Aber den Text könntest du dir zu Herzen nehmen», sagt Stevie.

Nach dem dritten Gin beginnt Fabian, seinem Bruder das Herz auszuschütten.

«Ich habe sie zum Todesengel gemacht», sagt er. «Da steht alles.»

Er hält seinem Bruder das Handy mit dem Buch über Sterbefasten vor das Gesicht.

«Und ich sitze hier und betrinke mich.»

Stevie klopft Fabian auf die Schulter.

«Das Ganze hat bestimmt auch was Gutes», sagt er.

Fabian reagiert nicht auf die gut gemeinten Worte, steht auf und geht zur Bühne. Dort schreit er zu «Dirty Diana» mit und reißt sich das Hemd herunter wie Michael Jackson im Videoclip.

Die Blondine mit den schmalen Lippen tanzt sich in Fabians Nähe und lächelt ihm honigsüß zu.

Er packt und küsst sie.

«Aber hallo!», sagt sie – und lässt ihre Hände über seinen Po gleiten.

Sie tanzen das Lied knutschend zu Ende und gehen dann zusammen an die Bar.

Stevie zwinkert Fabian zu und entfernt sich von den beiden.

«Gin? Eine Kreation mit Himbeergeschmack», fragt Fabian die Blondine mit den schmalen Lippen.

«Wodka», entgegnet sie.

Während der Barkeeper die Getränke herrichtet, betatschen und küssen sich die beiden gierig.

«Prost!», sagt er und stürzt den Gin hinunter.

«Da hat aber einer Durst», sagt sie und trinkt ebenfalls rasch aus.

«Ja, Durst auf dich!»

1982

Marina ist 13 Jahre alt und glaubt schon lange nicht mehr an den Osterhasen. Doch es ist zu ihrer Tradition geworden, an Ostern bunte Eier im Garten zu verstecken. Anfangs versteckte Carl die Eier und Marina und Rosa suchten sie. Inzwischen versteckt Marina ihre kleinen Kunstwerke ebenfalls und Carl und Rosa müssen diese dann finden. Während sie beim Teich und vor dem Treibhaus nach geeigneten Orten sucht, sitzen Rosa und Carl am langen Tisch und frühstücken. Es gibt Käse, Roastbeef, einen selbst gebackenen Hefezopf und natürlich Eier. Sie genießen die Frühlingsluft und erinnern sich an Ostern vor einem Jahr. Damals schneite es. In ihre Mäntel gehüllt und mit tief ins Gesicht gezogenen Mützen beobachteten sie, wie Marina im frischen Schnee Eier suchte.

«Meine Blume, ist dir eigentlich klar, dass du mich vor genau dreißig Jahren verlassen hast?»

Rosa beugt sich zu Carl und umarmt ihn.

«Und vor genau zehn Jahren kam ich zurück.»

Sie küssen sich, bis Marina ruft: «Ihr Turteltäubchen da drüben, ihr könnt jetzt kommen!»

Die letzten Tage

Wir lagen beide wach um fünf Uhr in der Früh. Carl in seinem Zimmer, ich nebenan im Gästezimmer. Als ich nach ihm schaute, bat er mich um ein Morphin-Pflaster.

«Hast du Schmerzen, Carl?»

Er verneinte.

«Fühlst du dich unwohl?»

Auch nicht. Er wolle nach einer guten Woche des Fastens einfach zur Ruhe kommen und nicht mehr über Nichtigkeiten nachdenken.

«Der Endspurt hat begonnen», sagte er.

Es klang so absolut und ich habe gespürt, dass es nun wirklich dem Ende zugeht; beelendet hat mich sein Wunsch, mit der Wirklichkeit abzuschließen, aber nicht. Inzwischen akzeptiere ich den Gedanken daran, dass er sterben wird. Er knöpfte sein Pyjama-Hemd auf und zeigte auf seinen Brustkorb:

«Kleb es bitte hierhin.»

«Langsam, mein Lieber, wir machen das professionell und in aller Ruhe. Oder haben wir es eilig?»

Er lächelte nur.

«Du bist müde, nicht wahr?»

«Ich bin nicht unbedingt taufrisch.»

«Carl, du bist ein Phänomen.»

«Nein, ich habe bloß versucht, ein vernünftiger Mensch zu sein.»

Nachdem ich die Brust mit Wasser gereinigt und trocken getupft und die wenigen Haare mit einer Schere entfernt hatte, nahm ich vorsichtig das Pflaster und klebte es fest auf Carls Brust. Ich schrieb «Donnerstag, 5.30 Uhr» auf einen Zettel und gab Carl einen Kuss auf die Stirn.

«Schlaf gut, mein Lieber, ich schau später nach dir.»

«Danke, Alixe, du bist ein Engel. Danke für alles.»

Er knöpfte das Pyjama-Hemd zu und schloss die Augen.

Die Dunkelheit draußen löste ein wohliges Gefühl in mir aus, vielleicht war es sogar Geborgenheit. Ich beschloss, wach zu bleiben, ging in die Küche und zündete eine Kerze an. Und nun sitze ich immer noch hier, seit zwei Stunden schon, und die Sonne geht auf. Ich lasse die Kerze brennen, trinke den dritten Kaffee und esse Aufbackbrötchen mit Butter und Weichkäse. In der Zwischenzeit habe ich zwei Mal nach Carl geschaut. Er sah friedlich aus. Ich denke an Oma. Versuche, eine Rede aufzuschreiben für ihre Beerdigung. Und merke, dass es keine traurige Rede sein wird. «Oma, du bist zwar nicht mehr hier, aber du hast mir in den 36 Jahren meines Lebens so viel gegeben, dass ich bis an mein eigenes Ende davon werde zehren können. Meine weiteren Fragen kannst du mir auch aus dem Jenseits beantworten. Ich sehe deinen Blick und deine Bewegungen und weiß, wie ich deine Antworten verstehen muss.» Der Tod meiner Großmutter und der sterbende Carl lösen in mir ein Verantwortungsgefühl aus. Ich werde weiterführen müssen, wozu die beiden nicht mehr imstande sein werden. Zuerst muss ich ein Bewusstsein für mein eigenes Leben erlangen. Ich muss es schätzen und endlich in Gang setzen. Das bin ich ihnen schuldig. Carls Tod ist inzwischen unabwendbar, das gilt jedoch nicht für all die anderen Dinge um mich herum. Manchmal passiert der Wandel ganz von selbst, manchmal muss man nachhelfen. Ich werde wohl noch einiges anpacken müssen. Aber vieles wird auch einfach auf mich zukommen. Und das Einzige, was ich tun muss, ist, die Chancen zu nutzen. Die Post hat vor Kurzem noch befürchtet, sie werde schließen müssen, wenn das so weitergeht mit den E-Mails und kein Schwein mehr Postkarten und Briefe schreibt. Und nun ist sie überfordert wegen der vielen Pakete aus dem Onlinehandel und schreibt neue Stellen aus. Hersteller von Winterschuhen sind verzweifelt, weil es in Mitteleuropa kaum mehr schneit, und wenn, nur kurz und heftig. Niemand gibt Geld aus für qualitativ hochstehende Lammfellstiefel. Aber hey, ihr Schuhproduzenten, so denkt einfach um! Stellt Regenstiefel mit lustigen Mustern und in schönen Formen her und der Laden läuft wieder! Ich nehme mein Handy und blättere im Fotoalbum. Großmutters Holzkaffeemühle ginge als «Klassiker» durch. Und den gusseisernen Bohnenschneider würde ich als «Küchenwerkzeug von zeitloser Eleganz» anpreisen. Aber mir ist nicht danach, eBay-Angebote zu formulieren. Ich blättere weiter und sehe Fabian. Er blickt ernst in die Kamera mit seinem durchdringenden Blick, die Haare fallen in seine Stirn. Auf dem nächsten Bild schickt er mir einen Kuss. Ach, Fabian. Ich streichle das Foto und bin drauf und dran, ihm eine Mitteilung zu schreiben. Doch ich lasse es sein. Zuerst bringe ich das hier zu Ende.

Fabian erwacht schweißgebadet. Die Lunge schmerzt, der Hals ist rau, der Kopf pocht. Er hat eine Schachtel geraucht, nachdem er den Club verlassen hatte. Saß die halbe Nacht am Küchentisch und hätte sich am liebsten geohrfeigt. Er liegt im Bett und starrt an die Decke. Wie kann ich es ungeschehen machen? Auf dem Nachttisch liegen zwei leere Alka-Seltzer-Beutel. Die Szenen, die er im Männerklo erlebt hat, ziehen verschwommen an ihm vorbei. Sie sind aber deutlich genug, um zu wissen, was geschehen war. Ich habe die Blondine mit den schmalen Lippen gevögelt. Auf einem stinkenden Männerklo, stehend neben der Kloschüssel. Wir haben uns die Kleider vom Leib gerissen und sind dann wie Tiere übereinander hergefallen. Er denkt an Alixe. Sie wurde immer wütend, wenn er von vögeln sprach. «Das heißt ‹miteinander schlafen› oder ‹Liebe machen›. Und wenn es unbedingt vulgär sein muss, dann nenn es ‹bumsen›», sagte sie. Er würde gern flüchten, weit weggehen, so weit, dass der Abend in der Ferne verschwindet und plötzlich nicht mehr wirklich ist. Ich kann mir vorstellen, wie sich einer fühlt, der im Affekt jemanden totgeschlagen hat. Er fleht um eine zweite Chance. Doch er weiß: Sein Schicksal steckt in jeder Pore seines Körpers, unauslöschbar. Er setzt sich auf, stellt seine kalten Füße auf den Boden, sieht das Kubismus-Buch am Boden liegen. Kubisten in Paris. Ich fahre nach Paris. Heute noch. Und wenn ich zurückkomme, begegnet mir die Blondine mit den schmalen Lippen nie wieder.

1992

Carl ist seit sechs Jahren pensioniert und Rosa eigentlich schon viel länger. Sie hat ihre Arbeit nicht wieder aufgenommen, seit sie nach Europa zurückgekehrt ist – und das ist inzwischen zwanzig Jahre her. Sie ist glücklich als Mutter, Gärtnerin und Weltenbummlerin. Wobei sich der Mutterjob seit drei Jahren auf Telefongespräche und Briefe beschränkt. Marina ist als Artistin und Bühnenbildnerin eines Varieté-Theaters in aller Welt unterwegs und schaut nur sporadisch bei Rosa und Carl vorbei. Manchmal ist es umgekehrt und Rosa und Carl besuchen eine Vorstellung von Marina in Hamburg, Lissabon oder Paris. Für diesen Spätsommer haben sich Carl und Rosa etwas anderes einfallen lassen. Sie haben Marinas aktuelle Show bereits gesehen. Und sie finden, es sei wieder einmal an der Zeit für etwas Hochkultur außerhalb der Stadt. Was wäre da passender als das Kammermusik-Festival in Mondsee im Salzkammergut? Carls Lieblingspianist András Schiff hat das Festival vor einigen Jahren gegründet. Seither überbieten sich die Feuilletonisten mit Lob.

«Sag mal, Carl, warum trödelst du denn so? Unser Zug fährt in vierzig Minuten, meinst du nicht, wir sollten langsam das Taxi rufen?», fragt Rosa, während sie den Koffer schließt.

«Bloß keine Eile, Liebste, wir haben alle Zeit der Welt», entgegnet Carl und lächelt schelmisch. «Der Meister persönlich tritt mit Schuberts ‹Die schöne Müllerin› sowieso erst am nächsten Tag auf.»

Rosa kauft Carl seine plötzliche Lockerheit nicht ab. Er ist sonst überpünktlich und es gibt oft Diskussionen deswegen.

Da nimmt Carl Rosa bei der Hand und führt sie vors Haus.

«Carl!», kreischt sie. Und nochmals: «Carl!».

Sie springt ihm um den Hals.

«Das ist aber nicht dein Ernst, der ist geliehen, oder?»

Carl öffnet die Tür des Cabriolets und sagt: «Du hast dir doch immer einen italienischen Sportwagen gewünscht – voilà! Das ist ein Alfa Spider Junior, Baujahr 1969. Er gehört dir.»

Rosa steigt vorsichtig ein, ergreift das Holzlenkrad und sagt zu Carl: «Und erst noch in Rot!»

Carl hat den ganzen Tag geschlafen und ist erst jetzt erwacht. Es ist 20 Uhr. Carl bleibt liegen. Er ist blass.

«Ich werde jetzt den Waschlappen und das Becken holen und dich waschen, einverstanden?»

Er nickt nur.

Während der ersten Tage konnte er sich noch selber waschen und tat das auch regelmäßig, obwohl er der Überzeugung ist, dass man im Alter nicht mehr stinke. Seit drei Tagen kümmere ich mich um seine Körperhygiene, soweit er das zulässt. Die Bartstoppeln sind seit dem frühen Morgen ein wenig nachgewachsen, doch ich beschließe, ihn jetzt nicht noch einmal zu rasieren. Morgen ist auch ein Tag.

Während ich seine Arme wasche, erzähle ich ihm, was ich heute alles getan habe.

«Ich habe angefangen, deine Doktorarbeit zu lesen. Also nicht die englische Originalversion, sondern die deutsche Übersetzung als Taschenbuch. Dein Buch ist zu Recht ein Bestseller geworden, wie ich festgestellt habe. Gratuliere!»

Carl will etwas sagen, doch sein Mund ist zu trocken.

Ich nehme den Wasserzerstäuber von der Ablage.

«Mund öffnen, bitte!»

Er schiebt meine Hand zur Seite. Diesmal scheint er die feinen Tropfen auf seiner Zunge nicht zu schätzen.

«Lass nur, Alixe. Ich habe ohnehin nicht mehr viel zu sagen. Doch, eines noch: Vergiss den Umschlag nicht!»

«Ganz mit der Ruhe, Carl. Du hast gesagt, ich soll den Umschlag öffnen, wenn du nicht mehr atmest. Noch atmest du aber.»

«Ja, aber zwischen mir und dem Tod liegt nur noch ein längerer Schlaf.»

Ich merke, dass ihn dieser Satz viel Anstrengung gekostet hat. Und es macht mich traurig, dass seine Kraft wirklich immer weniger wird. Gleichzeitig weiß ich, dass ich nicht traurig sein darf. Carl mag es nicht, wenn ich traurig bin.

«Soll ich die Goldberg-Variationen abspielen?»

Er verneint mit einer Handbewegung.

«Oder etwas von Schubert?»

«Es geht mir gut, Alixe, die Stille ist wunderbar», sagt er langsam.

Ich möchte das Pflaster von seiner Brust entfernen. Doch er zieht es selber ab, knüllt es zusammen und lässt es auf den Boden fallen. Ich hebe es auf und lege es in ein Taschentuch.

Ich stehe schon auf der Treppe und will hinunter ins Wohnzimmer gehen. Aber es scheint mir zu früh zu sein. Zu früh, um Carl zu verlassen. Ich gehe zurück ins Schlafzimmer und setze mich neben ihn auf das Bett.

«Danke, Carl. Für alles.»

Er lächelt mich sanft an, legt seine Hand auf meine und schließt die Augen. Ich bleibe eine Weile so sitzen.

Ich erschrecke, als er auf einmal mit geschlossenen Augen sagt: «Und vergiss ja die Pistole nicht.»

«Natürlich nicht, Carl. Schlaf jetzt.»

Ich lege seine Hand auf die Bettdecke und streichle über seine Wange.

Nachdem er kurz vor Mittag aus dem Zug gestiegen war, irrte Fabian ziellos durch Paris. Die bösen Gedanken plagten ihn mehr als daheim. Nach einer Weile landete er beim Centre Pompidou. Georges Braque, Pablo Picasso und Fernand Léger – die berühmten Kubisten, die Künstler, von denen Alixe denkt, sie seien Fabians Lieblingsmaler, sie alle leben in diesem Kulturzentrum weiter. Aber sie sind Fabian egal. Er hatte gelogen, damals am Flohmarkt, als er sich als Kunstinteressierten ausgab. Er wollte Alixe beeindrucken. Trotzdem strandete er ausgerechnet vor diesem modernen Bau. Als er so dastand, dachte er: Warum sollte ich so weitermachen? Warum weiter lügen? Und wie kam ich überhaupt auf Kubisten? Ich mag keine entstellten Gesichter. Er wollte weitergehen und im Trubel der Großstadt auf andere Gedanken kommen, als ihm eine Frau einen Flyer in die Hand drückte. Sie lächelte ihn an und ging weiter. Fabians Herz blieb kurz stehen – er sah in der jungen Frau die Blondine mit den schmalen Lippen. Der Flyer warb für die Fotoausstellung «L'amour à la Parisienne» in einer kleinen Galerie. Das ist es! Fabian hatte schon immer eine Schwäche für Fotografie. Der Kauf der Kompaktkamera, die er meistens bei sich hat, hat ihn fast ruiniert. Doch seit der Arbeit bei Carl wusste er: Es lohnt sich immer, viel Geld für eine Kamera auszugeben. Er ging hin und schaute sich die Ausstellung an. Betrachtete unzählige Fotos von Liebenden. Ich halte das kaum aus, diese Küssenden, diese Glücklichen, diese Männer, die ich sein könnte. Doch das sind keine Lügner, das sind aufrichtige Männer. Sie behandeln ihre Angebeteten voller Respekt. Alixe, du fehlst mir. Alixe, lass uns neu anfangen. Alixe. Seine Gedanken rasten vom Himmel in die Hölle und zurück. Alixe erschien ihm im Himmel als Heilige und die Blondine mit den schmalen Lippen in der Hölle als Hure. Sich selber sah er als ein kleines Nichts im Fegefeuer. Dort klebte er fest, handlungsunfähig. Anders als die Liebenden auf den Fotos mit ihren Selfie-Sticks in den Händen und dem Verlangen in den Augen. Sie waren angekommen, wo auch immer.

Fabian verließ «L'amour à la Parisienne» mit einem gerollten Poster und irrte weitere Stunden umher. Er besichtigte ein Zimmer in einem Hotel. Und fühlte sich in dieser dunklen Kammer besonders einsam. Die Frau an der Rezeption händigte ihm das Wi-Fi-Passwort aus, obwohl er nicht eingecheckt hatte. Er nahm sein Handy, schaute nach, wann der letzte Zug fährt, und fragte die Rezeptionistin, wie lange er zu Fuß zum Bahnhof brauche.

«Zwanzig Minuten; wenn Sie schnell gehen, eine Viertelstunde», sagte sie.

Wenn er wolle, könne er das Zimmer auch für den halben Preis haben.

Merci – et adieu.

Am Bahnhof kaufte er sich zwei Dosen Bier und ein Falafel-Wrap. Bevor er in den Zug stieg, rauchte er eine letzte Zigarette. Er suchte ein leeres Sechserabteil, setzte sich hinein und öffnete das Bier. Als der Zug eine Weile gefahren und der Wrap gegessen war, rollte er das Poster auseinander. Er legte es auf den Sitz neben sich und betrachtete es, als wäre es ein wertvolles Original. Auf dem Bild küsst sich ein Paar leidenschaftlich. Hinter den beiden sieht man ein Gebäude mit unzähligen Statuen an der Fassade. Fußgänger, Fahrräder und Mofas strömen an ihnen vorbei. Es ist die Neuinszenierung eines Fotos, das in den Fünfzigerjahren im «Life-Magazine» publiziert und dann weltberühmt wurde.

2001

Die Diagnose hat alles verändert. Carl und Rosa haben ihre Pläne für das restliche Jahr und für die langfristige Zukunft verworfen. Auf Anraten der Ärzte sagen sie die sechswöchige Reise nach Argentinien ab. Und als die USA wegen der Terroranschläge vom 11. September Kopf stehen, kommt auch ein Städtetrip nach New York nicht mehr infrage. Rosa kennt New York nicht und hätte sich die Stadt gern noch angesehen. Besonders jetzt, da sie die Gewissheit hat, dass auch ihr Leben endlich ist. Aber wichtiger, als ferne Städte kennenzulernen, ist ihr, Marina zu sehen. Sie fahren mit dem Alfa Spider in die französischen Pyrenäen. Rosa sitzt am Steuer. Carl hat seit einigen Wochen Probleme mit dem linken Auge. Manchmal flucht er leise vor sich hin, wenn er die Allgemeine liest. Die Texte erscheinen ihm verschwommen, verzerrt und von einem Schatten überlagert. Er kommt beim Lesen nicht mehr so rasch voran, und das macht ihn wahnsinnig. Nach der Reise wird er sich einem Check beim Augenarzt unterziehen. Denn die Augen, so sagt er oft zu Rosa, seien für ihn das wichtigste Sinnesorgan.

«Was wäre ich, wenn ich plötzlich nichts mehr sehen könnte? Erledigt wäre ich, aufgeschmissen.»

Sie haben das Dach offen gelassen, obwohl es zeitweise ziemlich kühl ist. Als sie einen Pass überqueren, legt Carl seinen Mantel um Rosas Schultern.

«Danke, Liebster, es ist so schön, mit offenem Dach zu fahren! Der Wind gibt mir das Gefühl, frei zu sein, selber entscheiden zu können – und ewig zu leben», sagt sie.

Carls Hand liegt auf ihrem Bein.

Marina erfährt erst vor Ort, weshalb es ihre Mutter so eilig hat, sie zu sehen.

«Aber Krebs ist doch heilbar, manchmal jedenfalls! Und ihr lebt in einer Universitätsstadt mit einer Universitätsklinik. Dort werden sie einen Weg finden, dich zu heilen!», sagt sie.

Rosa erklärt ihrer Tochter, dass sie nach der Rückkehr stationär in die Klinik eingeliefert werde und man dann weiterschaue.

«Ganz abgeschrieben haben sie mich noch nicht, sonst würden sie kaum eine Chemotherapie beginnen wollen, nicht wahr, Carl?»

Er lächelt und nickt.

Beim Abendessen sitzen fremde Menschen am Tisch, aber auch einige, die Carl und Rosa von Marinas Zeit beim Varieté kennen. Unter dem Tisch liegen zwei Katzen. Carl hatte sich den Künstlerhof chaotischer vorgestellt. Er hatte schäbige Ateliers erwartet, herumstehende halb fertige Bilder, knutschende Paare auf abgenutzten Matratzen und Geruch von Haschisch. Und jetzt sitzt er in der Stube eines aufgeräumten Bauernhauses neben dem Kachelofen und isst einen hervorragenden Gemüseeintopf und ein gelbes Huhn. Weder stehen Bilder am Boden noch knutscht jemand herum. Alle sitzen am Holztisch und essen.

«Das war ein glückliches Huhn», sagt Marina.

«Morgen zeige ich euch den Stall und das Gehege. Wir füttern sie mit Mais.»

Die Runde unterhält sich in allen möglichen Sprachen. Carl gefällt es, wieder einmal spanisch sprechen zu können, und Rosa ist überrascht, das Französische nicht verlernt zu haben. Drei der Männer holen ihre Instrumente und überraschen die Gäste mit einem Konzert. Der Jazz berauscht Carl und er bittet die Herren, etwas zu spielen, zu dem er singen kann.

Der Trompeter stimmt «What a Wonderful World» an und Carl singt aus voller Brust mit. «I see skies of blue – and clouds of white ...».

Die Runde begleitet ihn und auf einmal ist es nur noch eine unscheinbare, hagere Frau, die singt.

«Sie ist Opernsängerin», flüstert Marina Rosa zu.

Rosa will gerade darauf antworten, als Carl sie an der Hand nimmt und zum Tanz auffordert. Sie tanzen und tanzen und hören nicht mehr auf.

Dann sagt Marina zu ihren Freunden: «Kaum zu glauben, dass dieser Mann kommenden Monat achtzig Jahre alt wird. Papa Carl, éternellement jeune.»

Die letzten Tage

Am hellen Tageslicht erkenne ich, dass ich verschlafen haben muss. Ein Blick auf die Olympia-Swatch bestätigt es mir. Die Zeiger stehen auf 8.20 Uhr. Normalerweise erwache ich pünktlich um sechs Uhr und schaue gleich nach Carl. Danach lege mich wieder hin und blättere in seinen Magazinen. Das älteste stammt aus dem Jahr 1950. Carl hat mir erzählt, dass ihn die Reportage über Liebespaare einst zu einer Paris-Reise inspiriert hat. Gestern ging ich später ins Bett als sonst. Carl schlief bereits seit 20 Uhr durch. Als ich kurz nach Mitternacht zum letzten Mal nach ihm schaute, sah er friedlich aus. Danach brütete ich bis tief in die Nacht über der Rede für Omas Beerdigung. Es ist eine fröhliche Rede geworden, die vom Tonfall her besser zu einer Taufe passen würde. Ich werde den Trauernden erzählen, dass Oma richtig und ehrlich gelebt hat. Sie hat den Mann geheiratet, den sie liebte, und als Köchin den Beruf ausgeübt, der ihrer Leidenschaft entsprach. Sie hatte zu allem eine Meinung und blieb doch tolerant. Zuletzt saß sie am Fenster im Heim und dachte an Opa. Jetzt ist sie endlich bei ihm. Meine Rede klingt wie eine Kampfansage: So macht endlich, was ihr immer tun wolltet! Doch ich denke, in Wirklichkeit ist es bloß eine Rede an mich, eine Aufforderung zu einem neuen Leben. Zu meinem Leben.

Ich stehe auf und gehe den Flur entlang zu Carls Schlafzimmer. Leise öffne ich die Tür. Er liegt noch genauso da wie vor acht Stunden.

«Carl, schläfst du immer noch? Carl?»

Ich setze mich auf die Bettkante und fühle am Hals seinen Puls. Doch da ist nichts. Der Puls ist stumm. Ich lege mein linkes Ohr auf sein Herz. Die Stille erdrückt mich. Ich sehe Carl ins Gesicht.

«Carl? War er das nun, der längere Schlaf zwischen dir und dem Tod?»

Er sieht entspannt aus. Zufrieden. Wie ein Engel, ein alter Engel zwar, aber ein Engel. Ich stehe auf und gehe ins Bad. Rasierschaum, Klinge, Pinsel. Alles da.

«So, Carl, es ist Zeit für eine Rasur. Wir wollen ja nicht schlampig werden.»

Ich rasiere ihn. Sein Körper ist noch warm.

Der schrille Klingelton reißt Fabian aus dem Tiefschlaf. Seit Alixe den Kontakt zu ihm abgebrochen hat, liegt sein Handy jede Nacht auf ihrem Kissen neben ihm im Bett. Er hat die höchste Lautstärke und den unangenehmsten Klingelton eingeschaltet. Oft wecken ihn mitten in der Nacht Push-Meldungen über vermeintlich Wichtiges aus Übersee. Doch das stört ihn nicht. Hauptsache, er bekommt mit, wenn Alixe schreibt oder gar anruft, und kann sofort reagieren. Es ist die Blondine mit den schmalen Lippen, die schreibt. Nachdem Fabian vor einigen Stunden aus dem Zug gestiegen war, hatte er ihr eine Mitteilung geschrieben. Er hoffe, sie sehe die Situation genauso wie er. Es sei ein schöner und wilder Abend gewesen, mehr nicht. Und jetzt schreibt sie:

> Es war ein guter Fick – mehr nicht. Ich liebe meinen Ex-Freund und werde zu ihm zurückkehren. Leb wohl.

Fabian liest die Meldung erneut und sagt erleichtert: «Yeah!»

Unter der Dusche fragt er sich, weshalb die Blondine mit den schmalen Lippen zu ihrem Ex-Freund zurückkehrt, nachdem sie zusammen geschlafen haben. Er sieht den Zusammenhang nicht. Seine einzige Erklärung ist: Frauen handeln unlogisch. Hoffentlich hält es Alixe mit der Unlogik auch so und kehrt zu mir zurück, zu mir, dem Feigling, der in ihrer Wahrnehmung nun plötzlich zu einem Helden wird, einfach so, weil Frauen eben so sind. Er spürt Schmetterlinge im Bauch, als wäre es Frühling und er frisch verliebt. Doch es ist Herbst und er liebt.

Nach der Dusche und einem Kaffee sucht er die Nummer eines Rahmenmachers heraus.

Wenig später verlässt er mit dem gerollten Poster unter dem Arm das Haus.

Ich fühle mich, als hätte ich Großes vollbracht. Als hätte ich etwas geleistet, worauf ich stolz sein kann. Habe ich etwas geleistet? Wäre Carl stolz auf mich? Bevor ich wie vereinbart die Hausärztin anrufe, erledige ich gewohnheitsmäßig den Haushalt. Ich sitze am Küchentisch und öffne die Post. Werbung, nochmals Werbung, die Stromrechnung und ein Brief mit dem Logo der Allgemeinen. Ich öffne den Umschlag und lese die handgeschriebenen Zeilen.

Ich wünsche Ihnen alles Gute zum Geburtstag und hoffe, dass es Ihren Augen wieder besser geht. Sollten Sie Ihr Abo wider Erwarten verlängern wollen, bin ich jederzeit für Sie da. Allerherzlichste Grüße, Ihre Frau Wolf.

Ich weiß zwar nicht, wer Frau Wolf ist, doch ihr Kärtchen rührt mich zu Tränen. Sie gratuliert einem Toten zum Geburtstag. Und der Tote, der ist froh, diesen nicht mehr erleben zu müssen.

Es fällt mir schwer, die Hausärztin anzurufen und den Satz auszusprechen, den ich aussprechen muss. Aber ich muss es tun. Wir hatten es so vereinbart. Sie wird sich um alles kümmern. Mein Job ist vorerst erledigt. Ich rufe sie an. Ich solle warten, sie komme bald.

Was muss ich hier noch erledigen? Die Pistole, die Luger seines Vaters! Ich gehe ins Arbeitszimmer, nehme das Ding aus der Schale mit Carls Pässen und packe es vorsichtig in eine alte Zeitung. Wohin damit? Ich wickle eine weitere Schicht Zeitungen und eine Plastiktüte darum und lege die Pistole in meine Handtasche. Dann gehe ich hinauf und packe meine Habseligkeiten zusammen. Zwischendurch schaue ich nach Carl. Seine Hände sind inzwischen kalt. Ich ziehe ihm sein Lieblingshemd an und die beige Hose. Es geht mir gut.

Seit über einer Stunde warte ich auf die Ärztin. Eigentlich wollte ich den Umschlag, den mir Carl hinterlassen hat, erst zu Hause öffnen, doch die Warterei macht mich ungeduldig. Ich öffne ihn. Weitere Umschläge liegen darin. Ich öffne den mit der Aufschrift «Organisatorisches». Darin schreibt Carls Advokat, er werde von der Hausärztin benachrichtigt, wenn es so weit sei, und dann die Todesanzeige aufgeben. Diese sei bereits formuliert und bezahlt. Alixe müsse nichts unternehmen, sofern sie nichts dagegen habe, in der Anzeige namentlich erwähnt zu werden. Alle weiteren finanziellen Angelegenheiten lägen ebenfalls in seinen Händen. Von Carl lässt er ausrichten, Alixe solle sich keine Gedanken machen und endlich auch die anderen Umschläge öffnen, den blauen zuerst.

Einen Tag später

Alixe liegt in Jogginghosen und T-Shirt auf ihrem Sofa. Sie hört Carl, wie er sagt:

«Zum Glück habe ich ein Hörgerät, sonst hätte ich das Klingeln kaum wahrgenommen.»

Das sagte er vor einigen Monaten, als Alixe und Fabian zum ersten Mal bei ihm zum Essen eingeladen waren. Seither dreht sich in Alixe' Leben alles um Carl. Um Carl und um Fabian. Carls Stimme war kräftig. Alixe will sie so in Erinnerung behalten. Doch auch eine dünne, kraftlose Stimme gehörte zu ihm. Es ist eine Stimme, die nur ihr und Carl gehört. Sie hört ihn sagen, wie gut es ihm gehe, dass er zufrieden sei und loslassen könne. Alixe muss lächeln. Dann überlegt sie, ob Carls Pistole in der Schublade mit den teuren Dessous tatsächlich gut aufgehoben ist.

Nachdem sie Carl verabschiedet hatte und von der Ärztin abgelöst worden war, fuhr Alixe nach Hause, verstaute die Pistole und ging danach in den Supermarkt. Sie kaufte Brot und Wurst und Eistee. Zu Hause ließ sie sich ein Bad mit Mandelöl einlaufen. Als sie sich sauber und in frischer Jogginghose auf das Sofa legte, begann gerade eine nordische Krimiserie. Sie schlief immer wieder ein und schaute am Morgen im Internet nach, wer der Mörder war. Es war eine Mörderin.

Bald ist Mittag. Alixe liegt immer noch auf dem Sofa. Ich sollte Mama anrufen und mich bei meinem Vater melden. Und bei Marina. Und überhaupt viel erledigen. Sie nimmt den blauen Umschlag und liest nochmals den Brief, den Marina in Carls Auftrag geschrieben hat. Es sind persönliche Worte. Sie motivieren Alixe, eine optimistische Sicht der Dinge anzustreben. Die beiden Flugtickets liegen auf dem Couchtisch in einem weiteren Umschlag. Alixe kann es noch immer nicht fassen.

Das Telefon klingelt. Eine unbekannte Nummer. Alixe lässt es klingeln. Der Anrufer spricht auf die Mailbox.

Er sagt: «Rufen Sie mich bitte zurück, es ist wichtig.»

Es ist Carls Advokat. Alixe ruft ihn zurück. Er klingt streng.

«Wie Sie wissen, beginnt Ihre Ausbildung im Januar. Sie ist bereits bezahlt. Auch für die Spesen ist gesorgt. Also nehmen Sie die Chance wahr.»

Alixe versichert ihm, dass sie die Ausbildung machen wird. Und bedankt sich bei ihm.

Es ist stickig in ihrem Wohnzimmer und Alixe hat das Gefühl, es rieche wie im Affenhaus. Sie geht zum Fenster und will es öffnen. Sie braucht frische Luft, um verstehen zu können, was ihr der Advokat eben mitgeteilt hat. Da sieht sie Fabian mit einem flachen, großen Paket aus seinem Auto steigen. Sie duckt sich, damit er sie nicht auch sehen kann. Der kommt zu mir, der kommt tatsächlich hierher! Sie späht aus dem Fenster und erwartet jeden Moment die Klingel zu hören oder, noch schlimmer, das Geräusch des Schlüssels im Schloss ihrer Wohnungstüre.

Doch nichts passiert. Wie versteinert steht sie am Fenster und wartet ab. Er muss jetzt vor der Haustür stehen. Oder ist er bereits im Haus? Aber warum tut sich nichts? Ihr Herz rast. Dann sieht sie, wie er wieder in Richtung Auto geht, ohne das flache Paket in der Hand.

Sie öffnet das Fenster und schreit: «Fabian!»

Vor der Wohnungstür stolpert sie über das Paket.

«Was soll das heißen, es gibt einen Stau bei den Krematorien?»

Alixe' Mutter ist außer sich.

«Meine Mutter hat ihr Leben lang Kirchensteuern bezahlt – und das ist nun der Dank?»

Der Mann des Bestattungsinstituts versucht, sie zu besänftigen.

«Es ist ja nur eine Frage von Tagen oder vielleicht Wochen, im Herbst sterben eben viele Menschen.»

Die Mutter schreit ihn an: «Das müssen sie mir nicht sagen! Aber sie ist, sie war meine Mutter! Verstehen Sie?»

Er werde sich melden, wenn sich die Situation beruhigt habe. Bis dahin solle sie sich einen schönen Grabstein aussuchen, er kenne ein paar kreative Steinbildhauer.

«Es hat doch auch etwas Gutes, wenn man sich Schritt für Schritt von den Liebsten verabschieden kann.»

Einen Tag später

Ihr Vater sitzt bereits im Café, als Alixe mit Augenringen und zerzausten Haaren hereinkommt. Nach Carls Tod hatte sie sich bei ihm gemeldet. Er freute sich wie ein kleines Kind.

«Vater?»

Der ältere Mann steht auf und umarmt seine Tochter kräftig.

«Alixe, mein Kind, wie schön du bist! Was willst du trinken? Möchtest du etwas essen? Ich lade dich ein, ach, Alixe, wie schön es ist, dich zu sehen.»

«Ich nehme Kaffee und einen Burger.»

«Einen Burger, um diese Zeit? Ich habe in der Stadt eine Küche gemietet, dort bereite ich später das Catering für heute Abend vor. Wenn du magst, koche ich auch etwas für dich – und für deinen Freund.»

Alixe bedankt sich.

«Nee, ein Burger ist jetzt genau das Richtige.»

Sie erzählt vom Abend mit Fabian und den drei Flaschen Malbec, die sie zusammen geleert haben. Der Vater lobt ihren Weingeschmack und betont, auch er möge Roten lieber als Weißen. Egal, was Alixe sagt, der Vater ist begeistert. Sie könnte ihm auch erzählen, dass sie sich einen Schuss Heroin gesetzt oder sich einer rechtsextremen Gruppe angeschlossen hat. Sie genießt es, bedingungslos bewundert zu werden. Und weiß insgeheim, dass diese Bewunderung aus seinem schlechten Gewissen herkommt und nicht etwa eine Folge ihrer heldenhaften Taten ist.

Sie erzählt von der Beziehung zu Fabian und dass sie ihn für einen Feigling halte.

«So ist das mit der Liebe», erwidert der Vater.

Alixe kommt sich vor wie ein kleines Mädchen. Sie weiß selber, wie irrational Liebe sein kann. Doch muss sie deswegen inkonsequent handeln? Nicht mal eine klitzekleine Strafe für Fabian, bevor das Glück beginnt? Sie behält ihre Gedanken für sich. Die Kellnerin bringt den Burger und der Vater nimmt das Gespräch wieder auf:

«Deine Mutter sagt, ein guter Freund von dir sei gestorben.»

Alixe erzählt von Carl. Der Vater schweigt. Er hätte viele Fragen zum Thema Sterbefasten, doch seine Tochter hat genug erlebt. Sie ist voller Lebensfreude und soll nicht weiter mit dem Tod konfrontiert werden. Als könnte sie seine Gedanken lesen, sagt sie:

«Und weißt du, ehrlich gesagt bin ich froh, dass ich weit weg sein werde, wenn Oma beerdigt wird. Mama wird meinen Text vorlesen.»

Auf dem Küchentisch steht ein riesiger Strauß mit roten Rosen. Der Tisch ist gedeckt und Fabian ist dabei, eine Lasagne aus dem Ofen zu nehmen.

«Das ist Timing!», sagt er.

Alixe schaut ihn verwundert an: «Ich dachte, du schläfst noch. Außerdem habe ich schon gegessen.»

Unbeirrt stellt er die Auflaufform auf die Wärmeplatte und sagt: «Eine Entwicklungshelferin muss gut genährt sein!»

«Noch bin ich keine Entwicklungshelferin, sondern bloß Onkologieschwester und Sterbebegleiterin außer Dienst», sagt Alixe.

«Nach dem Verzehr der weltbesten Lasagne nach Fabianart bist du Lebensretterin in Ausbildung, bald jedenfalls, und der Tod kann dich mal. Die Lasagne steht symbolisch für einen neuen Abschnitt, glaub mir, die Kräfte italienischer Speisen sind nicht zu unterschätzen. Denk nur an Radrennfahrer, die essen alle tonnenweise Pasta. Und manche nehmen noch Doping dazu. Genau das machen wir jetzt auch!»

Er öffnet den Wein.

Alixe setzt sich. «Mein Vater ist ein Spinner. Aber ganz in Ordnung. Der glaubt auch an die Kräfte guter Ernährung.»

Erst jetzt entdeckt sie, dass Fabian das gerahmte Poster mit dem Liebespaar aufgehängt hat.

«Hm», sagt sie. «Dieses Foto kommt mir irgendwie bekannt vor. Paris, nicht wahr?»

Fabian nickt.

«Ja.»

Sie essen die Lasagne und Fabian erzählt Alixe, dass er in Paris war. Alixe fragt ihn, weshalb er für nur einen Tag dorthin gefahren sei.

«Ich wollte flüchten.»

«Wovor?»

Er holt tief Luft und sagt dann: «Alixe, ich muss dir etwas gestehen.»

Sie legt das Besteck nieder.

«Als du mich verlassen hast, hatte ich das Gefühl, es schnüre mir den Atem ab.»

Fabian hält inne, schenkt sich Wein nach und fährt dann fort: «Am dritten Tag, an dem du bei Carl warst, habe ich mich abends wie ein Einbrecher durch die Hecke in Carls Garten geschlichen und beobachtet, wie du am Fenster stehst. Du warst wunderschön. Ich sah deine Brüste durch das weiße T-Shirt schimmern. Die Tränen liefen mir übers Gesicht.»

Alixe steht auf uns setzt sich Fabian auf den Schoss. Sie hält seinen Kopf und küsst ihn sanft.

Drei Tage später

Herr Smith, Carls Kundenberater von der Bank, hat sich am Morgen telefonisch erkundigt, ob die EC-Karte angekommen sei. Außerdem hat er Alixe empfohlen, erst vor Ort Pesos abzuheben. Er sprach ihr sein Beileid aus und wünschte einen guten Flug. Ein Tapetenwechsel sei immer gut und Reisen bilde bekanntlich. Alixe und Fabian sitzen in der Reihe zwölf neben einem dünnen Südamerikaner mit Harry-Potter-Brille und Aktentasche auf dem Schoss. Es ist hektisch im Flugzeug. Die Stewardess schließt ein Handgepäckfach nach dem anderen, und das ziemlich rüpelhaft, findet Fabian. Sie bittet den Südamerikaner und Alixe, ihre Taschen unter den Sitz vor ihnen zu schieben. Der Südamerikaner tut, was sie verlangt. Alixe ignoriert den Befehl und wühlt weiter in der Tasche. Sie wettert:

«So ein Mist!»

Fabian glaubt, es sei ihr etwas Furchtbares in den Sinn gekommen, und fragt: «Was ist los?»

«Ich wollte noch die Zeitung kaufen.»

«Aber du hast doch Carls Schildkröten-Bestseller dabei, der ist bestimmt spannender und aufschlussreicher als die immer gleichen Meldungen in der Zeitung», sagt er grinsend.

Dann zieht er seinen Rucksack unter dem Sitz vor ihm hervor, öffnet ihn, nimmt die Allgemeine heraus und legt sie Alixe auf den Schoss.

Sie lächelt ihn liebevoll an.

«Danke, aber ich muss mich zuerst anschnallen.»

Während sie nach dem Sicherheitsgurt unter ihrem Hintern tastet, schaut Fabian einer verzweifelten Mutter zu, die versucht, ihr Baby zum Schweigen zu bringen. Sie summt «Hänschen klein». Vergeblich.

Alixe blättert inzwischen in der Zeitung. «Da, schau!»

Fabian beugt sich über die Zeitung und sieht lauter Todesanzeigen. Er versucht, nicht auf die Jahrgänge zu achten. Gleichaltrige dürfen nicht sterben. Alixe zeigt auf eine schlichte Anzeige ohne Foto und Bibelspruch, dafür mit viel leerem Raum.

«Rosa, ich bin auf dem Weg zu dir», steht in fettgedruckter Schrift da.

Und in schlanken Lettern zitiert Carl «für Marina, Alixe und Fabian» eine indianische Weisheit: «Du findest oft in Flüssen, was du in Ozeanen nicht finden kannst.»

«Weißt du, als ich die vielen Weinflecken auf dem Teppich sah, wusste ich, dass es gut ist so», flüstert Alixe Fabian zu.

«Carl muss den Wein tausend Mal daneben gegossen haben. Ich sah die Flecken nur, weil er seinen Sessel während der letzten Tage an einem anderen Ort haben wollte. Er schämte sich nicht mehr dafür, nicht mehr Herr seiner Sinne zu sein.»

Die Stewardess bittet die Passagiere, alle elektronischen Geräte auf Flugmodus zu stellen oder abzuschalten. Sie weist darauf hin, dass während des ganzen Fluges auf das Rauchen verzichtet werden muss. Das Baby schreit auch in den Armen seines summenden Vaters weiter, die Mutter setzt sich Kopfhörer auf. Ein Passagier erkundigt sich bei der Stewardess, wann er ein Bier bestellen könne. Eine Frau hustet sich die Lunge aus dem Leib; dass die Sitznachbarin auf ihren Rücken schlägt, ändert nichts daran. Es riecht nach süßem Parfüm. Die Stewardess erklärt routiniert, wie man die Sauerstoffmaske richtig verwendet. Das Flugzeug gibt merkwürdige Geräusche von sich. Als sie aufhören, rollt es langsam an. Alixe fummelt an ihrem Handy herum.

«Kann ich helfen?», fragt Fabian.

Sie wolle nur noch kurz etwas googeln, sagt sie. «Ob in Argentinien Rosen wachsen.»

Fabian nimmt ihr das Gerät aus der Hand und stellt den Flugmodus ein.

Er legt seinen Arm um Alixe und flüstert in ihr Ohr: «Das finden wir morgen selber heraus, Liebste.»